EN LETTRES **D'ANCRE**

DU MÊME AUTEUR

MANUEL À L'USAGE DES FEMMES DE MÉNAGE, Grasset, 2017.

LUCIA BERLIN

UN SOIR AU PARADIS

Traduit de l'anglais (États-Unis)
par VALÉRIE MALFOY

BERNARD GRASSET
PARIS

L'édition originale de cet ouvrage a été publiée en 2018 par Farrar, Straus and Giroux, sous le titre :

EVENING IN PARADISE

Couverture : © DR.

ISBN 978-2-246-81935-6

AVANT-PROPOS

Ce qui compte, c'est l'histoire

Dieu merci, Lucia était une rebelle et une artiste remarquable, et en son temps, elle dansait. Si seulement je pouvais raconter toutes les anecdotes, comme le jour où elle ramassa Smokey Robinson fumant un joint sur Central Avenue, à Albuquerque, pour le conduire à son concert au Tiki-Kai Lounge. Elle rentra tard, un soupçon de parfum Chanel persistant sous l'odeur de tabac et de transpiration. Nous participâmes à un pow-wow à Santo Domingo Pueblo, au Nouveau-Mexique, invités par un sage. Chaque fois qu'un danseur tombait, Lucia croyait que c'était sa faute. Hélas, tout le pueblo était de cet avis puisque nous étions les seuls étrangers. Des années durant, cela fut pour nous le symbole de la poisse. Toute la famille apprit comment danser sur les plages, dans les musées, en entrant dans les clubs et restaurants comme si c'était chez nous, à travers les centres de désintoxication, les prisons et les cérémonies de remise de prix, avec des camés, des proxénètes, des princes et des innocents. Le fait est que si je devais raconter l'histoire de Lucia, même de mon propre point de vue (objectif ou pas), on parlerait de « réalisme magique ». Personne n'y croirait !

Mon premier souvenir, c'est sa voix qui nous fait la lecture, à mon frère Jeff et moi. Peu importait l'histoire, car chaque nuit nous réservait un récit raconté de sa voix chantante, mélange d'accent texan et chilien. Des chansons comme « Red River Valley ». Voix éduquée, mais sans façon, et heureusement dépourvue du nasillement de sa mère, celui d'El Paso. Je suis peut-être le dernier à lui avoir parlé, et encore cette fois-là elle me fit la lecture. Je ne sais plus de quoi (critique d'un livre, passage d'un parmi les centaines de manuscrits qu'on lui demandait de lire, carte postale ?), mais je me rappelle sa voix limpide et tendre, les volutes d'encens, les derniers feux du soleil couchant, nous deux assis ensuite, en silence, face à sa bibliothèque, mesurant la force et la beauté des mots logés là. Chose à savourer et à méditer.

Outre son humour et son écriture, j'ai aussi hérité de ses problèmes lombaires, et nous râlions ou riions de concert lorsque nous tendions la main pour reprendre un morceau de cambozola, un cracker ou du raisin. Rouspétant contre les médicaments et leurs effets secondaires. Nous nous moquions du premier précepte du bouddhisme : la vie est souffrance. Et de l'attitude mexicaine selon laquelle elle ne vaut pas cher, bien que ça puisse être une belle aventure.

Jeune mère, elle nous baladait dans les rues de New York, nous emmenait au musée, rencontrer d'autres écrivains, voir fonctionner une presse typo, des peintres à l'œuvre, écouter du jazz. Puis ce fut Acapulco, et ensuite Albuquerque. Premières escales d'une vie nomade où les séjours dans des maisons en adobe ne dépasseraient jamais une durée de neuf mois. C'était elle, notre foyer.

Vivre au Mexique lui inspirait une peur bleue. Scorpions, vers intestinaux, chutes de noix de coco, police corrompue et dealers trop serviables – mais comme nous l'évoquions la veille de son anniversaire, nous avons survécu. Elle a enterré trois maris et Dieu sait combien d'amants. Lorsqu'elle avait quatorze ans, le corps médical lui avait prédit qu'elle n'aurait jamais d'enfant et ne vivrait pas au-delà de trente ans ! Elle a eu quatre fils, dont je suis l'aîné et le plus turbulent, et ce ne fut pas une mince affaire de nous élever. Mais elle l'a fait. Et bien.

On a fait grand cas de son alcoolisme et elle a dû lutter contre cette honte-là, mais en définitive elle a vécu presque vingt ans sans boire, donnant ses meilleurs textes et inspirant la nouvelle génération grâce à son enseignement. Ce qui n'a rien d'étonnant puisqu'elle avait enseigné par périodes depuis ses vingt ans. Il y avait des moments difficiles, et même dangereux. À haute voix, maman se demandait pourquoi personne ne venait nous prendre quand ça allait vraiment mal pour elle. Pourtant, on s'en est bien tirés. Nous aurions dépéri en banlieue : nous formions la Bande à Berlin.

Une bonne partie de notre vécu est incroyable. Les histoires qu'elle aurait pu raconter. Comme la fois où elle s'était baignée nue à Oaxaca après avoir pris des champignons hallucinogènes avec une amie peintre. Elles avaient paniqué en ressortant de l'eau, vertes de la tête aux pieds à cause de la teneur en cuivre du torrent. J'imagine le tableau avec son *rebozo* rose !

Je ne tenterai même pas de décrire la colonie de junkies en cure de désintoxication aux abords d'Albuquerque (cf. sa nouvelle « Chiens errants »), mais imaginez Buñuel et Tarantino faisant un film dans un film avec soixante anciens détenus endurcis, Angie Dickinson, Leslie Nielsen, une dizaine de zombies de SF et ladite Bande à Berlin.

Mon souvenir favori ? Les miroitements du soleil couchant sur le saxophone de Buddy Berlin, à Yelapa, volutes de be-bop et de fumée de feu de bois tandis que maman prépare le repas sur une plancha, son visage illuminé par la lueur corail, des flamants roses pêchant sur une seule patte dans la lagune, le murmure du ressac et le chant des grenouilles, le crissement de nos pas sur le sable grossier du sol. Leçons révisées près de la lampe, avec la voix rugueuse de Billie Holiday.

Maman écrivait des histoires vraies : pas forcément autobiographiques, quoique… Nos souvenirs et légendes familiales ont été lentement remodelés, embellis et corrigés à tel point que je ne sais plus vraiment ce qui s'est réellement passé. Lucia prétendait que cela n'avait pas d'importance : l'important, c'est l'histoire.

Mark BERLIN

Mark Berlin, l'aîné des fils Berlin, fut un écrivain, un cuisinier, un artiste, un électron libre, un ami des animaux et de l'ail sous toutes ses formes. Il est décédé en 2005.

Les vanity-cases musicaux

« Écoute l'instruction de ton père, et ne rejette pas l'enseignement de ta mère. Car c'est une couronne de grâce pour ta tête, et une parure pour ton cou. Si des pécheurs veulent te séduire, ne te laisse pas gagner. »

Mamie, ma grand-mère, me relut ce passage deux fois. Je tâchai de me rappeler de quelle instruction il pouvait s'agir. Te cure pas le nez. Mais j'en voulais une, de parure à mon cou, une qui tinterait quand je rirais, comme celle de Sammy.

J'ai acheté une chaînette et je suis allée à la gare routière Greyhound, où une machine imprimait des trucs sur des ronds métalliques… une étoile au centre. J'ai fait imprimer LUCHA et je l'ai passée à mon cou.

C'est à la fin du mois de juin 1943 que Sammy et Jake devaient nous mettre dans le coup, Hope et moi. Ils discutaient avec Ben Padilla et, sur le moment, ils nous avaient éloignées. Mais ensuite, Sammy nous fit sortir de notre cachette sous la véranda.

— Posez-vous, qu'on vous mette dans le coup.

Soixante cartes. En haut, l'image en couleur d'un vanity-case musical. À côté, une pastille rouge NE PAS OUVRIR. Sous la pastille, l'un des prénoms qui figuraient sur la carte. Trente prénoms composés de trois lettres, et suivis d'un trait. AMY, MAE, JOE, BEA, etc.

— C'est cinq *cents* pour tenter sa chance sur un prénom. On note le nom de l'acheteur à côté. Une fois la carte entièrement vendue, on décachette le sceau. Le gagnant reçoit le vanity-case.

— Ça en fait, des vanity-cases ! ricana Jake.

— Ferme-la, toi. Ces cartes viennent de Chicago. Chacune vaut au total un dollar cinquante. J'envoie un dollar par carte et ils m'envoient les vanity-cases. Pigé ?

— Pigé, dit Hope. Et alors ?

— Et alors, vous touchez vingt-cinq *cents* sur chaque carte vendue, et nous pareil. C'est du cinquante-cinquante.

— Elles arriveront jamais à vendre tout ça, dit Jake.

— Bien sûr que si, dis-je.

Je détestais Jake. Un jeune voyou.

— Bien sûr que si, dit Sammy.

Il tendit le stock à Hope.

— C'est Lucha qui s'occupe de la caisse. Il est onze heures trente… En selle… on vous chronomètre.

Ils se poussaient dans l'herbe, hilares.

— Bonne chance !

— Ils se moquent de nous… ils nous croient pas capables !

On frappa à notre première porte… arriva une dame, qui chaussa ses lunettes. Elle choisit le premier prénom. ABE, nota son nom et son adresse à côté, nous donna cinq sous et son crayon. Elle nous appelait ses petites chéries.

On écuma toutes les maisons d'Upson Avenue sans changer de trottoir. Une fois à la hauteur du parc, nous avions écoulé vingt prénoms. Perchées sur le muret du jardin de cactées, nous reprenions notre souffle, triomphantes.

Les gens nous trouvaient mignonnes. Nous étions très petites pour notre âge. Sept ans. Si une femme se présentait, c'était moi la démarcheuse. Mes cheveux blonds avaient poussé, faisant deux fois le volume de ma tête, comme un gros buisson jaune. « Une auréole d'or filé ! » Comme j'avais perdu mes dents, je tenais ma langue en l'air en souriant, comme par timidité. Ces dames me caressaient et se penchaient pour m'entendre… « Plaît-il, mon ange ? Mais comment donc, avec plaisir ! »

Si c'était un homme, Hope s'en chargeait. « Cinq *cents*… choisissez un prénom », disait-elle avec l'accent texan, tendant carte et crayon sans leur laisser le temps de refermer la porte. Ils disaient qu'elle avait du cran, pinçaient ses joues mates et saillantes. Ses yeux leur lançaient des éclairs à travers le lourd voile de ses cheveux noirs.

Notre seul souci, désormais, c'était l'horaire. Difficile de savoir si les gens étaient chez eux ou pas. Tourner la manivelle de la sonnette, attendre. Le pire de tout, c'était quand nous étions leur première visite depuis « des lustres ». Toutes ces personnes étaient très âgées. La plupart ont dû disparaître quelques années plus tard.

Outre les esseulées et celles qui nous trouvaient mignonnes, il y en avait… deux, ce jour-là… pour qui c'était comme si le destin venait leur offrir une chance, un choix. Elles nous retardaient, mais aucune importance… nous poireautions, retenant notre souffle également, tandis qu'elles se parlaient à elles-mêmes. Tom ? Ce foutu Tom. Sal. Ma sœur m'appelait Sal. Tom. Oui, je vais prendre Tom. Et si je gagne ?

Même pas besoin de changer de trottoir – le reste fut écoulé auprès des habitants des meublés de l'autre côté du parc.

Treize heures. Hope remit la carte à Sammy, je répandis les sous sur sa poitrine.

— Bon sang ! s'exclama Jake.

Sammy nous embrassa sur la pelouse. Nous avions les joues rouges et un sourire béat.

— Qui a gagné ?

Il se redressa sur son séant. Son Levi's était verdâtre et humide aux genoux, l'herbe avait déteint sur ses coudes.

— Alors… ?

Hope ne savait pas lire. Elle avait redoublé le CP.

ZOE.

— Qui ?

On se regarda…

— C'est lequel ?

— Le dernier sur la carte.

— Oh…

L'homme à la pommade sur les mains. Psoriasis. Quelle déception, il y avait deux personnes vraiment chouettes à qui ça aurait fait plaisir de gagner.

Sammy déclara que nous pouvions garder les cartes et l'argent en attendant d'avoir tout vendu. Nous les emportâmes par-dessus la barrière et sous la véranda. Je trouvai une vieille boîte à pain où les conserver.

Prélevant trois cartes, on repartit par la ruelle, par-derrière. Pour ne pas leur paraître trop zélées. Et de traverser la rue, de courir de maison en maison, de frapper aux portes, en enfilant de nouveau la même rue, mais par l'autre trottoir. Puis, tout un côté de Mundy Street jusqu'à la supérette.

Deux cartes vendues en totalité… Assises au bord du trottoir, on buvait du soda au raisin. M. Haddad nous gardait des bouteilles au freezer, ce qui en rendait le contenu sirupeux… comme des esquimaux fondus. Faute de place pour virer au large, le bus nous rata de justesse et klaxonna. Derrière nous, la poussière et la fumée s'élevaient autour de Cristo Rey Mountain, écume jaunâtre dans le soleil couchant du Texas.

Je lus les noms à haute voix – encore et encore. Nous mettions un x près de ceux qui méritaient de gagner… un o pour les autres.

Le soldat pieds nus… « Je le VEUX, ce vanity-case musical ! » Mme Tapia… « Ah, entrez donc ! Quelle bonne surprise ! » Une fille de seize ans, jeune mariée, qui nous avait montré qu'elle avait peint sa cuisine en rose elle-même. M. Raleigh – bizarre. Il avait rappelé ses deux dogues, traité Hope d'avorton sexy.

— Tu sais… on pourrait en vendre un millier par jour… si on avait des patins à roulettes.

— Ouais, faudrait des patins à roulettes.

— Tu sais ce qui ne va pas ?

— Quoi ?

— On dit toujours… « Voulez-vous tenter votre chance ? » Il faudrait dire « vos chances ».

— Et pourquoi pas : « Vous m'achetez toute la carte ? »

On rigolait, heureuses, les fesses sur le trottoir.

— Allons vendre la dernière…

On tourna au coin, la rue sous Mundy Street. Sombre, couverte d'eucalyptus, de figuiers, de grenadiers – jardins mexicains, fougères, lauriers-roses et zinnias. Les vieilles femmes ne parlaient pas l'anglais. « *No, gracias* », elles refermaient leur porte.

Le prêtre de l'église de la Sainte-Famille nous acheta deux prénoms. JOE et FAN.

Il y avait ensuite un quartier habité par des femmes d'origine allemande, aux mains enfarinées. Elles, elles claquaient leur porte. Oust !

— Rentrons à la maison… c'est pas la peine.

— Non. Du côté de Vilas School, c'est plein de soldats.

Elle avait raison. Les hommes étaient dehors, en T-shirts et pantalons de toile, à arroser du chiendent grillé tout en buvant des bières. Hope vendait. Désormais, ses cheveux pendouillaient autour de son visage olivâtre de Syrienne comme un rideau de perles noires.

Un type nous donna une pièce de vingt-cinq *cents*, et sa femme le rappela avant qu'il n'eût récupéré sa monnaie. « J'en prends cinq ! » beugla-t-il à travers la porte moustiquaire. J'allais noter son nom.

— Non ! dit Hope. On va pouvoir les revendre.

Sammy décacheta les sceaux.

Mme Tapia avait gagné grâce à SUE, le prénom de sa fille. Nous avions mis un x à côté, elle était si gentille. Ensuite, Mme Overland. Impossible de se rappeler qui c'était. Le troisième gagnant était un homme qui avait choisi LOU, alors que le véritable gagnant aurait dû être ce soldat qui nous avait donné les vingt-cinq *cents*.

— On devrait le donner au soldat, dis-je.

Hope souleva ses cheveux pour me regarder, souriant presque…

— D'accord.

Je sautai la barrière de notre jardin. Mamie arrosait. Ma mère jouait au bridge, mon dîner était dans le four. Je lus cela sur les lèvres de Mamie tandis que les actualités radiophoniques étaient délivrées à tue-tête par H.V. Kaltenborn depuis chez nous. Papy n'était pas sourd, il avait juste poussé le volume.

— J'arrose à ta place, Mamie ?

Non, merci.

J'ouvris la porte d'entrée à la volée, faisant trembler le vitrail contre le mur.

— Ramène tes fesses ! hurla-t-il, par-dessus la radio.

Surprise, je me précipitai à l'intérieur, souriante, et entrepris de grimper sur ses genoux mais il me chassa avec un journal tout découpé.

— Tu traînes encore avec ces sales Arabes ?

— Syriennes.

Son cendrier rougeoyait comme le vitrail de la porte.

Ce soir-là... Fibber McGee, Amos et Andy à la radio. Je ne sais pas pourquoi il les aimait autant. Lui qui disait toujours détester les gens de couleur.

Mamie et moi, on s'installa avec la bible dans la salle à manger. Nous en étions toujours aux Proverbes.

— « Mieux vaut une réprimande ouverte qu'un amour caché. »

— Pourquoi ?

— Peu importe. Je tombais de sommeil et elle me mit au lit.

Je me réveillai lorsque maman rentra à la maison... et veillai, couchée à son côté, tandis qu'elle lisait un livre policier en grignotant des Tid-Bit au fromage. Des années plus tard, j'ai calculé que, rien qu'au cours de la Seconde Guerre mondiale, elle avait dû s'en envoyer plus de 950 boîtes.

J'aurais voulu lui causer, lui parler de Mme Tapia, du type aux chiens, comment Sammy avait fait de nous ses partenaires à cinquante-cinquante. Je nichai ma tête contre son épaule, des miettes de crackers au fromage, et m'endormis.

Le lendemain, on écuma d'abord les logements sur Yandell Avenue. Jeunes épouses de militaire à bigoudis, peignoir en chenille, en colère parce qu'on les réveillait. Pas une seule pour tenter sa chance. « Non, j'ai pas cinq *cents.* »

On prit le bus pour la Plaza, changeant ensuite pour arriver à Kern Place. Des riches… jardins paysagers, carillons à la porte. C'était encore mieux que les vieilles dames. Activités associatives, hâlées, bermuda, rouge à lèvres et frange sage à la June Allyson. Elles n'avaient jamais dû voir des gamines telles que nous, des gamines fringuées avec les vieux corsages en crêpe de leur mère.

Des gamines avec des tignasses comme les nôtres. Tandis que celle de Hope lui tombait sur la figure comme un épais goudron noir, la mienne se dressait sur ma tête tel un ballon de plage gonflé à bloc, doré au soleil.

Elles riaient toujours quand elles découvraient ce que nous vendions, allaient chercher « un peu de monnaie ». Nous entendîmes l'une d'elles parler à son mari… « Va voir. De vraies petites mendiantes ! » Il vint en effet, et fut le seul à choisir un prénom. Les femmes nous donnaient juste de l'argent. Leurs enfants nous dévisageaient, tout pâles, depuis leurs balançoires.

— Allons à la gare…

C'est là qu'on allait déjà avant les cartes… pour y traîner et regarder tous ces gens s'embrasser et pleurer, ramasser les piécettes tombées devant le kiosque à journaux. Dès l'entrée, on se poussa du coude en pouffant de rire. *Comment* ne pas y avoir pensé plus tôt ? Des millions de gens avec des pièces de cinq *cents* et rien à faire, à part attendre. Des millions de soldats et de marins qui avaient une fiancée, ou une épouse, ou un enfant avec un prénom à trois lettres.

Nous avions un planning. Le matin, la gare. Des marins étaient étendus sur les bancs de bois, leurs bobs pliés sur les yeux, telles des parenthèses. « Quoi ? Oh, bonjour, les petites ! D'accord. »

Des vieux, assis. Payant cinq *cents* pour parler de l'autre guerre, d'un défunt au prénom à trois lettres.

On alla dans la salle d'attente réservée aux PERSONNES DE COULEUR, vendant trois prénoms avant d'être expulsées manu militari par un chef de train blanc. On passa des après-midi dans les locaux de l'USO [1], de l'autre côté de la rue. Les GI nous donnaient des paniers-repas, sandwiches jambon-fromage rassis sous cellophane, des Coca, des Milky Way. On jouait au ping-pong et au flipper tandis qu'ils remplissaient les cartes. Une fois, on se fit une pièce de vingt-cinq *cents* chacune à appuyer sur le bouton du petit compteur enregistrant le nombre de militaires qui entraient tandis que la préposée s'était éclipsée avec un marin.

Les trains amenaient sans cesse de nouveaux soldats et marins. Les anciens leur disaient de tenter leur chance. Moi, ils m'avaient surnommée « le Paradis » et Hope, « l'Enfer ».

Le plan avait été de garder les soixante cartes jusqu'à ce qu'elles soient toutes complétées, mais l'argent affluait

1. United Service Organizations : organisme à but non lucratif qui propose des activités de loisirs et de soutien moral aux soldats. (Toutes les notes sont de la traductrice.)

toujours, les pourboires aussi, à ne plus pouvoir les compter.

Nous avions hâte de savoir qui avait gagné, de toute façon, même s'il ne restait plus que dix cartes. On alla trouver Sammy avec les trois boîtes à cigares pleines d'argent.

— Soixante-dix dollars ? Nom d'un chien…

Tous deux se redressèrent sur la pelouse.

— Fichues gamines. C'est gagné !

Ils nous embrassèrent, nous congratulèrent. Jake se gondolait en se tenant le ventre, glapissant : « Incroyable… Sammy, t'es une tête, un génie ! »

Sammy nous serra dans ses bras.

— Je savais bien que vous en étiez capables.

Il parcourut toutes les cartes du regard, passant la main dans ses longs cheveux, si noirs qu'ils semblaient toujours mouillés. Les noms des gagnants le faisaient rire.

Caporal Octavius Oliver, Fort Sill, Oklahoma.

— Où les avez-vous dénichés, ces gars-là ?

Samuel Henry Throper, N'importe Où, USA. C'était un vieil homme dans la salle d'attente réservée aux Noirs, qui avait dit qu'on pourrait garder son vanity-case, au cas où il gagnerait.

Jake se rendit à la supérette et nous rapporta des sucettes glacées à la banane dégoulinantes. Sammy nous interrogea sur tous ces noms, notre méthode. Nous lui parlâmes de Kern Place et des coquettes mères de famille en petite robe en chambray, du bureau de l'USO, des flippers, du type salace avec ses molosses.

Il nous donna dix-sept dollars... plus que les cinquante pour cent prévus. On ne prit même pas le bus, on courut jusqu'à Penney's Far, dans le centre-ville, pour acheter des patins à roulettes et des cadenas, des bracelets à breloques chez Kress, et un sachet de pistaches rouges salées, nous posant ensuite près des alligators à la Plaza... soldats, Mexicains, ivrognes.

Hope considérait les lieux.

— On pourrait essayer, ici.

— Non, ici personne n'a d'argent.

— À part nous !

— Le plus dur, ce sera de livrer les vanity-cases musicaux.

— Non, puisqu'on a maintenant des patins à roulettes.

— Demain, on n'a qu'à apprendre à en faire... Hé, on pourrait même patiner jusqu'au bout du viaduc pour voir les scories à la fonderie.

— Si les gens sont pas chez eux, on pourra les déposer derrière la porte moustiquaire.

— Les halls d'hôtel, ça doit être un bon endroit pour vendre.

On acheta des hot-dogs suintants et des glaces au soda. Le reste de nos économies y passa. On attendit pour les déguster d'avoir atteint le terrain vague au début d'Upson.

Ce terrain, au sommet d'une colline close, bien au-dessus du trottoir, était envahi de plantes grasses gris-vert aux fleurs violettes. Entre ces plantes, des débris de verre éparpillés un peu partout se teintaient au soleil de diverses nuances de bleu lavande. À ce moment de la journée, en fin d'après-midi, le soleil touchait cet endroit sous un angle tel que la lumière semblait sourdre de là, de l'intérieur des fleurs, de ces améthystes.

Jake et Sammy lavaient une voiture. Une guimbarde bleue sans toit ni portière. Nous parcourûmes le dernier pâté de maisons en courant, les patins à roulettes cognant dans leurs boîtes.

— À qui est-ce ?

— À nous. On fait un tour ?

— D'où ça sort ?

Ils lavaient les pneus.

— C'était à une connaissance, répondit Jake. On fait un tour ?

— Sammy !

Hope s'était dressée sur le siège, folle furieuse. Moi, je n'avais pas encore compris.

— Sammy – où t'as trouvé l'argent ?

— Oh, ici et là…

Il lui souriait bêtement, buvant au tuyau d'arrosage et s'essuyant le menton avec un pan de sa chemise.

— Où t'as trouvé l'argent ?

On aurait dit une vieille sorcière au teint de cire.

— Espèce de sale tricheur !

C'est là que je compris. Je la suivis par-dessus la barrière et sous la véranda.

— Lucha !

Sammy, mon premier héros, m'appelait, mais je la suivis là où elle s'était fourrée, près de la boîte à pain.

Elle me tendit la liasse de cartes remplies.

— Compte.

Je mis un certain temps.

Plus de cinq cents personnes. Nous considérions les noms où nous avions mis un x, dans l'espoir qu'ils gagneraient.

— On pourrait acheter des vanity-cases musicaux pour certains…

Elle ricana.

— Avec quel fric ? Et puis d'abord, ça n'existe pas, un vanity-case musical. Tu avais déjà entendu parler de ça ?

Elle ouvrit la boîte à pain pour en sortir les dix cartes encore vierges. Frénétiquement, se prosternant dans la poussière comme une poule qui agonise.

— Qu'est-ce que tu fabriques, Hope ?

Haletante, elle s'accroupit dans le chèvrefeuille qui s'étalait dans le jardin. Elle tenait les cartes en l'air, comme l'éventail d'une reine qui a perdu la raison.

— Ça, c'est à moi maintenant. Tu peux venir. On fait cinquante-cinquante. Ou rester. Si tu viens, ça veut dire qu'on est associées et que tu ne pourras plus jamais parler à Sammy jusqu'à la fin de ta vie, ou je te tue à coups de couteau.

Et la voilà partie. Je m'allongeai dans la terre humide. J'étais lasse. J'aurais voulu rester couchée là, pour l'éternité, et ne plus jamais rien faire.

Mais, au bout d'un certain temps, j'enjambai la barrière de bois pour passer par la ruelle. Hope était assise au bord du trottoir, à l'angle, ses cheveux comme un seau noir renversé sur sa tête. Penchée, telle une Pietà.

— En route, dis-je.

Nous grimpâmes la colline en direction de Prospect Street. C'était le soir… toutes les familles étaient dehors, à arroser la pelouse, à murmurer depuis les balancelles qui grinçaient au même rythme que les cigales.

Hope referma à la volée un petit portail derrière nous. Nous montâmes par l'allée asphaltée, mouillée, jusqu'à la famille. Thé glacé, assises sur le pas de la porte, le perron. Elle tendit une carte.

— Choisissez un prénom. Dix *cents* l'un.

Le lendemain matin, on débuta de bonne heure avec le reste des cartes. Il n'était pas question du nouveau prix, des six vendues la veille au soir. Et surtout, il n'était pas question de nos patins à roulettes… deux ans que nous les avions espérés, ces patins. Et à présent nous ne les avions même pas encore essayés.

En descendant du bus à la Plaza, Hope répéta qu'elle me tuerait si jamais je reparlais à Sammy.

— Jamais de la vie. On mêle nos sangs ?

On se tailladait toujours les veines des poignets pour sceller nos serments.

— Non.

J'en fus soulagée. Je savais que je lui reparlerais et sans cela ce ne serait pas aussi grave.

Le Gateway Hotel, une jungle de cinéma. Crachoirs, grands éventails au plafond, palmiers, et même un bonhomme en complet blanc qui s'éventait tel Sydney Greenstreet[1]. Ils nous repoussèrent tous de la main, secouant la tête derrière leur journal comme s'ils avaient été prévenus à notre sujet. Les gens aiment l'anonymat des hôtels.

Dehors, traversant la rue dont l'asphalte fondait au soleil afin d'attraper le tram pour Juarez. Mexicaines drapées dans leurs *rebozos* – sentant le sac en papier brun et les bonbons de maïs de chez Kress, jaune-orange.

Territoire inconnu... Juarez. Moi, je n'en connaissais que les bars tapissés de miroirs avec la rigole où uriner, les guitaristes « Cielito Lindo » des soirs où ma mère, son mari à la guerre, sortait avec les « filles Parker ». Hope, elle, c'étaient les cinémas où passaient les films cochons. Mme Haddad l'envoyait toujours jouer les chaperons quand Darlene voyait des soldats, pour être tranquille.

Nous restâmes au bout du pont, côté mexicain, nous adossant tels des chauffeurs de taxi, les vendeurs de serpents en bois, au store du Follies Bar, nous propulsant comme eux lorsque les grappes de touristes, les jeunes soldats descendaient du pont d'un pas chaloupé.

Certains nous souriaient, soucieux d'être charmés, d'être charmants. Trop pressés et gênés pour regarder nos cartes, nous fourguant des pièces de un, de cinq, de dix

1. Sydney Greenstreet : acteur britannique (1879-1954) célèbre notamment pour son rôle dans *Casablanca*.

cents. « Voilà ! » Nous les détestions, comme si nous avions été mexicaines.

En fin d'après-midi, les soldats et les touristes giclaient de la passerelle, se déversant avec fracas sur le trottoir, affrontant la brise brûlante imprégnée de tabac noir et de bière Carta Blanca, congestionnés, optimistes… qu'est-ce que je vais voir ? Ils filaient en nous balançant des pièces sans jamais regarder les cartes brandies ou nous-mêmes dans les yeux.

Nous titubions, étourdies à force de rires nerveux, à force de bondir en avant, de s'écarter vivement du passage. On riait, désormais téméraires, comme les vendeurs de serpents en bois ou de cochons en terre cuite. Insolentes, on se dressait sur leur chemin, les tirait par la manche. « Allez, dix *cents* seulement… Un prénom, c'est dix *cents*… Hé, la dame riche, file-moi dix *cents* ! »

Crépuscule. Fatiguées et en nage. On s'adossa au mur pour compter l'argent. Les jeunes cireurs de chaussures nous observaient, moqueurs, alors même que nous avions gagné six dollars.

— Hope, jetons les cartes dans le fleuve.

— Quoi, pour mendier comme ces clodos ?

Elle était furax.

— Non, on va tout vendre.

— Faudra bien qu'on mange.

— Exact.

Elle héla l'un des gamins des rues…

— *Oye*, on peut manger où ?

— Bouffe ta *mierda*, *gringa*.

On quitta la principale artère de Juarez. Nous pouvions y jeter encore un coup d'œil, l'entendre, la sentir, comme une grande rivière polluée.

On se mit à courir. Hope pleurait. Je ne l'avais jamais vue pleurer.

Gambadant comme des chèvres, comme des pouliches, la tête basse, clip clop sur les trottoirs de terre, galopades feutrées. Trottoirs de terre rouge et dure.

Sous quelques marches en adobe, le Gavilán Café.

À El Paso, en ce temps-là, l'an 1943, on entendait beaucoup parler de la guerre. Mon grand-père collait des photos d'Ernie Pyle[1] dans des albums toute la journée, Mamie priait. Ma mère, bénévole pour la Croix-Rouge à l'hôpital, jouait au bridge avec les blessés. Elle ramenait des soldats aveugles ou manchots à dîner. Mamie m'avait lu dans le livre d'Isaïe qu'un jour, tous forgeraient de leurs épées les socs de charrue, mais je n'y avais pas réfléchi. Je me contentais de m'ennuyer de mon père, qui était lieutenant quelque part à l'étranger, et que je glorifiais… Okinawa. Fillette, j'ai pensé pour la première fois à la guerre en entrant au Gavilán Café. Je ne sais pas pourquoi. Je me souviens seulement avoir pensé alors à la guerre.

Ici, chacun semblait être le frère, le cousin, le parent de quelqu'un, même s'ils étaient assis à des tables distinctes

1. Ernie Pyle : grand correspondant de guerre tué à Okinawa (1900-1945).

ou au bar. Un homme et une femme, se touchant et se disputant. Deux sœurs flirtant derrière le dos de leur mère. Trois frères en jeans de travail, maigres, étaient penchés sur leur tequila et ils avaient la même mèche dans les yeux.

Un lieu sombre et frais, tranquille même si tout le monde parlait et que quelqu'un chantait. Les rires étaient naturels, personnels, intimes.

On s'installa au bar, sur des tabourets. Une serveuse arriva, avec son plateau orné d'un perroquet bleu et violet. Ses cheveux teints au henné, aux racines noires, étaient relevés en masses ondulées, fixées par des peignes d'or et d'argent ciselés et de miroirs brisés. Bouche agrandie fuchsia. Paupières vertes… un crucifix d'ailes de papillon bleu et vert étincelait entre ses seins de satin jaune en cônes. « *Hola !* » Elle sourit. Éclat des dents en or, gencives bien rouges. Éblouissant oiseau de paradis !

— *Qué quieren, lindas ?*

— Des tortillas, répondit Hope.

L'oiseau de paradis se pencha en avant, essuyant des miettes de ses ongles rouge sang, nous parlant encore à mi-voix dans son gazouillis espagnol.

Hope secoua la tête…

— *No sé.*

— *Son gringas ?*

— Non.

Hope se désigna. Syrienne. Elle parla alors en syrien, et la serveuse écouta, ses lèvres fuchsia bougeant avec les mots.

— Eh !

— Elle, *gringa*! ajouta Hope à mon sujet.

Elles rirent. J'enviai le mystère de leurs langues, de leurs regards.

— *Son gringas!* annonça la serveuse à la salle.

Un vieil homme s'approcha, avec son verre et une bouteille de bière Corona. Droit... debout, marchant droit et très hispanique dans son costume blanc. Son fils le suivait en costume noir de zazou, lunettes noires, chaîne de montre. C'était le temps du be-bop, le temps des *pachucos*... Le fils se tenait voûté, selon la mode, abaissant sa tête au niveau de la fierté de son père.

— Comment tu t'appelles ?

Hope lui donna son nom en syrien... Sha-a-hala. Je lui donnai celui que les Syriennes me donnaient... Luchaha. Pas Lucia ni Lucha, mais Lu-cha-ha. Il les répéta à tout le monde.

La serveuse était surnommée Chata, parce qu'elle avait le nez en trompette. Littéralement, cela signifie « aplati ». Ou « pot de chambre ». Le vieil homme s'appelait Fernando Velasquez et il nous serra la main.

Les présentations faites, les clients du café nous ignorèrent comme auparavant, nous acceptant avec leur tranquille indifférence. Nous aurions pu nous appuyer à n'importe qui et nous endormir.

Velasquez alla déposer nos bols de chili vert sur une table. Chata nous apporta des limonades.

Il avait appris l'anglais à l'époque où il travaillait à El Paso. Son fils travaillait là-bas, lui aussi, dans le bâtiment.

— *Oye, Raúl... díles algo...* Il parle du bon anglais.

Le fils restait campé, élégant, derrière son père. Ses pommettes avaient des reflets ambrés par-dessus sa barbiche de zazou.

— Qu'est-ce que vous faites par ici, les enfants ? demanda son père.

— Démarchage.

Hope brandit la liasse de cartes. Fernando les regarda, retourna chacune d'elles. Hope y alla de son boniment sur les vanity-cases musicaux…

— Le gagnant remporte un vanity-case musical…

— *Válgame Dios…*

Il alla avec la carte à la table voisine, expliqua, gesticulant, tapant sur la table. Ils contemplaient la carte, puis nous-mêmes, indécis.

Une femme à turban me fit signe de venir.

— *Oye*, quelqu'un gagne bien les boîtes, non ?

— *Sí.*

Raúl s'était déplacé, sans bruit, pour en ramasser une, et me toiser. Ses yeux étaient blancs à travers ses lunettes sombres.

— Les vanity-cases, ils sont *où* ?

Je jetai un coup d'œil à Hope.

— Raúl…, dis-je. Bien sûr qu'il n'y a pas de vanity-case. Le gagnant ramasse le pactole.

Il s'inclina devant moi, avec la grâce d'un matador. Hope pencha sa tête moite et pesta en syrien. En anglais, elle ajouta : « Pourquoi on n'y pensait pas ? » Elle me souriait.

— OK, *chulita…* donne-m'en deux.

Velasquez expliquait le principe aux gens attablés, Chata à un groupe d'hommes au bar, des costauds au dos trempé de sueur. Ils poussèrent deux tables contre la nôtre. On prit place à chaque extrémité, Hope et moi. Raul se tenait debout derrière moi. Chata servait de la bière à tous ceux qui s'étaient installés autour de la table, comme à un banquet.

— *Cuánto es ?*

— Vingt-cinq *cents*.

— *No tengo... Un peso ?*

— OK.

Hope fit une pile avec l'argent devant elle. « Hé, on touche toujours notre part. » Raúl dit que c'était juste. Les yeux de Hope pétillaient sous la visière de sa frange. Raúl et moi, nous notions les noms.

Les prénoms en soi étaient plus amusants en espagnol. Personne n'arrivait à les prononcer correctement et ça rigolait sans arrêt. BOB. Bière renversée. Il ne fallut que trois minutes pour remplir une carte. Raúl décacheta la pastille. Ignacio Sanchez avait gagné avec TED. *Bravo !* Raúl déclara que c'était à peu près ce qu'il venait de toucher pour sa journée de travail. D'un geste théâtral, Ignacio répandit pièces et billets froissés sur le plateau au perroquet de Chata. *Cerveza !*

— Minute...

Hope préleva notre part.

Deux vendeurs à la sauvette venaient d'entrer, approchaient des chaises.

— *Qué pasa ?*

Ils s'installèrent, paniers de paille sur les genoux.

— *Cuánto es ?*

— *Un peso*… vingt-cinq *cents*.

— Doublons, dit Raúl. *Dos pesos*, cinquante *cents*.

Comme les nouveaux n'avaient pas les moyens, tout le monde décida qu'ils pouvaient rester à l'ancien tarif étant donné qu'ils étaient nouveaux. Chacun mit un peso sur la pile. C'est Raúl qui gagna. Les hommes se levèrent et partirent sans même boire une bière.

À l'heure où les quatre cartes avaient été vendues, chacun était ivre. Aucun gagnant n'avait gardé son gain, mais ils avaient retenté leur chance, payé à manger et de la tequila.

La plupart des perdants s'en allèrent. Tout le monde mangea des *tamales*. Chata les avait transportés dans une grande bassine, en plus d'une marmite de haricots où tremper des tortillas chaudes.

Hope et moi, on se rendit aux toilettes, derrière le café. Titubant, protégeant la flamme de la bougie que Chata nous avait prêtée.

Bâillement… ça rend pensif, songeur, de pisser, comme le Jour de l'An.

— Au fait, quelle heure est-il ?

— Oh.

Presque minuit. Les clients nous firent tous la bise. Raúl nous ramena au pont, tenant nos petites mains. Délicatement, baguette de sourcier entraînant nos corps secs dans le tempo zazou de sa démarche légère, lente et swingante.

Sous le pont, côté El Paso, les petits cireurs de chaussures que nous avions vus cet après-midi-là, debout dans le boueux Río Grande, tendaient en l'air des cornets pour attraper quelques sous, fouillant la vase si ça ratait. Des soldats leur jetaient des piécettes, des papiers de chewing-gum. Hope s'approcha de la rambarde. « *Hola, pendejos !* » brailla-t-elle avant de leur lancer des pièces de vingt-cinq *cents*. Gestes obscènes. Rigolade.

Raúl nous mit dans un taxi et paya le chauffeur. Nous lui fîmes des signes par la lunette arrière, le vîmes marcher, de son pas dansant, vers le pont. Bondir sur la passerelle tel un chevreuil.

Le père de Hope entreprit de la corriger à la minute où elle sortit du taxi, la poursuivant dans l'escalier à coups de ceinture, vociférant en syrien.

Chez moi, personne, à part Mamie, qui priait à genoux pour que je lui revienne saine et sauve. Le taxi la bouleversait plus que Juarez. Elle n'en prenait jamais un sans s'armer d'un sachet de poivre noir, au cas où.

Au lit. Oreillers dans mon dos. Elle m'apporta de la crème au chocolat, délice qu'elle réservait aux malades et aux damnés. La crème fondait dans la bouche comme une hostie. Le sang de son amour miséricordieux, je le buvais tandis qu'elle se tenait là, priant, dans une angélique chemise de nuit rose, au pied de mon lit. Matthieu et Marc, Luc et Jean.

Parfois l'été

Nous avions sept ans, elle et moi. On ne devait pas savoir quel mois, ou même quel jour nous étions, à moins que ce fût un dimanche. L'été avait déjà été si long et si chaud, avec des journées toutes semblables, que nous ne rappelions pas qu'il avait plu l'année précédente. Mais nous avions demandé à Oncle John de faire frire de nouveau un œuf sur le trottoir, donc on se souvenait au moins de ça.

La famille de Hope étant originaire de Syrie, il aurait été étonnant qu'elle commente les conditions climatiques au Texas. Ou qu'elle nous explique que les jours rallongent en été, avant de raccourcir. Chez moi, on ne se parlait pas. Oncle John et moi, on mangeait quelquefois ensemble. Mamie mangeait dans la cuisine avec ma petite sœur Sally. Ma mère et Papy, si jamais ils mangeaient, le faisaient dans leur chambre, ou en ville.

Parfois, tout le monde se retrouvait dans la salle à manger. Pour écouter Jack Benny, Bob Hope, ou Fibber McGee et Molly. Mais même là, personne ne parlait.

Chacun riait seul, fixant l'œil vert de la radio comme aujourd'hui on fixe la télévision.

Ce que je veux dire, c'est qu'on n'aurait eu aucun moyen d'entendre parler du solstice d'été, ni du fait qu'il pleuvait toujours à El Paso, en été. À la maison, personne ne parlait jamais des étoiles, et on ne devait même pas savoir qu'à cette saison, il y avait parfois des pluies d'étoiles filantes.

De fortes pluies faisaient déborder les arroyos et les canaux de drainage, détruisaient les maisons de Smeltertown [1], emportaient basse-cour et véhicules.

À l'apparition du tonnerre et de la foudre, notre réaction fut celle d'une terreur primitive. Blotties sur la véranda de Hope, nous écoutions les coups et roulements de tonnerre avec effroi et fatalisme, la tête sous des couvertures. Mais regarder était au-delà de nos forces et on se poussait mutuellement du coude, en grelottant, tandis que les éclairs se succédaient au-dessus du Río Grande, frappaient le calvaire de Mount Cristo Rey, s'introduisaient en zigzags par la cheminée de la fonderie. Boum boum. BOUM. Au même instant, le tram qui circulait dans Mundy Street s'arrêta dans une gerbe d'étincelles et tous les passagers se sauvèrent juste au moment où il se mettait à pleuvoir.

Ce fut le déluge. Il plut toute la nuit. Plus de téléphone, plus d'électricité. Ma mère ne rentra pas à la

1. Smeltertown : nom donné par ses habitants au quartier entourant la fonderie (smelter) d'El Paso.

maison, Oncle John non plus. Mamie alluma la cuisinière à bois et quand Papy rentra il la traita d'idiote. C'est l'électricité qui est coupée, imbécile, pas le gaz, mais elle secoua la tête. Nous avions parfaitement compris. On ne pouvait plus se fier à rien.

On dormit sur des lits de camp, sur la véranda de Hope. Ce qui s'appelle dormir, même si on jura avoir passé toute la nuit à contempler les trombes d'eau qui formaient comme un épais mur de verre.

Le petit déjeuner eut lieu chez elle et chez moi. Mamie nous donna des galettes de pain à la sauce blanche. Chez Hope, ce fut kebbés et pita. Sa grand-mère nous fit des tresses si serrées que toute la matinée nous eûmes les yeux bridés comme des Chinoises. On la passa à tournoyer sous la pluie, puis à se sécher en grelottant avant d'y retourner. Nos grand-mères respectives vinrent assister à la débâcle de leurs jardins, emportés le long des murs, et jusque dans la rue. L'eau rougie, mélange d'argile et de caliche, monta rapidement au-dessus des trottoirs et jusqu'à la cinquième marche des perrons en béton. On sautait dans cette eau, qui était tiède et épaisse comme du chocolat et qui nous emmenait loin de notre quartier, très vite, avec nos tresses flottantes. On en ressortait, retournait en courant sous la pluie froide, passant devant nos maisons jusqu'en haut du quartier avant de sauter de nouveau dans cette rivière qu'était devenue la rue et d'être une fois de plus balayées, encore et encore.

Le silence conférait à cette inondation une magie particulièrement troublante. Le service des trams était suspendu et pendant plusieurs jours il n'y eut pas de voitures. Nous étions les seuls gosses du quartier. Hope avait six frères et sœurs, mais ils étaient plus grands et devaient aider au magasin de meubles, ou se trouvaient tout simplement ailleurs. Upson Avenue, c'était principalement des ouvriers de la fonderie à la retraite ou des veuves mexicaines qui parlaient à peine l'anglais, allaient à la messe à l'église de la Sainte-Famille matin et soir.

La rue était toute à nous. Pour faire du patin à roulettes, jouer à la marelle ou aux osselets. De bon matin ou dans la soirée, les vieilles dames arrosaient leurs plantes mais sinon elles restaient confinées, fenêtres closes et rideaux tirés, afin de se préserver de la terrible chaleur texane, et surtout de la poussière rouge de caliche comme des fumées de la fonderie.

Chaque soir, la fonderie entrait en activité. On allait s'asseoir dehors, là où les étoiles apparaîtraient, et soudain les flammes jaillissaient de la cheminée, suivies par d'énormes et bizarres convulsions de fumée noire qui obscurcissaient le ciel et voilaient tout. C'était bien beau, vraiment, ces colonnes et ondulations dans le ciel, mais ça piquait les yeux et l'odeur de soufre était à suffoquer. Hope toussait toujours, d'ailleurs, mais c'était juste du cinéma. Pour vous donner une idée de l'effet effroyable que ça pouvait donner, quand les images de la première bombe atomique passèrent aux actualités, au Plaza Theater, un blagueur mexicain lança : « *Mira*, c'est l'*esmelter* ! »

Il y eut une accalmie et c'est alors que l'autre phénomène se produisit. Nos grand-mères pelletaient le sable et balayaient les trottoirs. Mamie était une exécrable femme d'intérieur.

— Elle était habituée à avoir des domestiques noirs, voilà pourquoi, disait maman.

— Et toi, t'avais papa !

Elle ne trouva pas ça drôle.

— Je ne vais pas gaspiller mon temps à nettoyer cette turne infestée de cafards.

Toutefois, Mamie prenait grand soin de l'extérieur, balayant les marches et les abords, arrosant son jardinet. Parfois elle se trouvait séparée de Mme Abraham juste par la clôture, mais elles s'ignoraient complètement. Mamie se méfiait des étrangers et la grand-mère de Hope détestait les Américains. Moi, elle m'appréciait car je la faisais rire. Un jour que tous les enfants s'alignaient devant la cuisinière pour la distribution des kebbés sur du pain tout chaud, je m'étais faufilée et elle m'avait servie avant de réaliser sa méprise. Voilà comment j'avais obtenu d'avoir, moi aussi, les cheveux brossés et tressés tous les matins. La première fois, l'air de rien, elle m'avait dit en syrien de me tenir tranquille et flanqué un bon coup de brosse sur le crâne.

À côté de chez eux, il y avait un terrain vague. En été, envahi de mauvaises herbes, de chardons, qui ne donnaient pas envie d'y marcher. À l'automne et en hiver, on pouvait voir qu'il était jonché d'éclats de verre. Bleus, bruns, verts. Cela, principalement, à cause du frère de

Hope et ses copains qui tiraient à la carabine à air comprimé sur des bouteilles, mais aussi à cause des passants. Nous, on recherchait des bouteilles à rendre pour toucher la consigne et les vieilles dames en rapportaient à la supérette dans leurs paniers mexicains défraîchis, mais à l'époque la plupart des gens buvaient leur soda et balançaient la bouteille n'importe où. Des canettes de bière étaient catapultées des voitures à tout moment, produisant de petites explosions.

Aujourd'hui, je sais que c'était l'été parce que le soleil se couchait plus tard, alors que nous avions fini de dîner. Nous retournions alors jouer aux osselets, accroupies sur le trottoir. Et c'est ainsi que, l'espace de quelques jours seulement, de notre position au ras de sol, nous avons pu voir à travers les herbes folles de cette parcelle l'instant précis où le soleil touchait la mosaïque de verre. Sous un certain angle, enflammant les tessons de verre comme un vitrail de cathédrale. Ce spectacle féerique ne durait que quelques minutes, et ne se produisit que deux soirs de suite.

— Regarde ! fit-elle la première fois.

Nous restions là, éberluées. Moi, serrant les osselets dans ma paume moite. Elle, tenant la balle de golf en l'air, telle la statue de la Liberté. Nous contemplions ce kaléidoscope qui se déployait devant nous, d'abord éclatant, puis doux et flou, avant de disparaître. Le lendemain, le même phénomène se reproduisit, mais ensuite le soleil fit seulement place au crépuscule.

Peu après cela, ou alors avant, on brûla plus tôt à la fonderie. En fait, bien sûr, l'horaire n'avait pas changé. C'était toujours à neuf heures du soir, en dépit des apparences.

Dans l'après-midi, on s'était assises sur mes marches, pour retirer nos patins, quand la grosse auto s'était arrêtée. Une Lincoln noire toute reluisante. Un homme à chapeau occupait la place du conducteur. Il abaissa la vitre de notre côté.

— Vitres électriques, observa Hope.

Il demanda qui habitait ici.

— Lui dis pas, me chuchota-t-elle, mais c'est ce que je fis.

— Le docteur Moynahan.

— Il est là ?

— Non, y a que ma mère.

— Mary Moynahan ?

— Mary Smith. Mon père est lieutenant, il fait la guerre. On vit ici en attendant.

Le type sortit de la voiture. Il avait un costume avec un gilet et une montre à gousset, une chemise blanche amidonnée. Il nous donna à chacune une pièce d'argent. Nous ne savions pas du tout ce que c'était. Des dollars, selon lui.

— C'est accepté dans les magasins ? demanda Hope.

Il confirma, monta les marches et frappa à la porte. Comme personne ne venait, il tourna la manivelle métallique qui fit tinter une sonnette enrouée. Au bout d'un moment, ma mère lui ouvrit. Elle prononça des paroles désagréables, inaudibles, et claqua la porte.

En redescendant, il nous donna deux autres pièces d'argent.

— Mes excuses, j'aurais dû me présenter… F.B. Moynahan, ton oncle.

— Moi, c'est Lu. Elle, c'est Hope.

Il demanda où était Mamie. Je répondis à l'église baptiste, face à la bibliothèque du centre-ville.

— Merci, dit-il avant de redémarrer.

On planqua les dollars dans nos chaussettes. Juste à temps, car ma mère dévalait les marches, bigoudis sur la tête.

— C'était ton oncle Fortunatus, ce serpent. Tu as intérêt à ne dire à personne qu'il est venu. Tu entends ?

J'acquiesçai. Elle me flanqua un coup sur l'épaule et les fesses.

— Pas un mot à Mamie ! Il lui a brisé le cœur en partant. Les laissant crever de faim. Elle serait dans tous ses états. Pas un mot. Compris ?

De nouveau, j'acquiesçai.

— Réponds-moi !

— J'dirai rien.

Elle me flanqua un nouveau coup, pour faire bonne mesure, et remonta.

Plus tard, tout le monde rentra dans la maison, pour s'enfermer dans sa chambre comme d'habitude. La maison, quatre chambres à gauche d'un long couloir, une salle de bains au fond, la cuisine, la salle à manger et le salon en face. Le couloir était toujours sombre. Noir la nuit, rouge sang le jour, à cause du panneau en vitrail. J'avais toujours peur d'aller aux toilettes, jusqu'au jour où l'oncle John m'apprit à démarrer depuis la porte d'entrée, me chuchotant à moi-même : « Dieu est mon berger, Dieu est mon berger », avant de foncer comme une dératée. Ce jour-là, j'avançais sur la pointe des pieds car dans sa chambre ma mère annonçait à l'oncle John que Fortie était venu. Oncle John déclara qu'il aurait aimé être là, pour pouvoir l'abattre d'un coup de fusil. Là, je m'arrêtai devant la porte de chez Mamie. Elle était en train de chanter une chanson à Sally, pour l'endormir. Si tendre. « *Way down in Missoula when my mammy sung to me.* » Lorsque je sortis des toilettes, l'oncle John était dans la chambre de Papy. Papy disait que Fortunatus avait tenté de s'introduire à l'Elks Club. Il lui avait fait dire de s'en aller, sinon il appellerait la police. La conversation se poursuivit encore un peu, mais je n'entendais plus rien. Glou-glou du bourbon dans des verres.

Enfin, Oncle John entra dans la cuisine. Pendant qu'il buvait, moi je prenais du thé glacé. Il mit de la menthe dans son verre pour faire croire à mamie qu'il buvait du thé, lui aussi. J'appris que l'oncle Fortunatus avait quitté la maison des années auparavant, au moment même où l'on avait besoin de lui. John et Papy buvaient alors énormément et ne pouvaient pas travailler. Oncle Tyler et Fortunatus entretenaient la famille jusqu'au jour où ce dernier s'était tiré en Californie en pleine nuit, laissant un mot disant qu'il en avait assez de cette bande de minables. Il n'avait jamais envoyé d'argent, pas même une lettre, et il n'était pas venu quand Mamie avait failli mourir.

— Mieux vaut ne pas dire que tu l'as vu, conclut-il.

Tout le monde était au salon pour Jack Benny. Sally dormait encore. Mamie était assise sur sa petite chaise, sa bible ouverte comme à l'accoutumée ; mais elle ne lisait pas. Elle avait les yeux dessus, et il y avait du bonheur sur sa vieille figure. Je compris que l'oncle Fortunatus l'avait retrouvée et lui avait parlé. Lorsqu'elle releva la tête, je lui souris. Elle me sourit à son tour et se pencha de nouveau. Ma mère était debout dans l'embrasure de la porte, à fumer. Ces sourires la rendaient nerveuse et elle m'adressait plein de « Chut » muets et de mimiques à son insu. Moi, je fixais sur elle un regard inexpressif comme si je n'y comprenais rien. Papy écoutait la radio et riait aux blagues de Jack Benny. Il était déjà ivre, se balançait allègrement dans son rocking-chair en cuir tout en déchirant son journal en bandelettes, qu'il brûlait dans le gros cendrier rouge. Oncle John buvait et fumait de son côté, mais il n'en perdait pas une miette. Il ignorait les signes que lui faisait ma mère pour lui demander de m'emmener. Il devait voir le sourire de Mamie, lui aussi. Va-t'en, disaient les grimaces de ma mère. Moi, mine de rien, je chantonnais avec la réclame Fitch. « Si la tête vous démange, ne vous grattez pas ! Fitchez-la ! Utilisez vos méninges. Sauvez vos cheveux, avec le shampooing Fitch ! » Son regard était si méchant qu'incapable de le supporter, je sortis l'un des dollars d'argent de ma chaussette.

— Regarde ce que j'ai, Papy !

Il cessa de se balancer.

— D'où ça sort ? Vous piquez du fric, toi et tes Arabes ?

— Non, c'est un cadeau.

Ma mère me gifla.

— Sale petite morveuse !

Elle me traîna hors de la pièce et me jeta dehors. Dans mon souvenir, elle m'attrape par la peau du cou comme un chaton, mais ça ne se peut pas car j'étais déjà grande.

À la minute où je fus dehors, Hope me cria de rappliquer.

— Ça brûle déjà !

Comme je l'ai déjà dit, c'était une erreur de jugement – ce qui nous trompait, c'est qu'il faisait encore jour.

D'énormes colonnes et tourbillons de fumée noire s'élevaient de la cheminée, très haut dans les airs, bourgeonnant et tournoyant à une vitesse terrifiante, déferlant par-dessus notre quartier comme si la nuit tombait, et des traînées brumeuses s'étalèrent par-dessus les toits et jusque dans les ruelles. La fumée se dissipa, dansa, et se propagea plus loin, par-dessus tout le centre-ville. Nous en étions tétanisées. Nos yeux ruisselaient parce que ça picotait, à cause des vapeurs de soufre nauséabondes. Mais au moment où la fumée se dispersait au-dessus du reste de la ville, en même temps elle fut éclairée en contre-jour comme les débris de verre, si bien que la fumée se changea en couleurs. De magnifiques bleus, verts, le violet irisé et le vert acide du pétrole dans les flaques. Une touche de jaune et un rouge rouille, mais ensuite, surtout un doux vert mousse qui se reflétait sur nos visages.

— Beurk, tes yeux sont passés par toutes ces couleurs.

— Les tiens aussi, lui dis-je, mais ils étaient toujours aussi noirs.

En fait, mes yeux pâles changent parfois de couleur, donc ils avaient dû se transformer effectivement.

On ne jacassait jamais comme la plupart des petites filles. Et même, on ne parlait guère. Je sais qu'on n'a pas dit un mot de la terrible beauté de ces flamboiements.

Soudain, ce fut la nuit. Chacune rentra chez soi. L'oncle John dormait sur la balancelle. Notre maison était brûlante, puait la nicotine, le soufre et le bourbon. Je me glissai dans le lit, auprès de ma mère, et m'endormis. C'est sûrement au milieu de la nuit que l'oncle John me secoua pour m'emmener dehors.

— Réveille ta copine…

Je jetai un caillou dans sa moustiquaire et quelques secondes plus tard elle nous rejoignit. Il nous guida sur la pelouse où on s'allongea.

— Fermez les yeux. C'est fait ?

— Oui.

— Oui.

— Bon, rouvrez-les et regardez le ciel, du côté de Randolph Street.

Nous rouvrîmes les yeux sur le ciel limpide du Texas. Étoiles. Le ciel était criblé d'étoiles et il y en avait tant que certaines se décrochaient pour tomber et se fondre dans la nuit. Des dizaines, de centaines, des milliers d'étoiles filantes, après quoi une traînée de nuage les dissimula et ensuite le ciel se voila entièrement.

— Faites de beaux rêves, murmura-t-il en nous renvoyant dans nos lits.

Le lendemain matin, il pleuvait de nouveau. Le déluge se poursuivit toute la semaine et, lassées du froid et de la boue, on dépensa nos dollars au cinéma. Le jour où nous en revenions après avoir vu *Pavillon noir*, mon père était rentré sain et sauf de la guerre. Peu après, nous sommes allés vivre en Arizona, et je ne sais donc pas ce qui s'est passé au Texas, l'été suivant.

Andado : romance gothique

C'était le début de la floraison. Dans d'autres pays, l'arbre s'appelle « acacia » ou « mimosa », mais au Chili, on dit « aromo ». Le mot avait la douceur des pétales jaunes qui tapissaient le préau. C'était le dernier cours : à cette heure-là les filles de quatrième étaient rêveuses, inattentives, les tabliers blancs recouvrant leurs tenues d'écolières étaient tachés et plissés. Elles rechargeaient leurs stylos aux encriers placés sur chaque pupitre et les plumes parcouraient les cahiers avec des crissements paisibles. Les branches mouillées de l'aromo jaune renvoyaient le bruit contre les fenêtres.

La Señora Fuenzalida parlait de sa voix monocorde. Les élèves l'avaient surnommée « Fiat ». Et elle avait vraiment l'air d'une Fiat. Petite, trapue, presque noire, avec des lunettes de soleil miroir, genre phares. Où les avait-elle dégotées, à Santiago, en 1949 ? Lunettes américaines, bas nylon, briquets Zippo – autant d'articles de luxe à l'époque.

Mais même sans ces lunettes, rien ne lui aurait échappé. Elle entendit Laura au dernier rang, derrière Quena et Conchi. Le plus léger bruit d'une feuille coupée avec un canif, page que Laura aurait dû couper et lire la veille au soir. Le professeur l'avait surnommée « Suspiros », car le bruit ressemblait à un soupir.

— *Suspiros !*

— *Mande, Señora.*

Laura se mit au garde-à-vous, mains jointes devant son tablier souillé.

— Qui a dit : « *Lloveré cuando se me antoje* » ?

Laura sourit. Elle venait de le voir. Je pleuvrai quand j'en aurai envie.

— Vous ne l'avez pas lu !

— Si ! C'est le fou, à l'asile.

— *Siéntese.*

La Señora Fuenzalida opina. Enfin, la cloche sonna. Les élèves attendirent debout près de leurs pupitres que le professeur eût quitté la salle, puis elles rassemblèrent leurs livres et sortirent dans le couloir à la file indienne. Elles accrochèrent leurs tabliers dans des casiers, boutonnèrent des cols et poignets tout blancs, leurs gants gris, se coiffèrent de leurs capelines à longs rubans. Cartables lourds de devoirs à faire à la maison, alors même qu'elles avaient quatre jours de vacances.

Avec Quena et Conchi, Laura remonta Las Lilas en direction d'Hernando de Aguirre. Le ciel s'était éclairci : le soleil se couchait, rose corail au-dessus des Andes enneigées. Leurs souliers écrasaient les fleurs d'aromo dont le parfum les enveloppait. Les fleurs jaunes qui tapissaient les trottoirs étouffaient leurs pas.

Il aurait été difficile de déceler que Laura était américaine. Fille d'un ingénieur des mines, elle avait cette faculté d'adaptation fréquente parmi les rejetons de militaires et de diplomates. Ils apprennent vite, pas seulement la langue ou le jargon, mais ce qui se fait, qui est digne d'être connu. Le problème pour ces enfants-là n'est pas l'isolement ou d'être toujours « le nouveau », mais qu'ils s'adaptent si vite et si bien.

Les filles se tenaient au coin d'El Bosque et Las Lilas, à discuter de leur programme pour ce long week-end. L'équipe française de ski passait l'été à Portillo. Quena allait prendre des leçons de ski auprès du célèbre Émile Allais. Il avait neigé dans les montagnes toute la semaine, mais regardez, maintenant c'est dégagé. Le ciel était presque noir. Deux carabineros à longue cape passèrent, fusil à l'épaule, bottes noires sur fond d'aromo.

Le programme de Conchi était le même tous les week-ends. Couturière, coiffeur, leçon de danse, leçon de tennis. Déjeuner au Crillon. Rugby ou polo, l'après-midi. Thé à El Golf. Elle prenait des cocktails avec Lautaro Donoso au Charles. Et s'il voulait danser joue contre joue ?

Laura annonça qu'elle passerait ces quatre jours au *fundo* Ibañez-Grey. Conchi et Quena en furent impressionnées. Andrés Ibañez-Grey était sénateur des mines, il avait été ambassadeur en France. L'un des hommes les plus riches du Chili, sa propriété dans le Sud s'étendait sur toute la largeur du pays, des Andes au Pacifique.

— Le Chili est un pays étroit... n'empêche! déclara Quena.

Ce qu'elles ignoraient, et dont Laura ne se souciait guère, c'était que son propre père et cet homme travaillaient tous deux pour la CIA. Ses amies ne savaient pas non plus que les parents de Laura n'iraient pas. Ils avaient annulé le matin même, sa mère étant une fois de plus souffrante. Laura savait qu'elles estimeraient qu'il était incorrect pour elle d'y aller, même si la sœur de Don Andrés servirait de chaperon. On serait en petit comité. Lui-même était veuf. Deux de ses fils viendraient, ainsi que la fiancée de l'un d'eux.

Elles se quittèrent alors, convinrent de se retrouver le lundi soir pour étudier la chimie. À la maison, Laura suspendit son blazer et son chapeau, quitta son uniforme d'écolière. Ses parents recevaient ce soir-là. Enfin, son père.

Laura alla voir sa mère, Helen, qui dormait. La pièce avait des relents de gin et de parfum Joy. Dans le couloir, derrière sa porte, le vieux Damián s'activait, chiffons aux pieds, frottant, frottant les parquets cirés. Il était toujours là, en haut, en bas, jour après jour, tout comme son petit-fils était toujours dans le jardin. Son unique tâche était d'arracher les pétales morts des azalées. Deux *mozos* et Domingo, le majordome, transportèrent la plupart des meubles « français » trop voyants dans le garage. Domingo aida Laura à disposer des masses de cinéraires et de renoncules qui venaient de chez le fleuriste, des jonquilles qui venaient du jardin, des centaines de bougies. Il y avait des miroirs partout… Helen n'arrivait jamais à se décider pour les tableaux. La nuit, à la lueur des bougies, ce serait mieux, déclara Laura. Elle révisa les listes avec Domingo et les bonnes, se pencha sur les boulettes de viande, les empanadas. María et Rosa étaient tout émues : elles avaient des bigoudis.

Laura arborait une robe cocktail et un maquillage qu'elle n'aurait jamais laissé voir à ses amies. Elle faisait au moins vingt et un ans, et avait l'air un rien vulgaire. Son père, en smoking, frappa à sa porte et ils descendirent pour accueillir des militaires et des gens des mines, des diplomates, des dignitaires chiliens ou péruviens, les ambassadeurs anglais et américain. L'une des fonctions de Laura était celle d'interprète : rares étaient les Américains à parler espagnol. Au bout de trois ans, Helen, sa mère, avait appris seulement « *Traiga hielo* », « *Traiga café* ». Laura circulait, faisant les présentations, la conversation. Elle fut acculée par un Señor Soto, un louche fonctionnaire bolivien. Ses réflexions étaient insinuantes, malsonnantes. Laura fit signe à son père, qui arriva, mais qui se contenta de sourire au Señor Soto en disant : « N'est-elle pas charmante ? » avant de disparaître. Laura dégagea sèchement son bras.

Andrés Ibañez-Grey était dans le vestibule. Ses cheveux étaient argentés, ses yeux d'un gris si pâle qu'on aurait dit ceux, aveugles, d'une statue. Domingo prit son chapeau et son manteau. Laura alla à sa rencontre.

— Je suis Laura. C'est très gentil de m'avoir invitée à votre *fundo*, même si mes parents ne peuvent pas y aller.

Don Andrés garda sa main dans les siennes.

— Ted m'avait parlé d'une enfant, pas d'une jeune femme ravissante.

— J'ai quatorze ans. C'est la toilette. Veuillez vous donner la peine d'entrer.

L'ambassadeur américain était justement là. Les deux hommes se congratulèrent. Laura s'enfuit, embarrassée.

Elle monta un plateau-repas et du café à sa mère, l'aida à se caler contre les oreillers. Laura lui décrivit les mets et les fleurs, les tenues des uns et des autres, transmit les salutations. Elle parla d'Andrés Ibañez-Grey. « Maman, il est cent fois plus intimidant qu'en photo. » Un impérieux Jefferson.

— Il vaut mieux qu'un pauvre billet de vingt dollars, ça c'est sûr, répliqua Helen.

— C'est dommage que tu ne viennes pas demain. Tu ne peux pas changer d'avis ? J'ai pas envie d'y aller.

— Ne dis pas de bêtise. L'endroit est fabuleux, paraît-il. En outre, ton père a vraiment besoin d'être en bons termes avec lui. J'aimerais être capable de gérer ces choses-là.

— Quelles choses ?

Elle soupira.

— Oh, Seigneur. Tout.

Elle n'avait rien mangé.

— J'ai très mal au dos. Je vais tâcher de dormir un peu.

Sa mère avait cet air qui signifiait qu'elle avait envie d'un verre. Laura ne l'avait jamais vue boire.

— Bonne nuit, maman.

Elle retourna à la cuisine pour superviser, pas auprès des invités. Son père était à sa recherche, déclara María, mais Laura l'ignora. De sa chambre, elle téléphona à Conchi avant de se coucher. Elles parlèrent de Quena, tellement autoritaire et *metete*. Laura savait que ces deux-là venaient probablement de cancaner sur son compte. Si elle n'avait eu autant sommeil, elle aurait appelé Quena pour lui dire combien c'était idiot de la part de Conchi de sortir avec Lautaro Donoso. Il était bien trop vieux, possédait des chevaux de courses. Il passait toutes ses soirées dehors, allant aux bains turcs le lendemain matin, toujours en smoking, et à la messe sans s'être couché.

Toutes trois fréquentaient des hommes bien plus âgés. Il était entendu que ces messieurs avaient une autre vie mondaine complètement à part. Avec les jeunes vierges du Santiago College ou des écoles françaises, ils assistaient à des matches de rugby ou de cricket, jouaient au golf et au tennis. Ils les emmenaient à l'opéra, à des bals surveillés par des chaperons, et dans des clubs avant le dîner. Mais tard le soir, c'était un tout autre univers de night-clubs, de casinos et de fêtes, avec des maîtresses ou des femmes *de medio pelo*. Et il en serait ainsi jusqu'à la fin de leurs jours, car cela avait commencé, en réalité, quand ils étaient petits garçons. Leurs mères, en fourrure, venaient les embrasser le soir dans leur lit, mais c'étaient les bonnes qui les nourrissaient, les berçaient pour les endormir. María prépara ses vêtements tandis que Laura était au téléphone et, ayant fait ses bagages, elle se mit à lui brosser les cheveux. Laura plaça la main sur le micro. Non, María, tu es trop fatiguée. *Hasta mañana.* À Conchi, elle dit qu'elle allait se coucher avant qu'il ne fasse froid. María avait déposé une brique brûlante au pied du lit, sous le drap.

Laura était sur le point d'éteindre quand elle réapparut avec une tasse de chocolat. Elle embrassa Laura sur le front. *Buenas noches, mi doña.* Des rues désertes montait le couplet du veilleur de nuit… *Medianoche y andado.* Minuit et « passé ». *Andado y sereno*… Tout est tranquille.

La pluie mitraillait le toit de verre de la sombre gare Mapocho. Des trains noirs et fuselés reluisaient le long des quais. Parapluies noirs, porteurs noirs en livrée s'évanouissaient dans les chuintantes volutes de vapeur blanche qui s'échappaient des trains. Il y avait des photographes, pas ceux des rubriques mondaines, comme Conchi l'avait espéré, mais ceux des journaux de gauche. Le sénateur des mines et l'impérialiste yankee qui dépouillent notre pays se concertaient à la gare Mapocho.

Les deux hommes se disaient bonjour et au revoir. Laura se tenait à l'écart, gauchement, auprès de Pepe, le fils de Don Andrés. Il était jeune, portait l'uniforme noir du séminariste. Il se dandinait, rougissait, contemplait ses pieds. Xavier, l'aîné, était tout le contraire. Fringant, dédaigneux dans son complet de tweed anglais. Laura l'avait déjà en aversion. Pourquoi est-ce sophistiqué d'être blasé ? Les voyageurs élégants et ceux qui allaient au théâtre arboraient le même air de pénible ennui. Pourquoi ne pas dire plutôt : « Un voyage ? Comme c'est excitant ! Quelle pièce fantastique ! » ?

Xavier et sa fiancée, Teresa, parlementaient avec la mère de cette dernière. La mère était dans tous ses états. La sœur de Don Andrés, Doña Isabel, était souffrante, dans l'incapacité de venir. La mère de Teresa jugeait qu'il n'y avait pas de chaperon adéquat. Don Andrés la persuada que sa gouvernante, Pilar, serait toujours présente pour surveiller les deux jeunes filles. Apaisée, elle s'en alla avec le père de Laura.

Don Andrés prit place près de la fenêtre, contre le velours rouge. Le chef de train et quelques porteurs lui parlaient en riant depuis le quai, casquette à la main. De l'autre côté de la travée, Xavier et Teresa s'étaient installés face à Laura et Pepe. Teresa parlait à Xavier d'une voix aiguë et bêtifiante qui jurait avec sa corpulence. Pepe se mit à lire un texte en latin sans attendre le départ.

Xavier expliqua à Laura que, dans deux semaines, Pepe se ferait prêtre. Nous allons le perdre, pour toujours. Mais la vocation… Vous êtes catholique ? Xavier était grand et il avait les cheveux d'un noir de jais, sinon il ressemblait assez à son père, patricien, sardonique. Avec le plus grand tact, il « situa » Laura. Bonne école. Quartier prétentieux. Non, elle n'était jamais allée en Europe. Elle jouait au tennis au Prince de Galles. N'avait pas la carte d'El Golf. Été à Viña del Mar. Elle connaissait Marisol

Edwards mais pas les Dusaillant. Son français était bon. Vous n'avez pas lu Sartre ?

— J'ai très peu lu. J'ai surtout vécu dans des camps miniers aux États-Unis. Je suis comme Jemmy Button.

Au moins avait-elle lu Subercaseaux, sinon Darwin.

— Un bon sauvage… en plus aimable, dit Don Andrés de l'autre côté de la travée. Venez auprès de moi. Je vous dirai où nous sommes.

Elle se leva avec soulagement pour s'asseoir en face de lui, pressant son front contre la vitre froide. La paroi était mouchetée de suie, à cause des escarbilles de la locomotive. L'aromo jaune se reflétait dans le Río Biobío, des lacs, des étangs. Don Andrés nommait les villes traversées, les cours d'eau franchis, les arbres fruitiers, disait ce qui serait semé dans les champs. Lorsque le porteur passa en annonçant le déjeuner à coups de gong, Don Andrés pria les autres de les précéder. Ce fut aussi simple que cela, la formation de leur duo pour ces vacances.

Dans le wagon-restaurant il y avait plus de serveurs et de commis que de clients, une quantité démesurée d'argenterie, de porcelaine de Chine et de verres à pied pour chaque plat, un défilé d'assiettes sortant d'une cuisine microscopique.

Don Andrés l'interrogea sur les montagnes de l'Idaho et de l'Arizona, les mines d'argent et de zinc. Comment vivaient les mineurs ? Où étaient les fonderies ? Elle avait plaisir à parler de tous ces endroits, étant sujette au mal du pays. Laura n'avait pas pardonné à son père d'avoir quitté ces mines pour devenir un cadre et un politicien.

Il n'avait rien fait pour. C'était Helen qui avait soif d'aventure, de prestige, d'enrichissement. Et aujourd'hui, tout comme dans les Rocheuses, elle quittait rarement sa chambre.

Laura parla du désert au Nouveau-Mexique et en Arizona. Oui, c'était comme Antofagasta. Elle lui raconta qu'elle avait l'habitude d'aller dans la montagne avec son père, pour chercher de l'or à la batée dans les ruisseaux. Il l'avait emmenée au fond des mines dès son plus jeune âge. Parfois, au moyen d'un monte-charge classique qui descendait dans le puits ; dans les mines modestes, par un gros tonneau attaché à une corde à laquelle il fallait se cramponner, la tête au niveau du jean brut des genoux de mineurs. L'odeur de la mine. Humidité, obscurité. La sensation de s'enfoncer sous terre. Le choc, à la vue de sa première mine à ciel ouvert à Rancagua, la mine de cuivre Anaconda. Cette balafre formidable, comme un viol.

Le mot la fit rougir. Elle avait parlé sans arrêt, ivre de vin et d'attention. Excusez-moi, je suis confuse. Pas du tout. Mais comment donc. Il n'y avait plus qu'eux dans le wagon-restaurant. Avec tous ces serveurs, elle venait seulement de le remarquer.

Et elle venait seulement de remarquer le bras de Don Andrés sur le dossier de sa chaise, comment ses cheveux effleuraient son épaule quand il remplissait son verre. Sans éprouver de gêne, sans même s'en rendre compte, elle s'était petit à petit détendue à son contact. Dans le sas entre les voitures, il lui prenait le bras pour l'empêcher de trébucher, l'attirait contre lui quand un *mozo* passait avec des bagages. Elle ne réagissait pas à de telles privautés comme elle l'aurait fait avec un autre homme. Elle était tout simplement enveloppée.

Plus jamais, cela n'arriverait. Plus tard, ce serait toujours elle aux commandes, même quand elle se montrerait docile. C'était la première et la dernière fois qu'on la dominait.

Pepe dormait, en face de Xavier et Teresa. Il était pâle, ses cils noirs ombraient ses pommettes. Ses mains tenaient un chapelet, le livre en latin. De leur côté, Xavier et Teresa jouaient à la canasta.

— Bien. On va se joindre à vous.

— Papa, tu ne joues jamais à la canasta.

— Teresa, on fait équipe contre Xavier et Laura.

Plaisant, le reste du voyage. Le soir tombait. Blagues et rires. Bruit apaisant des cartes battues. Tap tap tap, quand on les distribuait. Le sifflet du train, la pluie continuelle sur le toit métallique. Le déclic et la flamme du briquet en or de Don Andrés, le plissement de ses yeux gris à travers la fumée.

La collation fut apportée par quatre *mozos* en smoking. Samovar de thé, cafetière en étain, canapés, *cuchuflís* au caramel. Teresa servait. Laura et elle avaient sympathisé et causaient chiffons. New York. Saks. Bergdorf's.

Il faisait nuit, la pluie tombait toujours, lorsque le train s'arrêta à Santa Barbara. Ils furent réceptionnés par Gabriel, le majordome du *fundo.* Un *huaso* au teint safran vêtu d'un gros poncho, d'un chapeau à bord plat et de bottes à éperons. Laura et Andrés montèrent dans la cabine, les autres grimpèrent à l'arrière du camion bâché. Gabriel et deux hommes chargèrent les bagages, des caisses et des caisses de victuailles.

Ce camion était le seul véhicule présent à la gare ou dans les rues boueuses. Il y avait deux becs de gaz sur la petite place, des femmes enveloppées d'un châle noir se hâtaient d'aller assister aux vêpres dans une église éclairée à la bougie. Une fois au-delà de la place, on ne voyait plus personne. Ensuite des heures en pleine nature, sur une méchante route, sans jamais croiser de maison, de lumière, ou d'autre voiture. Pas un moulin à vent, pas un poteau téléphonique. Des chevreuils et des renards, des lièvres et d'autres animaux des champs détalaient devant les phares. Aucun autre bruit que la pluie. Don Andrés et Gabriel parlaient labourage, ensemencement, chevaux, moutons. Qui était mort, qui avait quitté la campagne pour la ville. Santiago était cette ville. Enfin, ils tombèrent sur de faibles lumières vacillantes, un amas de cabanes dans un bosquet d'eucalyptus. Le camion ralentit et Don Andrés abaissa sa vitre. Une bouffée de parfums d'aromo et de pin, l'odeur des feux de bois de chêne. Là, vivaient ses péons. Don Andrés n'usait pas du mot chilien pour paysan, *roto*, qui signifie brisé.

Le camion poursuivit sa route, grimpa une côte, s'arrêta devant de hautes grilles de fer. Une silhouette avec une cape leur ouvrit, leur fit signe de passer, après quoi le camion roula à travers des kilomètres de peupliers, des vergers nus qui montraient, de temps en temps, une nuée de fleurs de prunier rose pâle. Au sommet de la colline,

Don Andrés fit arrêter le camion. Ils descendirent sous la pluie. Au fond de la vallée se dressait une maison à pignons en pierre, dont les lumières jaunes se reflétaient dans un lac en contrebas. Pas d'autre lumière à des kilomètres à la ronde, mais partout dans l'obscurité palpitaient les bouquets d'aromo jaune. Laura était émue par cette vue majestueuse, le silence, mais elle sourit.

— Dans un film américain, c'est là que vous diriez : « Tout ceci m'appartient. »

— Un film en noir et blanc, alors. Parce que tout cela aura bientôt disparu.

Une fois remontée dans le camion, elle lui demanda s'il y aurait une révolution, si les communistes allaient s'emparer du pouvoir.

— *Claro que sí.* Et bientôt.

— Mon père dit que c'est impossible.

— Votre père est bien naïf. Mais, bien entendu, c'est là son charme.

Des chiens aboyaient dans la cour intérieure pavée. Une dizaine de domestiques se découpaient dans la lumière des lampes ou des bougies visibles par la porte ouverte. À l'intérieur, les parquets brillaient sous des tapis persans aux riches coloris. Des sombres portraits espagnols, visages rêveurs à la lueur des flammes. Une vieille femme, Pilar, leur serra la main. Don Andrés lui déclara qu'elle allait être le chaperon de Teresa, la pria de l'aider à s'installer et à défaire ses bagages. Où est Dolores ?

Aquí, Señor. Une splendide jeune fille aux yeux verts, guère plus âgée que Laura, des tresses noires jusqu'à la taille. Elle serait à son service, dit-il. Laura la suivit dans l'escalier en colimaçon. Toutes deux montaient d'un pas sautillant, comme des enfants. Laura essayait d'imaginer comment cette demeure avait été bâtie, comment les matériaux, sans parler des ouvriers, avaient pu être apportés dans un lieu aussi perdu… comme quand on avait bâti le Sphinx. Elle ne cessait de s'arrêter pour admirer les tapisseries, les gravures. Dolores s'en amusait.

— Attendez d'avoir vu votre chambre !

Un lit à baldaquin tendu de brocart, une cheminée à carreaux bleus, un miroir ovale au-dessus d'une commode de style. La salle de bains était en marbre ; une dizaine de bougies se reflétaient dans les glaces. L'eau du bain était tiède, mais juste à côté des baquets de cuivre fumaient.

Les fenêtres aux vitrages anciens et irréguliers, les miroirs dorés, brouillés, ajoutaient à l'illusion d'un rêve. Dolores disparut dans le miroir mais sa voix était encore là, douce, le rythme chantant du *huaso*. « *E' una hora, ma' o meno* », dit-elle comme on lui demandait à quelle heure le dîner serait servi. Elle défit les bagages de l'invitée et ajouta une bûche dans l'âtre. Puis elle se releva et attendit un signe de sa part. *Gracias*. Seul, dans le miroir, le reflet de Laura tremblait, vieille photo sépia flottant dans les lumières scintillantes.

Les autres étaient déjà dans la gigantesque salle de séjour. Un feu y crépitait. Teresa jouait du Chopin sur le piano à queue, « La Goutte d'eau ». Elle allait jouer cela tout au long du séjour et l'air hanterait Laura chaque fois qu'elle se souviendrait de Junquillos. Don Andrés lui tendit un verre de sherry.

— Je suis amoureuse de votre maison, comme une gouvernante anglaise !

— N'allez pas dans l'aile orientale ! s'exclama Xavier en souriant.

Laura l'en aima un peu plus, lui rendit son sourire.

— Cette maison est née de mes rêves, déclara Don Andrés. De mes lectures de romans français et russes. Le pays lui-même est du pur Tourgueniev.

— … Les serfs aussi, commenta Xavier.

— Pas de politique, Xavier. Laura, mon fils est socialiste, un révolutionnaire en puissance. L'anarchiste chilien type, qui discute du triste sort des masses tandis qu'un valet de chambre brosse son manteau.

Xavier ne releva pas, il buvait. Pepe tournait les pages, au piano.

— Laura, vous allez raffoler de mes carrosses. Je les collectionne. Vous pourrez vous prendre pour Becky Sharpe, Emma, Madame Bovary.

— Connais pas.

— Ça viendra. Ainsi, quand vous ferez leur connaissance, vous poserez votre livre et songerez à ma calèche, et à moi.

(Ah. Exact.)

Il y avait des cheminées aussi dans la salle à manger. Postés en retrait dans des poches d'ombre, deux *mozos* se matérialisaient pour alimenter le feu.

Pepe était animé et gai. Sa jument avait pouliné ; il y avait des dizaines d'agneaux nouveau-nés. Son père et lui évoquèrent divers événements sur le domaine... les animaux, les naissances et les décès des péons.

Après le dîner, Xavier et Teresa jouèrent au backgammon sur place, tandis que Pepe et Laura allaient prendre cognac et café avec Don Andrés dans son cabinet de travail. Un feu plus petit, entretenu par un *mozo* qui arrivait du couloir dès que ça commençait à fumer ou qu'une bûche tombait dans une gerbe d'étincelles.

Tous trois firent la lecture à haute voix. Neruda. Rubén Dario et son « *La princesa está triste. La princesa está pálida.* »

— Lisons *Premier Amour* de Tourgueniev. Commence, Pepe, mais en y mettant plus de sentiment. Tu feras un excellent prêtre, avec ta manière d'ânonner.

Lorsque son tour arriva, Laura changea de place avec Pepe pour être à la lumière. Tout en lisant, elle jetait de temps en temps un regard à la dérobée aux deux hommes en face. Les yeux gris de Pepe étaient clos, mais ceux de Don Andrés regardaient au fond des siens, tandis que Zinaïda entourait les mains de Vladimir d'un écheveau de laine.

Sentiments timides, douce mélancolie, franchise et bonté d'une âme qui s'éprend, joie languide des premiers attendrissements de l'amour, où êtes-vous[1] *?*

---

1. Traduction de Michel-Rostislav Hofmann (Garnier-Flammarion, 1974).

— Pepe s'est assoupi. Il a raté le meilleur.

— Vous aussi, vous tombez de sommeil. Je vais vous conduire à votre chambre.

Réglant la hauteur de la mèche dans la lanterne à son chevet, il baisa son front. Lèvres fraîches.

— *Buenas noches, mi princesa.*

Espèce d'idiote, se dit-elle. Tu t'en serais presque pâmée ! Comme dans les romans à deux sous de maman.

Allongée dans son lit, elle était incapable de dormir. Dolores entra sur la pointe des pieds et souleva la fenêtre de quelques centimètres. Elle déposa une bûche dans le feu, éteignit la lanterne. Une fois seule, Laura se leva et alla à la fenêtre. Elle l'ouvrit toute grande, s'exposant au parfum des pins et des aromos jaunes. Il ne pleuvait plus. Le ciel s'était éclairci et les éblouissantes étoiles éclairaient les champs et la cour intérieure. Laura vit Dolores traverser cette cour et entrer par une porte près de la cuisine. Quelques minutes plus tard, Xavier empruntait le même chemin et frappait à cette même porte. Dolores lui ouvrit, souriante, et l'attira à elle.

Laura entendit la fenêtre de Teresa claquer. Elle retourna se coucher, et s'efforça cette fois de rester éveillée pour réfléchir, mais elle s'endormit.

Les journées sont plus belles quand les nuits n'ont pas l'électricité. Un soleil tiède s'invita dans sa chambre, effleurant un coupe-papier à manche de nacre, les chenets en cuivre, le pot de marmelade en verre taillé sur le plateau du petit déjeuner. Dehors, les trois sommets blancs de Las Malqueridas miroitaient sous un ciel d'azur.

— Ils sont déjà à cheval, déclara Dolores. Don Pepe vous prie de vous dépêcher ; il veut vous montrer le poulain. Je vous ai apporté cette tenue d'équitation.

— J'allais juste enfiler ce pantalon…

— Ceci est bien plus joli.

Vêtue d'une amazone, cheveux relevés, on aurait dit, dans les miroirs fumés, le portrait d'une dame d'un autre siècle. Dolores retirait le plateau, et elle s'effaça quand Teresa entra dans la chambre. Laura chercha sur leurs visages une expression quelconque – rivalité, dédain, honte – mais toutes deux étaient impassibles.

— Mes draps sentent le moisi, déclara Teresa. Je vous prie de les changer, ou de les aérer.

— Je vais prévenir votre domestique.

Dolores sortit, la tête haute. Teresa fit la moue, s'affala dans le fauteuil à la fenêtre.

— Si seulement Tía Isabel était là. Nous ferions ensemble le tour du lac à pied. Je déteste les chevaux. Pas vous ?

— Non. Je les adore, mais je n'ai pas l'expérience des selles anglaises.

Pepe les appelait depuis la cour. Il montait une jument alezane, en menait une autre, une élégante bête noire, par la bride. Laura lui annonça qu'elle descendait tout de suite. Mais Teresa continuait à parler. Elle souhaitait se marier bientôt. Le mariage guérirait Xavier de ses idées téméraires en politique, l'assagirait. Depuis combien de temps étaient-ils fiancés ? Depuis leur naissance. Leurs pères en avaient décidé ainsi. Heureusement, ils étaient tombés amoureux.

— Allons-y. La journée est idéale, dit Laura, mais Teresa retirait son manteau.

— Non, je vais rester ici et tricoter. Je suis souffrante. Dites à Xavier de venir me tenir compagnie.

Pepe l'aida à monter la belle jument, Electra. Ils allèrent d'abord voir le poulain, puis galopèrent dans le *potrero* près de l'écurie. Pepe la regarda sauter des rondins, des petits obstacles. Ils riaient aux éclats à cause de cette journée splendide, de ces chevaux fougueux. Xavier et Don Andrés arrivaient au petit galop.

— Allons à leur rencontre. Vous pouvez sauter la clôture ?

Mais ils y furent avant qu'elle ait pu répondre.

— Pas mal, dit Don Andrés.

— Pas mal ? Sensationnel, oui. Mon premier saut !

— Recommencez.

Avant de s'élancer, elle transmit le message de Teresa à Xavier.

— *Que regio.* C'est ennuyeux de monter avec elle. Allons à la rivière, Pepe !

Les frères s'éloignèrent au petit galop, s'interpellant. Laura sauta de nouveau la clôture, mais mal.

— Encore une fois, dit-il en cravachant la croupe de la jument, qui partit à fond de train.

Surprise, Laura tira sur ses rênes si vivement que sa monture rua et qu'elle tomba. Don Andrés ne mit pas pied à terre, et il se moqua d'elle.

— Vous faites la paire…

— Je n'ai pas la frousse.

— Elle non plus, mais elle ne fait que ce qu'elle veut.

— Je veux sauter. Et je vais le faire, mais ne la touchez pas.

— *Andale.*

Un beau saut plein d'élan. Ensuite, ils foncèrent pour rejoindre les deux garçons, galopant à travers des bois de trembles, parcourant des prairies, des champs labourés. Leur groupe se promena toute la matinée, sans parler sauf quand ils criaient pour se désigner des bébés agneaux, des trilles, des violettes, des masses de jonquilles auxquelles le *fundo* devait son nom. Ils franchirent la rivière rendue tumultueuse par la fonte des neiges. Chevaux hennissants, eau glaciale. Du haut de ces contreforts, la vue plongeait loin dans la vallée. Laura avait l'impression de la voir telle qu'elle était apparue aux conquistadors. Même dans les Rocheuses de son enfance, il y avait toujours un rappel de la civilisation… fracas des wagons à minerai, ronron d'une scie, un avion. Sur le chemin du retour ils aperçurent tout de même un *huaso* gardant ses moutons, un autre qui labourait un champ, le bœuf attelé à la charrue.

La salle à manger, si sombre la veille au soir, était baignée de soleil et donnait sur le lac et les Andes d'une blancheur immaculée. Les cavaliers étaient fatigués, hâlés, affamés. Xavier avait perdu toute affectation, Pepe et Laura toute timidité. Quelle matinée ! Teresa était gaie, elle aussi, ou faisait semblant. Ou alors, elle n'éprouvait aucune jalousie envers Dolores. Non, elle était forcément jalouse, mais sans pouvoir le montrer, ni même laisser entendre qu'elle savait. Son rôle en eût été compromis, celui de l'innocente fiancée. Xavier était-il réellement amoureux d'elle ? Assurément, il l'était de Dolores. C'était une idylle. Laura avait hâte de raconter cela à Quena et Conchi.

— Je passe un bon moment ! s'exclama-t-elle.

— *Yo también !* renchérit l'assistance.

Velouté de lentilles à la truite, gigot d'agneau, pain tout frais. Après le repas, Teresa et Xavier allèrent canoter sur le lac, tandis que Pepe s'éclipsait pour faire la sieste.

Il y avait huit carrosses différents. Une berline dorée, capitonnée de velours rose, décorée de miroirs, de pots de fleurs, de plates-formes sculptées avec recherche pour les valets de pied. Diligences américaines, landaus, sulkies. Laura les essaya tous, choisit une calèche noire à deux places garnie d'acajou reluisant, de cuir noir.

Don Andrés y attela son étalon, Lautaro. Ils allèrent se promener le long du lac et des aromos jaunes, saluant Teresa et Xavier de loin. Avançant au rythme vif des sabots de Lautaro. Le soir tombait. Don Andrés alluma les lanternes.

— Désirez-vous rentrer pour le thé ?

— Non.

— Bien.

Ils franchirent la rivière par un pont de bois, éclaboussés par les eaux en crue, s'enfoncèrent dans les ténèbres tandis qu'il lui parlait de son premier âge. Comme elle, il avait été solitaire, un enfant unique, qui n'avait pas eu d'enfance. Sa mère était morte à sa naissance ; son père était un homme froid, despotique. Internats français et anglais. Seul avec ses livres quand il était à la maison. Il avait été formé à Harvard, Oxford, la Sorbonne, avait rencontré sa femme à Paris. Non, elle était espagnole. Elle était morte, depuis pas mal d'années.

Le moment était venu de rentrer. Il fit demi-tour, lui confia les rênes. Un instant. Il descendit. Ses cheveux gris contre le jaune des aromos. Il remonta avec des violettes, les lui fixa au col de sa pèlerine.

Laura aurait préféré qu'ils ne lisent pas *Premier Amour*. Elle sentait ses joues s'embraser.

— Pepe, à vous.

Elle lui tendit le volume. Lorsque Don Andrés lisait, elle ne pouvait détacher les yeux de sa bouche, de la blancheur étincelante de ses dents.

Ensuite, dans son lit, elle se crut amoureuse. Elle repensa à chaque moment qu'elle avait passé avec lui, à chaque mot qu'il avait prononcé. Que désirait-elle ? Ses rêves n'allaient pas au-delà d'un baiser.

Dolores la réveilla avec le plateau du petit déjeuner. Belle journée. Don Pepe voulait chevaucher avec elle. Xavier et Don Andrés étaient partis à la chasse. Teresa et Pilar étaient sur la terrasse, occupées à broder son trousseau. Des taies d'oreiller. Dolores avait préparé un pique-nique pour Pepe et elle.

— Merci. Vous montez à cheval, Dolores ?

— Tout le temps, mais pas quand la famille est là.

Laura aurait voulu l'interroger sur Xavier et elle, sur l'amour.

— Quel âge avez-vous ? fut tout ce qu'elle parvint à articuler.

— Quinze ans.

— Vous êtes née ici ?

— Oui, dans la cuisine ! Ma mère a toujours fait la cuisine ici.

— Donc, vous connaissez Xavier depuis longtemps ?

— Depuis toujours, dit-elle en riant. Bien sûr. Depuis ma naissance. C'est lui qui m'a appris à monter à cheval, et à tirer.

Laura soupira, s'habilla. Dolores ne se conduisait pas comme si elle avait été amoureuse. Mais elle en avait eu l'air, en ouvrant la porte à Xavier. Helen, sa mère, avait-elle jamais été amoureuse ? Laura n'avait personne à qui en parler. Et il eût été exclu de le faire avec Quena ou Conchi, même si le thème de l'amour monopolisait leurs conversations. Toutes les trois s'exerçaient à embrasser avec l'armoire à pharmacie. Mais avec l'armoire à pharmacie, votre nez allait buter contre la petite glace. Où allaient les nez ? Voilà à quoi se résumait leur connaissance du sujet. Le désir que Laura éprouvait… elle n'aurait pas été capable d'associer cette sensation au mot amour.

Pepe et elle galopèrent jusque dans un pâturage inférieur pour voir les jeunes agneaux et les chevreaux, poussant ensuite jusqu'à la maison de Gabriel pour rendre visite à son épouse. La vieille femme fut ravie de le revoir. Elle fit chauffer de l'eau pour le thé, rameuta ses voisines. Notre Pepino va se faire prêtre ! Elles restaient debout autour de lui tandis qu'il buvait, dans cette cabane enfumée au sol de terre battue, lui souriant avec une affection profonde. Il les connaissait toutes par leur nom, connaissait celui de leurs enfants, de leurs bêtes. Il penserait à eux. Prierait pour eux. Ces femmes l'embrassaient, serraient la main de Laura en partant. Pepe était grave en déjeunant en sa compagnie sous un énorme aromo.

— Vous êtes nerveux à l'idée de vous faire prêtre ?

— J'ai la trouille. C'est une étape importante.

— Qu'est-ce qui vous motive ? Vous avez la vocation ?

— Non. Je voudrais… apporter des changements, agir. Je suis trop cynique pour faire la révolution. Plein de raisons. Justifier mon existence, améliorer le monde, échapper à mon père. Mon confesseur affirme qu'il ne faut pas trop se soucier des raisons, du moment que mon engagement est ferme.

— Apparemment, Xavier cherche les mêmes choses.

— Oui, j'ignore comment il s'y prendra pour les obtenir.

— Il prétend que la réforme agraire est l'unique solution. Donner la terre au peuple.

— Ça n'est pas pour demain, et ce ne seront pas les chefs qui gâcheront tout, mais le peuple lui-même. Tant sa manière d'être que sa religion réclament un système patriarcal. Il fera de ses libérateurs ses nouveaux *patrones.*

— On dirait mon grand-père, disant combien les Noirs étaient plus heureux du temps de l'esclavage.

Ils finirent la *bota* de vin et mangèrent les deux poires. Des pétales d'aromo se collèrent à leurs corps quand ils s'allongèrent sur ce moelleux tapis.

— Je me demande si je devrai jamais justifier mon existence, dit-elle.

— C'est facile pour les femmes.

— Parce que nous sommes des êtres angéliques ?

— Non. Vous n'êtes pas obligées d'agir pour être fidèles à ce que vous êtes.

— Et comment savoir qui je suis ?

Elle soupira en se relevant, chassa quelques pétales de la main. Ils remontèrent en selle.

— Le premier arrivé a gagné !

Des écuries, on pouvait voir Don Andrés et Xavier à la porte de la cuisine. Des plumes de faisan brillaient au soleil, d'un iridescent violet-vert. Dolores souriait ; elle tenait ces trophées éclatants. Xavier caressa ses cheveux noirs. Derrière eux, Teresa entra dans la cuisine et se figea, frappée de stupeur, dans la pièce obscure. Ses perles miroitaient ; la théière était blanche sur le plateau. Teresa la fracassa sur les tommettes et quitta la pièce. La main de Xavier resta tétanisée sur les cheveux de Dolores.

Thé servi devant la vaste cheminée. Une nouvelle théière. Teresa n'était pas là.

— Où est ta fiancée ? demanda Don Andrés.

— Ce n'est plus ma fiancée.

— Sornettes. Va la rassurer, Xavier.

— J'ai rompu nos fiançailles. Je ne l'épouserai pas.

— Ne sois pas stupide. Tu ne peux pas faire cela.

— Oh, que si, Papá. Non, Laura, pas de sucre, merci.

Don Andrés était blême, furieux.

— Laura, allons nous promener.

— Il pleut.

— À peine.

Il se leva pour partir et elle lui emboîta le pas. Xavier regarda le dos de son père avec haine, un air de triomphe.

Lautaro volait au-dessus du chemin que la pluie rendait glissant. Les lanternes tremblotaient sous le vent ; des masses confuses de fleurs roses, d'aromos jaunes défilaient de chaque côté dans l'obscurité. Le ciel commençait à se dégager, mais les étoiles ne brillaient pas encore. Ils se taisaient.

Ils entendirent la rivière avant de la voir, puis le fracas des sabots de Lautaro sur le pont de bois. Son cri horrible quand le pont céda. Tous deux furent éjectés du tilbury et précipités dans les flots glacés et bouillonnants. Les lanternes s'éteignirent en sifflant. Ils gesticulaient dans l'eau, arrachant leurs pèlerines, leurs vestes. Don Andrés lui cria de se cramponner à la voiture, de l'aider à détacher l'animal. Emportés dans un mouvement circulaire. Lautaro hennissait désespérément, mordant et donnant des coups de sabots alors qu'ils s'affairaient sur son harnais. Jouets du courant qui les emportait, ils étaient blessés par les sabots, les rochers, la voiture.

Le cheval, qui se débattait, se lamentait, se retrouva libre. À force d'allonger l'encolure vers la berge, il parvint à remonter sur la terre ferme et disparut. Le tilbury poursuivit sa course folle dans la rivière, tournoyant au milieu de l'écume qu'argentaient les étoiles.

Tremblant, pantelant sous un aromo, Don Andrés déchira sa chemise pour bander ses membres blessés. Un feu, dit-il, mais son briquet en or ne marchait plus.

— Gabriel se lancera à notre recherche dès que Lautaro sera revenu, mais nous sommes à des kilomètres de son point de départ. Espérons qu'il ne tentera pas de traverser le pont. Nous ferions mieux de nous mettre en route, de gagner le talus. Déshabillez-vous et essorez vos vêtements.

— Pas la peine.

— Ne dites pas de sottises. Essorez vos vêtements.

Ils grelottaient ; leurs dents s'entrechoquaient.

L'aromo collait à leur nudité comme une fourrure jaune. Laura avait froid et elle avait peur. Elle ressentait du désir et ne savait que faire, comment faire ce qu'ils étaient en train de faire. Elle tenait ses tempes grises tandis qu'il effleurait ses seins de ses lèvres. Des rameaux se balançaient contre le ciel. L'étonnement de la douleur.

— Qu'ai-je fait ? lui souffla-t-il à l'oreille.

Tiède, son souffle et son corps. Du sperme reluisait, fumant, sur ses jambes tandis qu'elle se rhabillait.

Il faisait aussi clair qu'en plein jour, avec des étoiles filantes et les Andes d'une blancheur phosphorescente.

Du sang transperçait leurs bandages. Ils avançaient en claudiquant, épuisés, meurtris.

— Lautaro n'était pas éclopé, n'est-ce pas ?

— Non.

Et moi ? songea-t-elle. Blessée, avec des ampoules dans mes bottes mouillées, mal à la poitrine de marcher aussi vite. Il ne lui avait même pas jeté un regard.

— Et moi ? dit-elle à haute voix. Pourquoi m'en voulez-vous ?

Il se retourna, mais toujours sans la regarder. Ses yeux gris pâle.

— Je ne vous en veux pas, *mi vida*. Je vous ai déshonorée et j'ai failli tuer mon meilleur cheval.

Il cria le nom de Gabriel. Sa voix résonna dans la vaste vallée, puis ce fut le silence. Ils poursuivirent leur route.

Déshonorée ? Je suis déshonorée ? À cause de ce moment d'égarement ? Est-ce que tout le monde le saura, rien qu'en me regardant ? Et Dolores, elle est déshonorée ?

Ses ampoules étaient si douloureuses qu'elle ôta ses bottes. Il lui avait dit de n'en rien faire, mais elle avait ignoré son conseil, feignait de ne pas sentir les cailloux et bouts de bois sous ses pieds.

Et si tant de femmes risquent d'être déshonorées, il y a peut-être un truc qui cloche chez moi, pour avoir à peine remarqué ce qui se passait.

Il fallait qu'elle urine.

— Avancez, je vous rattraperai.

Sa culotte était rouge, ensanglantée. Elle ôta son pantalon de laine trempé, jeta sa culotte afin que Dolores ne voie rien.

— *Apúrate.*

— Allez-y. J'ai dit que je vous rattraperai.

Elle escalada la côte derrière lui, faisant rouler des pierres.

— Si vous êtes fâché parce que vous craignez que je le dise à quelqu'un, ce n'est pas la peine de vous en faire.

Elle n'avait personne à qui le dire, à qui poser des questions.

Là, il s'arrêta et l'attira contre lui, baisant ses cheveux, son front, ses paupières.

— Non, je n'ai pas pensé à ça. Je m'efforce de penser à ce que j'ai fait, à ce que je peux faire pour réparer.

— Embrassez-moi, dit-elle. On ne m'avait jamais embrassée.

Il se détourna mais elle attrapa sa tête et colla ses lèvres aux siennes. Il ouvrit ses lèvres avec sa langue et ils s'embrassèrent à en perdre haleine. Puis ils s'assirent sur la colline.

Galop. Ils tendirent l'oreille, appelèrent. Une voix leur répondit. C'était Gabriel monté sur son cheval, menant d'autres montures derrière lui. Ponchos et cognac. Cigarettes pour Don Andrés. Puis la maison, les deux hommes en tête, communiquant par des cris, montant et descendant au petit galop les vallons dans la nuit fluorescente.

Xavier était dans la cuisine avec Dolores. Deux taches mauves aux joues montraient qu'il était ivre. Les rescapés burent du cognac, eux aussi, tandis que Dolores bandait les jambes du maître de maison. Laura et lui étaient écorchés et couverts d'ecchymoses. Don Andrés raconta leur accident comme une aventure glorieuse, au cours de laquelle Laura avait secouru son précieux pur-sang. Laura fut ébahie d'apprendre la valeur de cette bête.

— Tu as dû te maudire de l'avoir attelé à une calèche, fit remarquer Xavier.

— Pas qu'une fois ! C'était une folie.

Xavier esquissa un sourire.

— Papá, c'est la première fois que tu admets une erreur.

Laura se déshabilla et grimpa dans la baignoire éclairée aux bougies. Dolores récupéra ses vêtements.

— Votre pantalon est couvert de sang. *Llegó la tía ?* Vous avez vos règles ?

Laura fit signe que non. Leurs regards se croisèrent dans la glace.

Elle se réveilla, apeurée parce qu'elle pouvait à peine bouger, puis la mémoire lui revint et elle rouvrit les yeux. Il était presque midi, le temps était couvert et il pleuvait. Un feu brûlait dans la cheminée. Dolores lui apporta son petit déjeuner.

— Vous allez rester au lit. Don Andrés espère que vous ne vous sentez pas trop mal.

— Où est-il ?

— Parti pour Santa Barbara de bonne heure. Il ne rentrera pas avant la nuit.

— Et les autres ?

— Pilar est couchée, malade. Teresa au lit. Pepe dans sa chambre, en train de lire. Xavier dans la salle à manger. *Está tomado.*

Ivre, « pris ». Laura remarqua que la jeune fille s'était assise au pied du lit. C'est parce que nous sommes pareillement déshonorées, se dit-elle. Dolores devait avoir lu en elle, car elle se leva d'un bond.

— *Perdóname*, Doña Laura. Je suis très fatiguée. La matinée a été compliquée.

Honteuse, Laura lui tendit la main.

— Excusez-moi. La matinée a été effectivement compliquée. D'abord, c'est l'après-midi. J'ai mal partout. Oh, ma figure !

Dans le miroir fumé, elle avait une joue à vif, un œil au beurre noir. Elle éclata en sanglots, pleine de pitié pour elle-même. Dolores l'imita. Les jeunes filles s'embrassèrent, se berçant, puis Dolores s'en alla.

Tout était calme. Le seul chien de chasse admis à l'intérieur arpentait les parquets brillants, ses ongles cliquetant. Un bruit lointain, comme un téléphone qui sonne dans une maison vide.

Xavier s'était assoupi dans le cabinet de travail paternel. Il se réveilla quand Laura passa devant lui pour prendre le roman de Tourgueniev.

— Notre bon sauvage ! Atalante, qui plongea dans les torrents glacés pour sauver l'animal en péril !

— Taisez-vous.

— Pardon, *gringuita*. Vous devez être épuisée. Venez près de moi.

Pepe apparut sur le seuil de la porte. Il venait de se raser, était tout pâle.

— Laura ! *Pobrecita !* Quel épouvantable accident. Vous n'avez rien de cassé ? Et toi, Xavier, que se passe-t-il ?

— Entre, Pepito. Tu as l'air aussi mal fichu que nous. La frousse ? Aurais-tu changé d'avis ?

Xavier se leva, remplit trois verres de sherry, ajouta une bûche dans la cheminée.

— Il est sûrement l'heure de boire. Quelle heure est-il ?

À point nommé, un *mozo* vint leur demander s'il leur plairait de déjeuner.

— Pitié, non. Je veux dire, on n'a vraiment pas faim, si ? Pepe, ça va ?

Pepe hocha la tête.

— Oui. Je fais mes adieux, mais c'est comme si j'étais déjà parti.

— Pareil pour moi. Mais toi, au moins, tu sais où tu vas. Moi, je me contente de dire au revoir.

— À quoi ?

— À tout. Teresa. La fac de droit. Papá. Tout, jusqu'à aujourd'hui.

— Tu ne plaisantes pas. Que vas-tu faire ?

— Je n'en suis pas encore là. C'est la dernière fois que je viens à Junquillos.

— *Ai*, Xavier.

Les frères se levèrent, s'embrassèrent et le silence retomba. Les flammes. La pluie aux fenêtres. Aromos brouillés au bord du lac.

— *Y tu, gringa ?* Vous reviendrez, je suppose, déclara Xavier.

— Non, je ne reviendrai pas.

— Mais si, dit Pepe. Papá vous aime beaucoup.

Xavier eut un petit rire.

— À qui dites-vous adieu, Laura ? À votre innocence ?

— Oui. Justement.

— Xavier, quelle grossièreté ! protesta Pepe. Tu es ivre !

Don Andrés arriva juste à temps pour dîner, sur Electra. Staccato de sabots sur les pavés. Deux hommes arrivèrent alors, en camion, qu'on conduisit dans la salle à manger. Don Andrés était allé se changer.

Au cours du repas, Xavier était fin soûl, il renversait du vin. Pepe, livide, ne disait rien. Pas plus Laura que Teresa ne dissimulaient leur humeur maussade. Don Andrés parlait drainage, récoltes, bois de charpente. C'est Pepe qui comprit le premier de quoi il retournait.

— Papá, tu n'es pas en train de vendre Junquillos ?

— Tout, à part la maison et les écuries.

Des larmes brillèrent en deux fins sillons sur le visage de Pepe. Teresa quitta la table en sanglotant. Si j'étais gentille, je la rejoindrais, songea Laura, mais elle resta. Xavier eut un rire amer.

— Toujours aussi malin. Tu sais que toutes ces terres seront données au peuple. Pourquoi pas ta précieuse baraque, en plus ? Elle aussi, tu la perdras. On en fera peut-être une école.

Les hommes parlèrent jusqu'après minuit dans le cabinet de travail. Laura termina de lire *Premier Amour* à la lueur de sa lampe de chevet. Elle s'allongea, mais sans pouvoir dormir. Aromo et pin. Elle ne réfléchissait pas, se contentait de rester seule et éveillée.

Le trajet du retour fut long, retardé par la pluie, les inondations. Don Andrés travaillait, penché sur ses papiers. Laura était assise devant lui. De l'autre côté de la travée, Pepe lisait et Xavier dormait, ou faisait semblant, tandis que Teresa tricotait quelque chose de volumineux d'une teinte orange brûlé. Elle semblait avoir adopté l'allure d'une vieille fille aigrie, avec ces lunettes qui étaient une nouveauté. Elle ne bêtifiait plus. Puis, Pepe et elle s'endormirent à leur tour. Don Andrés regardait Laura.

— C'était beau, là-bas, dit-elle.

— C'est toi qui es belle. Laura, pardonne-moi.

Il se replongea dans ses papiers qui étaient posés sur ses genoux. La pluie dégoulinait des aromos trempés. Bon, pensa Laura… pour un week-end à la campagne…

À la gare, la mère de Teresa l'emmena précipitamment comme s'il y avait eu un accident. Le père de Laura avait envoyé un chauffeur chinois.

Au revoir, et merci pour ces bons moments.

La maison était silencieuse quand elle arriva. Froide. María entra, nouant la ceinture de sa robe de chambre. Embrassades.

— On s'ennuyait ! Je te prépare un chocolat ? Qu'est-il arrivé à ton pauvre visage ?

— Un accident. Une aventure, même, mais je suis trop fatiguée pour en parler. Où sont mes parents ?

— Ta mère, à l'hôpital. Elle a pris trop de médicaments ; elle était toute bleue et ne se réveillait plus. Elle rentrera demain.

— Elle était contrariée ? Il s'est passé quelque chose ?

María haussa les épaules.

— *Quién sabe ?* Ton père a dit que c'était juste du surmenage.

— Du *surmenage* !

Toutes deux gloussèrent.

— Il est à son chevet ?

— Non. Dîner en ville. Doña, tu as très mauvaise mine.

— Je suis… surmenée ! C'était magnifique, María. Je te raconterai tout demain. Je vais me coucher. Pas de bain, pas de chocolat chaud. Mais réveille-moi demain à cinq heures. Je dois bûcher ma chimie.

— Quena a téléphoné. Elle rentrera trop tard pour réviser. Et Conchi a appelé, elle aussi, pour dire qu'elle était amoureuse et ne voulait plus jamais réviser.

Bachotage le lendemain matin. Autant de temps passé à écrire des symboles sur leurs poignets, sous les manchettes de leurs blouses blanches. Mais l'interrogation écrite ne se passa pas trop mal. Ensuite, physique. Sec, sec, Señor Ortega. Algèbre. Histoire. À prendre autant de notes, elle en avait mal à la main.

Enfin, la cantine. Le bénédicité était toujours dit en anglais. *God bless this food and our lives for Thy service.* Au cours du repas, seul le français était toléré : la conversation fut limitée. Balade dans la roseraie. Juste le temps d'apprendre que Conchi était de nouveau amoureuse. Il la tutoyait, lui tenait la main au cinéma. Quena avait skié toute la journée, tous les jours. La neige était bonne. Émile Allais lui avait donné des leçons sans se faire payer. Laura fit un récit concis mais dramatique de l'accident de calèche. Elle s'extasia sur Electra, la demeure, la berline de Marie-Antoinette. Et encore sur Electra. Oui, elle avait endossé une tenue d'amazone.

— Ah, quelle chance, soupira Conchi.

La cloche sonna. Anglais. Ô fleur, trouvée dans un mur lézardé. Français ensuite avec Mme Perea qui somnolait sur son tricot. Passé simple. Et pour finir, espagnol. Où en étions-nous ?

— *Suspiros !*

Laura se leva de sa chaise.

— Je n'ai pas lu la leçon.

La Señora Fuenzalida ironisa.

— Ça ne semblait pas poser de problème jusqu'à présent. Votre première tache sur votre réputation.

Quena et Conchi furent étonnées d'apprendre que leur amie n'irait pas prendre le thé avec elles au country-club.

— Maman est encore malade.

Helen dormait. Laura révisa jusqu'à l'heure du dîner, mangea seule.

Elle alla se tenir au pied du lit de sa mère.

— Bonsoir. Ça va ?

— Mieux. Tu t'es bien amusée ?

— Oui. J'aurais aimé que tu viennes. C'était magnifique, comme dans les romans.

— Les gens étaient sympas ?

— Très sympas. Juste la famille. J'ai monté un pur-sang.

Helen examinait un orgelet sur sa paupière dans un miroir à main. Laura s'assit sur le lit d'en face. Suis-je amoureuse, maman ? se demanda-t-elle à elle-même. Et si j'étais enceinte ? Suis-je déshonorée ? Maman, aide-moi.

À haute voix, elle dit :

— Je suis désolée que tu sois allée à l'hôpital, maman. Tu devrais sortir plus souvent. Allons au cinéma ce week-end, ou déjeuner au Prince de Galles.

— Va me chercher la loupe qui est dans la salle de bains, je te prie.

Laura s'était endormie quand son père alluma dans sa chambre. Il avait le teint congestionné, les yeux bordés de rouge, tirait sur sa cravate.

— Tu m'as manqué, ma chérie. Tu t'es amusée ?

— Énormément.

— Comment as-tu trouvé Andrés ? Distingué, non ?

— Très distingué. Papa… et maman ?

— Elle a abusé des somnifères, c'est tout. Rien de grave. C'était seulement pour qu'on s'occupe d'elle.

Laura entendit le cri du *velador*, qui patrouillait dans les rues. Fort, d'abord, puis son écho. *Son las once, andado y sereno.*

Rue après rue, il répétait aux riverains que les rues étaient sûres. Et au ciel que la lune était pleine. *Son las once, luna llena!* La voix traîna, se transforma en lointain falsetto… *Andado y sereno.*

Poussière tu retourneras

Michael Templeton était un héros, un Adonis, une star. Un authentique héros, bombardier bardé de décorations dans la RAF. De retour au Chili après la guerre, il avait été un joueur « vedette » de rugby et de cricket dans l'équipe du Prince de Galles Country Club. Il courait au sein de l'écurie britannique de motocyclette et détenait le titre de champion depuis trois années. Jamais il n'avait perdu de course. Il gagna même la dernière avant de perdre le contrôle de sa BSA et de percuter le mur.

Il s'était arrangé pour nous obtenir des places, à Johnny et à moi, dans la tribune de presse. Johnny était son petit frère et mon meilleur ami. Il idolâtrait Michael tout autant que moi. Nous n'avions alors que dédain pour tout, et du mépris pour la plupart des gens, en particulier nos maîtres et nos parents. Nous condescendions quand même à reconnaître que c'était un cavaleur ; mais il avait du style, du charisme, et toutes les femmes, y compris les vieilles, en étaient amoureuses. Une voix grave, lente, lente. Il nous emmenait en balade sur la plage d'Algarrobo. On volait sur le sable frais, effarouchant des nuées de mouettes dont les ailes faisaient plus de bruit que le moteur, que l'océan. Johnny ne se moqua jamais du fait que j'étais amoureuse de lui, il me donnait des photos et des coupures de presse, en plus de celles qu'on aidait sa mère à coller dans des albums.

Ses parents n'étaient pas allés à cette course. Ils étaient dans la salle à manger, à prendre du thé et des biscuits. Le thé de M. Templeton, c'était du rhum, à vrai dire, dans la tasse bleue. La mère de Michael pleurait, malade d'inquiétude au sujet de cette course. Je ne m'en relèverais pas, disait-elle. M. Templeton affirmait qu'il lui souhaitait de se rompre le cou. Ce n'était pas seulement la course… c'était quasiment leur conversation quotidienne. Bien qu'étant un héros, Michael n'avait toujours pas de travail trois ans après être rentré de la guerre. Il buvait, jouait, s'attirait de sérieux ennuis avec la gent féminine. Messes basses au téléphone et visites tardives de pères ou de conjoints, portes claquées. Mais les femmes n'en étaient que plus fascinées et certains insistaient bel et bien pour lui prêter de l'argent.

Le stade était plein, en liesse. Coureurs et mécaniciens étaient de fringants et prestigieux Italiens, Allemands, Australiens. Les principaux rivaux étaient l'équipe britannique et les Argentins. Les Anglais couraient sur des BSA et des Norton ; les Argentins sur des Guzzi. Aucun n'avait le panache de Michael, sa nonchalance ou son foulard blanc. Ce que je veux dire, c'est que malgré le choc de sa mort, sa moto en flammes, son sang sur le mur en béton, son cadavre, les hurlements et les sirènes, tout cela était marqué au coin de sa légèreté singulière. Le fait est que c'était la dernière course, et qu'il l'avait gagnée. Johnny et moi, on n'a jamais parlé de ça, jamais rien dit de notre effroi, jamais rien dit du drame.

La salle à manger à la maison était bondée et en effervescence. Mme Templeton s'était frisé les cheveux et poudré le visage. Elle qui disait qu'elle ne s'en relèverait pas, elle était bien vivante, préparant du thé, passant les scones et répondant au téléphone. M. Templeton répétait sans cesse : « Je lui avais bien dit qu'il se romprait le cou ! Je le lui avais bien dit ! » Johnny lui rappela qu'il avait dit qu'il le souhaitait.

C'était passionnant. Personne, à part moi, ne leur avait rendu visite depuis des années, et à présent la maison était pleine. Il y avait les reporters du *Mercurio* et du *Pacific Mail.* Notre « album Michael » était ouvert sur la table. On entendait « héros », « prince », « perte tragique » un peu partout. Des groupes de jolies filles à l'étage et au rez-de-chaussée. L'une d'elles sanglotait tandis que deux ou trois autres lui tapotaient le dos et lui tendaient des mouchoirs.

Johnny et moi nous en tenions à notre posture d'allègre mépris. Nous n'avions pas vraiment réalisé que Michael était mort, cela ne devait se produire que le samedi soir suivant ses obsèques. C'était le moment où l'on se perchait au bord de la baignoire tandis qu'il se rasait en fredonnant du Frank Sinatra. Il nous disait tout de ses « poules », répertoriant leurs attributs et leurs inévitables – et très drôles – défauts. Le samedi suivant sa mort, on se contenta de s'installer dans la baignoire. Sans pleurer, simplement assis dans la baignoire, à parler de lui.

Mais l'amusant, ce fut la frénésie précédant ces obsèques, la rivalité entre les fiancées éplorées. Le plus étonnant, c'était la manière dont toute la colonie britannique de Santiago avait décidé que Michael était mort pour le roi. Pour la gloire de l'Empire, dixit le *Pacific Mail.* Mme Templeton, qui pétait le feu, nous fit battre les tapis, astiquer les rampes d'escalier et cuire de nouvelles fournées de scones avec les bonnes. M. Templeton, lui, restait dans son fauteuil en compagnie de sa tasse bleue, à marmonner que Mike n'avait jamais su se diriger, une vraie tête de mule.

On me donna la permission de quitter l'école pour l'enterrement. Je me serais bien abstenue d'y mettre les pieds de toute la journée, mais il y avait un contrôle de chimie en deuxième heure. Après l'épreuve, j'ôtai ma blouse et allai à mon casier. Très grave et courageuse.

Il est des sujets dont on ne parle pas. Je ne veux pas dire les sujets difficiles, comme l'amour, mais les gênants, comme le fait que les funérailles sont parfois marrantes, ou qu'il est distrayant de voir des bâtiments en feu. Les funérailles de Michael furent magnifiques.

En ce temps-là, il y avait encore des corbillards tirés par des chevaux. D'énormes carrioles grinçantes, tirées par quatre ou six chevaux noirs. Ils avaient des œillères et étaient couverts d'un épais drap noir, avec des pompons qui ramassaient la poussière dans les rues. Les cochers portaient queues-de-pie, hauts-de-forme et ils avaient des fouets. En raison du statut de héros de Michael, plein d'associations avaient contribué aux funérailles, si bien qu'il y avait six corbillards. L'un pour le corps, les autres pour les fleurs. Les gens les suivirent jusqu'au cimetière en voitures noires.

Au cours de la cérémonie en l'église anglicane (conservatrice) Saint Andrews, un certain nombre de jeunes filles endeuillées, terrassées par l'émotion, s'évanouirent ou durent être évacuées. À l'extérieur, les maigres et agiles cochers fumaient sur le trottoir, haut-de-forme sur la tête. D'aucuns associent le parfum entêtant des fleurs aux enterrements. Pour moi, il faut que s'y mêle l'odeur du crottin de cheval. Garées à l'extérieur également, une centaine de motos qui suivraient le cortège jusqu'au cimetière. Ingéniosité des moteurs, ratés, fumée, pétarade. Les coureurs en combinaison de cuir noir, avec des casques noirs, les couleurs de leur équipe sur leurs manches. Il aurait été de mauvais goût de rapporter aux filles de ma classe combien de garçons sublimes avaient assisté à cet enterrement. Eh bien, je ne me suis pas gênée.

Je fis le chemin en voiture avec les Templeton. Jusqu'au cimetière M. Templeton se disputa avec Johnny au sujet du casque de Michael. Johnny le tenait sur ses genoux dans l'idée de le placer dans la fosse. M. Templeton arguait, non sans raison, que ces casques étaient difficiles à trouver et très chers. Il fallait se les faire envoyer par quelqu'un d'Angleterre ou d'Amérique, et s'acquitter de droits de douane élevés, par-dessus le marché.

— Revends-le à un autre imbécile de coureur…

Johnny échangea un regard avec moi. Qui eût cru qu'il s'inquiéterait seulement de sa valeur ?

Autres coups d'œil et sourires entre nous au cimetière proprement dit, avec toutes ces tombes, ces cryptes, ces anges. Nous avions décidé que nos dépouilles à nous seraient jetées à la mer, nous promettant d'assister réciproquement à ces cérémonies.

Le chanoine, soutane pourpre et surplis de dentelle, se dressa face à la tombe, encadré par l'équipe de course britannique, casque au creux du bras. Nobles et solennels, tels des chevaliers. Au moment où l'on descendait le cercueil en terre, il déclara :

— L'homme né de la femme ! Sa vie est courte et agitée. Il naît, il est coupé comme une fleur…

À cet instant, Odette jeta une rose rouge, puis ce fut Conchi, et ensuite Raquel. D'un air de défi, Millie s'avança d'un pas décidé et balança carrément un bouquet.

Le chanoine prononça ensuite de bien belles paroles :

— Tu m'as montré le chemin de la vie, Ta présence me comble de joie et à ta droite les délices seront éternelles.

Johnny souriait. Je devinais qu'il jugeait que c'était exactement ce qui convenait à Michael. Il regarda autour de nous, pour s'assurer qu'il n'y avait plus de roses, s'approcha de la fosse, et y jeta le casque de Michael. Ian

Frazier, qui était le plus près, poussa un cri de douleur et, spontanément, jeta le sien aussi. Bang bang bang, comme ensorcelés, tous les membres de l'équipe britannique jetèrent leur casque, au point, non seulement de combler le trou, mais de former une butte comme une montagne d'olives. Père miséricordieux, disait le chanoine tandis que les deux fossoyeurs recouvraient de terre cette bosse et y déposaient les couronnes de fleurs. L'assistance entonna le « God Save the King ». Les visages des coureurs exprimaient une peine immense. Puis, tout le monde s'en alla à la queue leu leu et soudain, l'on entendit rugir les motos et les échos d'une galopade ; les corbillards étaient repartis à fond de train, se penchant dangereusement dans les virages au son des coups de fouet, et les basques des longues redingotes noires des cochers claquaient au vent.

Itinéraire

Les avions à réaction, ça existait déjà ? DC-6, Santiago-Lima. Lima-Panamá. Une longue nuit entre Panamá et Miami, l'océan scintillant. Nous avions toujours effectué le trajet en bateau auparavant, Valparaiso-New York. Le voyage durait plus d'un mois. Ce n'était pas seulement la beauté de la chose, mais la traversée des océans, des continents et des saisons... une façon de mesurer ce qu'est l'immensité.

C'était mon premier voyage en avion, mon premier voyage seule. Je quittais le Chili pour entrer à la fac au Nouveau-Mexique. C'était d'y aller toute seule qui était fantastique. Lunettes noires et talons hauts. Bagage en cuir de porc de Bariloche, cadeau de fin d'études. Ils étaient tous venus à l'aéroport. Enfin, pas mon père, il n'avait pas pu s'échapper, mais même ma mère et toutes mes amies. Tout le monde parlait et riait, excepté Conchi, Quena et moi, qui pleurions. Nous avions fabriqué des capsules temporelles. Des lettres à découvrir dans trente ans, avec des déclarations d'amitié et des prédictions sur notre avenir. Pour elles, ces prédictions se sont révélées étonnamment justes. Elles ont toutes deux convolé avec la personne envisagée et donné à leurs quatre ou cinq enfants les prénoms prévus. Boris María, Xavier Antonio. Mais elles sont toutes deux mortes au cours de la révolution, des années avant que le moment soit venu de décacheter la lettre. Pour moi, c'était tout faux. Moi aussi, je me suis mariée et j'ai eu des enfants, alors que j'étais censée rester célibataire, devenir journaliste, habiter un clapier sans ascenseur à Manhattan. Aujourd'hui, je vis effectivement seule dans un clapier.

C'était excitant d'embarquer à bord de l'avion, avec toute la bande qui agitait la main depuis la terrasse. Boucler sa ceinture et écouter le steward. L'appareil roula sur la piste et s'arrêta, très très longtemps. Fournaise. Décembre, c'est l'été au Chili. Il y avait un problème ; l'avion retourna à l'aéroport pour une heure de délai.

Ils étaient tous partis, le hall était désert. Un vieux poussait sa serpillière au bout d'un bâton. Ma mère était au bar avec des Américains qui avaient pris le même avion que moi. J'allai à l'entrée et elle m'aperçut, parut surprise et détourna la tête, comme si je n'étais pas là. Elle est ainsi, elle ne voit pas ce qu'elle n'a pas envie de voir, mais voit en réalité tout ce qui se passe, plus que la plupart des gens. Un jour, elle m'a avoué avoir fait « un truc dégueulasse ». C'était à la Sunshine Mine, dans l'Idaho, quand j'étais petite. Elle détestait ce campement, parmi tous ceux où nous avions vécu, elle détestait ces femmes « communes » et leurs intérieurs kitsch. Nous aussi, nous vivions dans des cabanes de papier goudronné avec des cuisinières à bois mais cela, elle ne le remarquait pas. Elle portait un manteau de laine avec un col de fourrure, des renards aux yeux de verre. Des chapeaux avec des plumes bleues. Aucune de ces femmes ne savait jouer correctement au bridge, mais elles y jouaient ce jour-là, et il faisait très chaud dans cette pièce. Il y avait de ridicules décorations d'Halloween. Papier crépon orange et noir, citrouilles-lanternes. Ces dames parlaient cuisine et recettes. « Mes sujets de conversation favoris. » Levant les yeux de ses cartes, ma mère vit qu'une citrouille avait enflammé un rideau. Ça flambait. Mais elle se contenta de se concentrer de nouveau sur son jeu, disant : « J'ouvre de quatre sans-atout. » Finalement, le feu échappa à tout contrôle et elles se sauvèrent pour aller attendre sous la pluie l'arrivée des secours. « Tu ne peux pas savoir comme je m'ennuyais. »

Le décollage au-dessus de Santiago fut magnifique. La Cordillère au bout des ailes, on pouvait voir briller la neige. Ciel bleu. L'appareil effectua un cercle au-dessus de la ville en direction de l'océan Pacifique. J'apercevais mon école et la roseraie. La colline Santa Lucía. L'idée ne m'avait jamais effleurée que je pourrais avoir envie de rentrer.

Ingeborg, la secrétaire de mon père à Lima, était censée venir me chercher à l'aéroport. Je regrettais cette initiative. Il était toujours à tracer des plans, faire des listes. Objectifs et priorités. Horaires et itinéraires. Dans mon sac se trouvait la liste de toutes les personnes que j'allais rencontrer, avec leurs numéros de téléphone si jamais je me perdais, les téléphones des ambassades, etc. Je redoutais cette secrétaire, la perspective de passer trois heures avec elle. Celle de Santiago avait un chignon serré dans une résille, une mère aveugle et un fils attardé qu'elle allait rejoindre tous les soirs, prenant deux bus, en voyageant sans doute debout, après avoir quitté le bureau à dix-huit heures trente. Mais lorsque Ingeborg ne se montra pas à l'aéroport, la peur me saisit, moi la voyageuse chic. J'appelai le numéro sur ma liste et une femme à l'accent espagnol européen me pria de prendre un taxi pour le 22 Cairo. Ciao.

À Lima, les bidonvilles étaient aussi immondes et désolés qu'à Santiago. Des kilomètres de baraques en cartons et bidons, les toits bardés de boîtes en fer-blanc aplaties. Mais au Chili, il y a les Andes et le ciel bleu, et on lève naturellement les yeux au-dessus des odeurs et de la misère. Au Pérou, les nuages sont bas, sinistres, pluvieux. Le crachin se mêle à des feux chétifs. Long trajet morose jusqu'au centre-ville.

Une chose qui me plaît toujours au États-Unis, c'est les fenêtres. Le fait qu'on y laisse ses rideaux ouverts. On se promène à travers des quartiers. À l'intérieur, des gens qui mangent, qui regardent la télévision. Un chat sur le dossier d'un fauteuil. En Amérique du Sud, il y a de hauts murs couronnés de tessons de verre. De vieux murs croulants avec des portes déglinguées. Au 22 Cairo, il y avait un cordon de cloche effiloché. Une vieille sorcière quechua m'ouvrit. Ses jambes étaient bandées de linges imprégnés d'urine contre les engelures. Elle s'effaça pour me laisser entrer et je me retrouvai dans un patio de briques avec une fontaine carrelée. Cages avec des serins et des canaris. Roses. Massifs de cinéraires, anémones, nemesias. C'était comme si le soleil brillait. Des bougainvillées débordaient de chaque mur et montaient à l'assaut de l'escalier de pierre jusqu'à la *sala*. Parquets clairs et beaux tapis péruviens. Huacos pré-incas, masques. Masses de tubéreuses et vases de gardénias, narcotiques, sirupeux. Mon père avait-il mis les pieds ici ? Il détestait les odeurs.

La « Doña » était sous la douche. La bonne m'apporta une *aguita* dans une demi-tasse. Je m'assis poliment, mais comme Ingeborg semblait ne jamais devoir se montrer, je me levai pour regarder autour de moi. Potiche chinoise bleue, clavecin. Un bureau de style. Sur ce bureau, la photo d'un couple âgé en noir, muni de cannes noires. Neige contre des arbres nus. Un instantané sous cadre, décoloré, d'un enfant blond avec un lévrier russe. Une grande photo en couleur de mon père sous cadre d'argent. Avec son poncho d'Oaxaca, un grand chapeau. Il portait une chemise ouverte, une chemise rose que je n'avais encore jamais vue. Il souriait. Riait. Derrière lui, des ruines, les Andes, un ciel d'azur. Je repris ma place. La cuillère de la petite tasse cliqueta.

Ingeborg entra, vêtue d'un peignoir blanc, lâche, découvrant des jambes bronzées fuselées. Sa longue tresse blonde lui arrivait aux reins. Une bouffée du parfum que je sais aujourd'hui s'appeler « L'Interdit ». Elle était ravissante.

— Ah, heureusement que ton avion avait du retard, je n'aurais jamais pu arriver à temps. Enfin, je n'ai pas pu de toute façon, hein ? Mais je vais te servir un bon déjeuner et te payer le taxi du retour. Tu ne lui ressembles pas du tout. Tu ressembles à ta mère ?

— Oui.

— Elle est jolie ? Elle est malade ?

— Oui.

— Tu as faim ? Au moins, le déjeuner sera à l'heure. Pardonne-moi de ne pas te reconduire ensuite à l'aéroport, mais Eduardo (Eduardo ? Mon père, Ed ?) voulait surtout que je te fasse manger et t'empêche de t'ennuyer, toute seule. Mais tu n'as pas l'air du genre à t'ennuyer. Quelle merveille, ce tailleur. À l'entendre, je m'attendais à une petite fille, une gamine qui voudrait colorier, ou taquiner mes oiseaux.

J'eus un sourire.

— Et moi, je m'attendais à une vieille dame. Avec des chats et des *National Geographic*. Vous êtes suédoise ?

— Allemande. Tu ne sais rien de moi ? C'est tout lui. Je déteste les chats. Je crois qu'il y a des *National Geographic* quelque part. Pas la peine d'en avoir plusieurs, tous les numéros sont les mêmes.

— Quand a-t-elle été prise ? La photo sur le bureau ?

Ma voix avait un accent sévère, critique, comme celle de mon père.

Elle se pencha dessus, plissant les yeux.

— Celle-ci ? Il y a des années, au Machu Picchu. Journée divine. N'a-t-il pas l'air… heureux ?

— Si.

Le déjeuner fut servi sur la terrasse au-dessus du jardin. Ceviche. Soupe à l'oseille, une clématite violette au centre. Empanadas et chayote. Elle-même s'en tint à la soupe, but du gin tonic tout en m'interrogeant. As-tu un *novio* ? Que fait Eduardo le samedi ? Ce sont des chaussures mexicaines ? C'est le pire, à Lima… pas de chaussures convenables et pas de soleil. Que vas-tu étudier ? De quoi tes parents parlent-ils ensemble ? Café ?

Elle prévint la bonne pour qu'elle m'appelle un taxi. Le téléphone sonna. *Bueno ?* dit-elle, et sa main en masqua le micro.

— Si tu veux *maquillarte*, les toilettes sont au bout du couloir… Désolée, chéri, dit-elle au téléphone.

La cloche tinta à la porte d'entrée, le taxi était là. De nouveau, elle masqua le combiné.

— Désolée, ma chère, mais je dois parler à cette personne. Viens m'embrasser. Bonne chance ! Ciao !

Dans l'avion entre Lima et Panamá, je pris place à côté d'un prêtre jésuite. Le genre de choix que je fais souvent. Prudent et raisonnable, en apparence. Il avait fait une dépression nerveuse après avoir travaillé dans la jungle pendant trois ans. Le steward finit par m'arracher de là pour me recueillir dans sa kitchenette.

Mme Kirby m'attendait à Panamá. Son mari était le vice-président de la compagnie de navigation Moore, les bateaux que la société de mon père affrétait pour transporter du cuivre, de l'étain, de l'argent. Clairement, elle se serait bien passée de cette corvée. Moi aussi. On se serra la main, toujours gantées. Il faisait très chaud. Nous roulions, en Rolls, dans la zone du canal, une photo pâlie. Tout était blanc cassé, les habitations, les habits, les gens. Les pelouses étaient d'impeccables gazons beiges. Ombres étirées. Un palmier, de temps en temps. Chaleur. Je lui demandai si c'était l'été ou l'hiver. Elle se pencha sur le cornet acoustique et posa la question au chauffeur. Il répondit qu'il croyait que c'était le printemps.

— Alors, qu'avez-vous envie de voir ? me dit-elle.

Je déclarai que je serais heureuse de découvrir la ville de Panamá. Quelques instants plus tard, la voiture silencieuse franchissait comme par magie une barrière invisible, et nous étions à Panamá. Ce fut comme si on avait mis le son. *Mambo ! Que rico el mambo !* Les autoradios beuglaient ; de la musique émanait de tous les magasins. Des marchands ambulants vendaient des victuailles, des perroquets, des jouets, des tissus colorés. Des femmes noires en robe à fleurs riaient. Partout des fleurs. Mendiants, enfants, chiens, infirmes, bécanes.

— La visite est suffisante, dit-elle dans le cornet, et la voiture réintégra en douceur le pâle silence du secteur américain.

Mme Kirby, une certaine Miss Tuttle et moi-même, nous jouâmes à la canasta toute la journée. Peut-être juste tout l'après-midi, jusqu'à l'heure du thé, enfin. Elles me parlaient à peine, s'inquiétèrent de la santé de ma pauvre mère. Mon père passait-il son temps à raconter partout que ma mère était malade ? Et l'était-elle, malade ? Il lui avait peut-être dit qu'elle l'était, et elle l'était devenue. M. Kirby arriva, en bermuda, une *guayabera* trempée de sueur. Il revenait du golf.

— Ainsi, vous êtes la fille de ce vieil Ed ? La prunelle de ses yeux, je suppose…

Un serviteur noir apporta des mint juleps. Nous étions sur la terrasse à présent, à regarder l'herbe écrue, des fientes d'oiseaux de paradis.

— Donc, Ed croit les amadouer en expédiant son minerai sur des vraquiers chiliens, hein ? C'est ça, son jeu ?

— John ! chuchota Mme Kirby.

Je vis qu'il était ivre.

— Si les cocos nationalisent les mines, notre seule façon de garder le contrôle sera de boycotter le transport. Il joue leur jeu. Et mord la main qui le nourrit, assurément. Une tête de lard, ton père.

— John ! chuchota-t-elle de nouveau. Par pitié. Où en est-on, question horaire ?

Je les dissuadai de venir à l'aéroport, prétextant un examen d'entrée à préparer. Il s'avéra qu'il y avait bien un tel examen et que j'aurais dû le préparer.

Le meilleur de l'escale à Panamá, ce fut de parler au chauffeur à travers le cornet acoustique. L'aéroport était un bâtiment délabré, pas très haut, caché par des bananiers, des plantes grimpantes parfumées, des hibiscus. Un autre vieux passait la serpillière au bout d'un bâton. La nuit tomba. Spots bleus sur la piste. Jungle noire, crissante d'insectes et d'oiseaux. Que voulait dire M. Kirby au sujet des vraquiers chiliens ? Mon père était-il une tête de lard ?

À Miami, c'était le matin et l'hiver. Dans l'aéroport des femmes portaient des manteaux de fourrure et leurs chiens aussi. C'était terrifiant, tous ces chiens. Des petits au poil teint en pêche, assorti aux cheveux de la maîtresse. Ongles vernis. Bottillons à carreaux. Colliers en strass ou peut-être en diamant. Tout l'aéroport jappait. Pas de serviette aux toilettes mais une machine qui diffusait de l'air chaud quand on pressait le bouton. J'attendais ma tante Martha au comptoir Panagra. D'elle aussi, j'avais peur, ne l'ayant pas vue depuis mes cinq ans. Ma mère affirmait que c'était une plouc. Mes parents se disputaient à propos de l'argent que mon père leur envoyait, à elle et Grand-mère Proctor, mon arrière-grand-mère qui avait quatre-vingt-dix-neuf ans. Elles habitaient une bicoque dans un lotissement, dans la banlieue de Miami.

J'eus un mouvement de recul en la voyant, avec tout le snobisme de l'adolescente superficielle. Elle était ridiculement grosse, affligée d'un goitre, un goitre immense au cou, presque comme une tête de sœur siamoise. Les médecins ont dû trouver un remède à cela. Quand j'étais petite, plein de gens se trimbalaient avec des goitres. Tante Martha avait des cheveux bleus permanentés et de gros ronds rouges aux joues. Elle portait une robe hawaïenne à fleurs rouges et elle m'écrasa contre sa poitrine, me berçant, m'embrassant. J'étais enfouie dans les larges poinsettias de ses seins. Malgré moi, je m'accrochai à elle, plongeai en elle et son odeur de lotion Jergen, de talc Johnson. J'étouffai un sanglot.

— Ma petite chérie! Comme je suis heureuse de te revoir! Pauvre mignonne, tu dois être claquée. Dire que tu vas à l'université… tes parents doivent en être bouffis d'orgueil!

Elle rafla mon sac.

— Non, non, laisse-moi te chouchouter pendant un petit moment. J'ai pensé qu'on pourrait aller déjeuner. On vient souvent ici avec Grand-mère, pour regarder les avions. Ils font de bons sandwiches chauds à la dinde.

On s'installa sur une banquette, près de la baie vitrée au verre teinté qui donne sur les pistes. Ou plutôt, on s'y coucha, car elle s'était pratiquement allongée et je me retrouvai vautrée contre elle comme sur une méridienne. On mangea des sandwiches chauds à la dinde, puis une part de tarte à la cerise avec une boule de glace. J'avais sommeil, et appuyée contre elle je l'écoutais me raconter, comme on raconte de belles histoires aux enfants au lit, comment ma grand-mère avait contracté la tuberculose, raison pour laquelle ils avaient quitté le Maine pour le Texas. Puis, mes grands-parents étaient morts et Grand-mère Proctor était venue prendre soin de Martha et Eddie, mon père.

— Donc, ce pauvre Eddie a dû aller travailler dès l'âge de douze ans… cueillir le coton, ramasser des melons. Il était si fatigué qu'il s'endormait en général sur son assiette, tard le soir, et il avait bien du mal à se lever pour aller à l'école le lendemain matin. Mais il travaille et nous soutient depuis cette époque-là. Ensuite, il a travaillé dans les mines, à Madrid et Silver City, s'est inscrit tout seul à l'École des Mines du Texas. C'est là où il a rencontré ta mère.

Comment avais-je pu ignorer tout cela ?

— Il nous a acheté notre petite maison à Miami. Bien sûr, c'était difficile de quitter Marfa, nos amis et tout, mais il disait que ce serait mieux. Seigneur, quelle bavarde je fais… C'est le moment d'aller à la porte d'embarquement.

Elle me donna un panier brodé MIAMI BEACH. Dedans, un carnet à couverture satinée avec une serrure et une clé. Des brownies sous cellophane. De nouveau, elle me serra sur son cœur.

— Mange bien, maintenant. Ne saute pas le petit déjeuner et ne veille pas trop tard.

Je m'agrippais à elle, je ne voulais plus la quitter.

Long vol de Miami à Albuquerque. J'étais blasée désormais au sujet des masques à oxygène et des gilets de sauvetage. À Houston, je ne descendis pas de l'avion. Je m'efforçais de réfléchir. De quoi parlaient mes parents ensemble ? Mon père et Ingeborg. Pour tout le monde, c'est difficile d'imaginer ses parents en train de faire l'amour. Ce n'était pas cela. Je n'arrivais pas à l'imaginer en chemise rose. Riant comme ça.

Le soleil se couchait lorsque l'appareil amorça sa boucle au-dessus d'Albuquerque. Les Sandia et les kilomètres de désert rocailleux étaient d'un rose-corail foncé. Je me sentais vieille. Pas adulte, mais vieille comme aujourd'hui. De savoir qu'il y avait tant de choses que je ne voyais pas, ou ne comprenais pas, et maintenant c'est trop tard. L'air était pur et froid au Nouveau-Mexique. Personne ne vint m'accueillir.

Lead Street, Albuquerque

— J'ai compris... vu dans un sens, c'est un couple qui s'embrasse, autrement c'est un vase.

Rex souriait de toutes ses dents à mon mari, Bernie. Bernie, qui restait planté là, tout sourire également. Tous deux contemplaient un grand tableau noir et blanc à l'acrylique auquel Bernie avait travaillé pendant des mois, dans le cadre de son exposition en tant qu'étudiant. Ce soir-là, nous avions organisé un vernissage chez nous, dans notre appartement de Lead Street.

Il y avait une barrique de bière et tout le monde était bien parti. J'aurais eu deux mots à dire à Rex au sujet de cette blague. Il était si cruel et arrogant. Et j'aurais volontiers fait la peau à Bernie à cause de ce rictus idiot. Mais je restais là, à me laisser peloter les fesses par ce type qui insultait mon mari.

Ayant renouvelé les stocks de tzatziki, chips et guacamole, j'allai prendre l'air sur les marches. Il n'y avait personne d'autre dehors et j'étais trop déprimée pour appeler quelqu'un et lui faire admirer l'extraordinaire coucher de soleil. Existe-t-il un mot pour le contraire de *déjà vu* ? Ou pour décrire comment j'ai vu en flash mon avenir ? J'ai vu que je resterais à l'Albuquerque National Bank et que Bernie décrocherait son doctorat et continuerait à peindre de mauvais tableaux et à réaliser des poteries salissantes qui lui vaudraient d'être titularisé. Nous aurions deux filles, dont l'une deviendrait dentiste et l'autre cocaïnomane. Enfin, bien entendu, je ne savais pas tout cela, mais j'ai vu que la suite ne serait pas facile. Et que, dans un avenir lointain, Bernie me quitterait sans doute pour l'une de ses étudiantes, et que j'en serais anéantie mais que je retournerais ensuite à la fac et qu'à la cinquantaine je réaliserais enfin ce que j'avais envie de faire, mais que je serais fatiguée.

Je suis rentrée. Marjorie me faisait des signes. Ralph et elle vivaient à l'étage du dessus. Lui aussi, c'était un étudiant en art. Notre appartement de Lead Street était dans un vieil immeuble en brique, avec des plafonds hauts, de hautes fenêtres, du parquet et des cheminées. À deux pas de la Section des Arts, sur un vaste terrain où poussaient des tournesols et des mauvaises herbes mauves. Ralph et Bernie sont restés bons amis. Marjorie et moi, on s'entendait plus ou moins. Une fille sympa, simple. Elle était conditionneuse chez Piggly Wiggly, cuisinait des trucs genre « cassoulet en boîte revisité ». Débarqua un matin en extase, ayant découvert qu'il était possible de rester couchée dans son lit en tirant tous les draps et couvertures, puis de s'en extirper et de border le tout. On gagne un temps fou ! Elle conservait aussi les papiers des plaquettes de beurre pour graisser les moules à gâteaux. Pourquoi suis-je aussi mesquine ? Je l'adorais.

— Tu sais quoi, Shirley ? Rex emménage dans l'appartement vacant ! Et il se marie !

— Merde. Euh, ça va nous donner un peu de peps…

C'étaient des nouvelles formidables. C'était un type formidable. Jeune, à peine vingt-deux ans, mais son talent et son savoir-faire étaient sensationnels, même à l'époque. Il allait de soi pour nous tous qu'il était promis à la gloire. Il est assez célèbre aujourd'hui, ici et en Europe. Il travaille le bronze et le marbre, produit des œuvres aux formes classiques, loin de tous ces trucs extravagants qu'il réalisait à Albuquerque. Sa sculpture est pure, d'une conception empreinte de respect et d'humanité. On en a le souffle coupé.

Il n'était pas beau. Corpulent. Roux, avec des dents de lapin et le menton fuyant, le front saillant au-dessus de ses yeux perçants de fouine. De grosses lunettes, une bonne bedaine, de belles mains. Je n'avais jamais rencontré un homme aussi sexy. Les filles tombaient comme des mouches ; il avait couché avec toute la Section des Arts. Puissance. Capacité, énergie, vision. Pas « vision » au sens où il aurait vu l'avenir, même s'il y avait un peu de ça aussi. Rien ne lui échappait. Détails, rai de lumière sur une bouteille. Il aimait voir des choses, regarder. Et il vous faisait regarder, aller voir un tableau, lire un livre. Toucher l'aubergine tiédie au soleil. Bon, bien sûr, j'avais moi aussi un gros faible pour lui – qui n'en avait pas ?

— Alors, qui est-ce ? Qui ça peut bien être ?

Je pris place auprès de Marjorie sur notre canapé-lit défoncé.

— Elle a dix-sept ans. Américaine, mais a grandi en Amérique du Sud, se comporte comme une étrangère, timide. Étudiante en anglais. Maria, c'est son prénom. Voilà le scoop, jusqu'à présent.

Les garçons parlaient de la guerre de Corée, comme d'habitude. Tout le monde redoutait l'incorporation, car les étudiants ne bénéficiaient plus d'un sursis. Rex avait pris la parole.

— Il faut avoir un gosse. Depuis la semaine dernière. Les pères de famille sont désormais exemptés. Pourquoi je me suis marié, à ton avis, mon pote ?

C'est ainsi que tout a commencé. Je ne veux pas dire par là qu'on s'est tous pieutés ce soir-là avec l'intention de faire des bébés ; mais peut-être que si, car neuf mois et demi plus tard, très exactement, Maria, Marjorie et moi-même accouchions et nos maris n'étaient pas incorporés. Pas le même jour. Maria accoucha de Ben, une semaine plus tard moi d'Andrea, et une semaine après Marjorie donnait le jour à Steven.

Rex et Maria se marièrent devant le juge de paix, après quoi ils emménagèrent. Mais pas comme le simple mortel. Vous savez, le grand ménage, la camionnette empruntée, les étagères montées tout en buvant des bières, les cartons qu'on défait, et après on s'écroule. Ils peignirent pendant des semaines. Tout était blanc, beige et noir, sauf la cuisine qui était ocre brûlé. Rex fabriqua la plupart des meubles. C'était austère et moderne, mis en valeur par ses énormes sculptures en métal noir et vitrail, ses photos en noir et blanc. Une belle poterie d'Acoma. Les seules autres couleurs étaient les gorges rouges des paddas de Java dans une cage blanche suspendue en hauteur. C'était impressionnant, tout droit sorti d'*Architectural Digest.*

Il l'avait même réinventée. On était allés chez eux, avec de quoi manger, pendant qu'ils s'installaient. Elle était douce et fraîche. Jolie, avec ses boucles brunes et ses yeux bleus, en jean et T-shirt rose. Mais après l'emménagement, ses cheveux furent teints en noir et même lissés au fer à repasser. Elle était fardée de noir et ne s'habillait qu'en noir et blanc. Pas de rouge à lèvres. De lourds bijoux baroques confectionnés par lui. Elle cessa de fumer.

Elle parlait davantage en son absence, avait un humour à la Lucille Ball. Elle plaisantait sur son relooking, racontant que la première fois qu'il l'avait vue nue, il avait dit : « Tu es asymétrique ! » Il la faisait dormir sur le ventre, le nez à plat contre l'oreiller ; son nez retroussé était une légère imperfection. Il était toujours en train de la corriger, sa façon de s'asseoir, de se tenir. Il lui bougeait les bras comme s'ils étaient d'argile, lui inclinait la tête. Il la photographiait sans cesse. Au fil de sa grossesse, il fit d'elle quantité d'études au fusain. L'une de ses plus belles réalisations est une maternité en bronze. Elle trône en plein air, face au siège de General Motors, à Détroit.

Nous avions cependant du mal à savoir ce qu'il ressentait pour elle. S'il l'avait juste épousée pour l'enfant. Elle devait avoir eu de l'argent : il acheta une rare MG-TD le lendemain du mariage. J'aurais compris qu'il l'ait épousée juste pour sa beauté. Il n'était pas affectueux, se moquait d'elle et la menait à la baguette, mais peut-être ne savait-il pas montrer ses sentiments.

Maria l'adulait. Elle s'en remettait à lui sur tous les sujets, était presque muette en sa présence, même si avec nous elle blaguait et bavardait. C'était effrayant, ou pathétique, selon la façon de voir de chacun. Chaque soir, elle l'accompagnait à l'atelier. « Je dois me taire, mais il me laisse le regarder. C'est si extraordinaire de le voir à l'œuvre ! »

Certains détails. Un matin d'hiver que j'étais allée emprunter du café, elle était en train de lui repasser ses caleçons pour qu'ils soient chauds quand il sortirait de la douche.

Ce n'était pas seulement sa jeunesse. Toute sa vie, elle avait été ballottée. Son père était un ingénieur des mines ; sa mère, une femme malade, ou folle. Elle n'en parlait pas, sauf pour dire qu'ils l'avaient déshéritée quand elle s'était mariée, qu'ils ne répondaient plus à ses lettres. On avait l'impression que personne ne lui avait dit ou montré comment devenir adulte, comment faire partie d'une famille ou tenir son rôle d'épouse. Et que l'unique raison de tant de discrétion, c'était qu'elle observait, pour voir comment on faisait.

Malheureusement, elle étudia la cuisine auprès de Marjorie. J'étais là, le soir où Rex rentra à la maison. Elle lui présenta fièrement un ragoût de hamburger et chips. Il le lui flanqua sur les genoux. Bouillant. « Jusqu'où pousseras-tu la vulgarité ? » Mais elle apprit. Peu après je la vis en compagnie d'Alice B. Toklas, en train de préparer des crevettes aurore.

Chaque jour elle changeait le fond de la cage. *The New Yorker* était parfait. Elle délibérait pendant des heures sur la photo à mettre. Non, Rex déteste ces pubs pour la verrerie Steuben ! Elle détestait ces oiseaux et me demandait de leur couper les ongles, ou de sortir leurs soucoupes pour les nettoyer à sa place.

Maria paniquait à l'idée d'avoir cet enfant. Pas l'aspect physique. Mais qu'est-ce qu'on en fait ?

— Qu'est-ce que je lui apprendrai ? Comment je le protégerai ?

Des mois heureux, ceux où nous étions enceintes. Nous avions appris à tricoter. Marjorie fit tout en rose, un choix malheureux car elle devait accoucher d'un Steven. Moi, tout en jaune. J'ai l'esprit pratique. Comme de bien entendu, sous la houlette de Rex, Maria tricota une layette et des couvertures en rouge, noir et terre d'ombre. Un pull pour bébé vert kaki ! Nous passions des heures dans les grands magasins Sears et Penney's à acheter nids d'ange, grenouillères et barboteuses. Nous mettions tout ça, très soigneusement, dans du plastique et, à tour de rôle, nous nous rendions ensuite mutuellement visite pour faire admirer jusqu'à la dernière de ces merveilles. Nous buvions du thé glacé et mangions des craquelins au froment et de la gelée de raisin tout en lisant à voix haute le guide du docteur Spock. Maria devait toujours relire le passage où on rince la couche dans la cuvette des W-C.

Elle aimait qu'il prenne la peine de rappeler d'ôter la couche avant de tirer la chasse. Les érythèmes. Nous avions la phobie des érythèmes. Ça pouvait n'être rien. Juste la chaleur. Ou bien c'était la rougeole, la varicelle, la méningite spinale. Le typhus à tiques.

Lorsque les bébés commencèrent à bouger, on se serra sur le canapé, à se palper réciproquement pour les sentir bouger et nous donner des coups de pied. On pleurait et on s'embrassait, de joie.

Les bébés naîtraient en septembre. Maria s'était mis en tête qu'il leur faudrait des fleurs, et donc nous voilà sous le soleil torride du Nouveau-Mexique, avec nos gros ventres, à biner et planter zinnias, roses trémières et tournesols géants. Maria se fit même envoyer deux cents peupliers par le Département de l'Agriculture. Elle insista pour les planter elle-même. Ils n'avaient que cinq centimètres de hauteur mais elle les planta à un mètre de distance les uns des autres, comme indiqué. Tout autour de l'immeuble, presque tout autour du quartier ! Elle dut racheter des longueurs de tuyau d'arrosage qu'elle trimbala en bus, depuis le grand magasin. Et les peupliers poussèrent, ils faisaient au moins soixante centimètres quand nous avons accouché.

Je me suis remariée depuis longtemps. À Will, un banquier, un homme gentil, solide. J'ai un doctorat en histoire et j'enseigne à l'Université du Nouveau-Mexique. La guerre de Sécession. Parfois, en rentrant chez moi, je fais un crochet par Lead Street et notre ancienne adresse. Aujourd'hui ce quartier est dans un sale état, l'immeuble est en ruine, couvert de graffitis, les fenêtres condamnées. Mais ces peupliers ! Dépassant l'immeuble qui est déjà haut, ombrageant tout ce quartier désolé et poussiéreux. Une bonne chose, qu'elle les ait plantés à distance les uns des autres, car ils forment un mur végétal luxuriant.

Aucun de nos maris n'était très présent durant nos grossesses. Ils étaient soit au boulot, soit en train d'enseigner ou à des séminaires. Rex avait une liaison avec Bonnie, un mannequin, mais je ne crois pas que Maria le savait. Avec une autre amie, je l'aurais dénoncé, j'aurais donné des conseils, mis les pieds dans le plat ; mais Maria, on avait juste envie de la protéger, de la préserver. Non qu'elle fût stupide. Elle voyait les choses, mais elle avait toujours cette hésitation d'une aveugle au bord d'un trottoir. Il fallait se retenir de lui tendre la main. Ou bien on lui tendait la main, pour lui donner le nécessaire. Et elle souriait – ah Seigneur, merci.

Les bébés naquirent. Comme Rex était à un spectacle à Taos quand Ben s'annonça, c'est Bernie et moi qui emmenâmes Maria à l'hôpital. L'accouchement fut laborieux. Maria avait un problème du côté de la colonne vertébrale et le coccyx dut être brisé pour que la tête puisse passer. Mais elle passa, avec un duvet aussi rouge que la tignasse de Rex. Beuglant et vigoureux. Il semblait être né avec les mêmes passion et énergie que son père.

Lorsque je retournai la voir à l'hôpital, le lendemain, je fus surprise de la voir debout à la fenêtre. Ses larmes ruisselaient.

— Oh, tu es triste que Rex ne soit pas là ? On l'a trouvé, en fin de compte. Il va arriver d'une minute à l'autre !

(Nous avions fini par le trouver, au La Fonda à Santa Fe, avec Bonnie.)

— Non, ce n'est pas ça. Je suis heureuse. Si heureuse. Regarde, Shirley, tous ces gens. Ils marchent, ils roulent en voiture, ils apportent des fleurs. Un jour, ils ont été conçus. Deux êtres les ont conçus et ensuite chacun est venu au monde. Venu au monde. Pourquoi personne ne parle de ça ? De la mort ou de la naissance ?

Rex sembla plus intéressé par le bébé que content. Il était fasciné par la fontanelle. Au début, il prit un tas de photos, puis s'arrêta. « Trop malléable. » Il était de plus en plus agacé par ses pleurs, passait encore plus de temps à l'atelier. Il travaillait à une série de bas-reliefs. De grandes choses hardies et primitives. Je les ai vues à plusieurs reprises dans un musée de Washington. J'aime à me rappeler comment nous avions tous l'habitude d'aller le regarder travailler à cela dans son atelier étouffant.

Il détestait les mauvaises odeurs du bébé. Maria faisait la lessive tous les jours, à la main, changeait sans cesse draps et couches. Elle était devenue encore plus mince, mais ses seins étaient épanouis, son visage radieux. « Incandescent ! » disait Rex, qui faisait dessin sur dessin dans de tendres tons pastel.

Notre Andrea naquit, puis Steven. De mignons bébés, placides et joufflus. Bernie et Ralph étaient aussi enchantés que Marjorie et moi, ils lâchèrent même leurs séminaires pour être davantage à la maison. Le soir, Maria et le petit venaient à la maison. On regardait ensemble Ernie Kovacs et Ed Sullivan, *Police des plaines*. Parfois, une partie de Monopoly ou de Scrabble. Le plus souvent, sans vergogne, on jouait avec les bébés, les embrassant, les allaitant, les aidant à faire leur rot, les changeant. Il a souri ! Non, c'est un gaz. Si, si, c'était bien un sourire.

On s'était habitués à ne voir Rex que rarement. Il travaillait même tout le week-end, tandis que nous faisions des barbecues près des zinnias et des peupliers. Maria ne se plaignait jamais, mais elle semblait fatiguée. Ben avait des coliques, il ne dormait pas. Elle était toujours angoissée. Comment le contenter ? L'apaiser ? Comment dormir ?

Rex reçut une bourse pour étudier à Cranbrook, à l'automne. Une bonne école d'art dans le Michigan. Tout alla très vite, il reçut la nouvelle et se mit à emballer ses outils. Il était dans l'atelier le soir précédant le départ. J'allai voir Maria. Ben dormait. Maria était silencieuse, elle me demanda une cigarette, que je lui refusai, car Rex m'aurait assassinée.

— Tu prendrais les oiseaux ?

— Oui, ils sont superbes. Je viendrai les chercher demain.

C'est tout ce qu'on s'est dit, et pourtant j'étais restée longtemps. Des moments horribles, de ceux où l'on sait qu'on devrait parler, ou écouter, et où seul le silence résonne.

À six heures du matin, le lendemain, Rex chargeait la voiture et la remorque, et s'en allait. Quelques minutes plus tard, Maria se présentait à ma porte avec la cage et un sac de graines. Merci ! Tandis que je m'habillais pour aller au travail, j'entendis un tintamarre dans leur appartement, coups de marteau, musique et bruits sourds.

Je fus sur place quelques minutes seulement avant Rex.

Elle avait décroché toutes les peintures et photos modernes, punaisant des posters à la place. Les tournesols de Van Gogh. Un nu de Renoir. Une affiche de rodéo, avec un cow-boy sur son cheval cabré. Elvis Presley.

Recouvrant le divan beige, une couverture mexicaine. Pas une couverture dans le style d'Oaxaca, mais orange, vert, jaune, bleu, rouge, violet avec une frange sale et emmêlée. À la radio, qui diffusait en général Bach ou Vivaldi, Buddy Holly swinguait.

Elle s'était fait des nattes, les attachant avec du ruban jaune. Elle avait mis du rouge à lèvres rose, de l'ombre à paupières turquoise, réintégré son jean et son T-shirt rose. Ses pieds, chaussés de santiags, reposaient sur la table de la cuisine. Elle fumait, buvait du café. Ben rampait partout sur les carreaux noirs avec sa couche trempée, laissant derrière lui des serpentins humides. Il tenait une biscotte d'une main, et s'en était barbouillé. De l'autre, il vidait les placards et la batterie de cuisine se déversait par terre.

Je m'étais figée sur place. Rex monta l'escalier et traversa la salle de séjour. Son absence n'avait pas duré plus d'une demi-heure.

— Cassé ce foutu essieu… Je dois attendre.

Il regarda autour de lui.

— Où sont mes Paddas de Java ?

— Chez moi.

Ils se dévisagèrent. Elle était là, terrorisée, ne bougeait plus, ne prenait même pas le petit qui s'agitait à présent, mettait partout de la biscotte. Rex était furieux. Il fit mine de se jeter sur elle. Puis il recula et se contenta de rester planté là, profondément abattu.

— Bon, les enfants… je ne voudrais pas m'immiscer, mais de grâce n'en faites pas une montagne. C'est drôle. Un jour, vous vous pencherez sur le passé et ça vous semblera très drôle.

Ils m'ignorèrent. Plus d'énergie, il n'y avait plus que mollesse et colère. Rex éteignit la radio. Perez Prado. Cherry Pink !

— Je vais attendre sur les marches l'appel du garagiste, dit Rex. Non, autant que je fiche le camp…

Et il ficha le camp.

Maria n'avait pas bougé.

Ces occasions manquées. Un mot, un geste, peut changer toute une vie, peut tout casser ou tout réparer. Mais il n'y eut personne pour le faire. Il partit, elle alluma une cigarette, j'allai travailler.

Maria et moi, on se retrouva enceintes de nouveau. J'étais très heureuse, et Bernie aussi. Maria ne voulait pas en parler. Non, bien sûr qu'elle n'avait rien dit à Rex. Donc, c'était différent, cette fois ; j'attendais, je guettais le moment où elle s'enthousiasmerait pour sa grossesse.

Ce fut un bel automne, malgré tout. Le week-end, nous allions aux sources chaudes de Jemez, pique-niquant au bord de l'eau. Les soirs de canicule, on s'entassait tous dans la voiture pour aller voir deux films pour le prix d'un au drive-in. Maria était plus calme, moins triste. Elle avait un boulot de traduction, passait des heures à travailler pendant que Ben faisait la sieste. Elle s'était inscrite à un cours de poésie à la fac, s'asseyait au soleil, lisait Walt Whitman, fumait, buvait du café. Elle mettait toujours un fichu rouge sur ses cheveux, parce que ses racines repoussaient. Elle était plus détendue avec Ben, l'appréciait. Nous allions plus souvent chez elle pour manger des spaghettis au chili, jouer aux charades au milieu des petits qui circulaient à quatre pattes.

Thanksgiving. Rex rentrait au bercail. Mon Dieu, je me demandais ce qu'elle pouvait bien éprouver. Moi, j'étais complètement stressée. Je l'aidai à remettre l'appartement dans un état impeccable, lui refilai des cigarettes filtre, pour l'aider à se déshabituer de la nicotine. Comme elle ne voulait pas se retrouver tout de suite seule avec lui, on organisa une petite fête. Elle scotcha une affichette BIENVENUE ! à la porte ; mais, de peur qu'il trouve ça débile, elle l'enleva.

Nous étions tous là, sur les nerfs. Plusieurs autres couples de la fac. L'appartement était bien décoré. Chrysanthèmes blancs dans une poterie de Santo Domingo noire. Maria était toute bronzée, vêtue de lin blanc avec une touche turquoise. Ses cheveux étaient longs, raides, d'un noir de jais.

Il arriva comme un ouragan. Sale, mince, plein de vitalité, avec des boîtes et des portfolios qui glissaient par terre. Je ne l'avais jamais vu l'embrasser avant. Je voulais tant qu'ils se réconcilient.

Ce fut une vraie fiesta. Elle avait fait un curry maison, le vin coulait à flots. Mais c'était Rex, à vrai dire, qui apportait des nouvelles, des plaisanteries et cette effervescence qui nous galvanisait. Le petit Ben vadrouillait partout dans son youpala en caoutchouc, bavant et riant. Rex le prenait dans ses bras, faisait l'avion, l'étudiait.

Au café, il nous montra des diapos du travail qu'il avait exécuté cet été-là, surtout des sculptures représentant une femme enceinte, mais plein d'autres choses, dessins, céramique, marbres. Il débordait d'enthousiasme, de projets.

— Et maintenant, les nouvelles. Vous n'allez pas y croire, moi-même j'ai du mal. J'ai un mécène. *Une* mécène. Une vieille dame riche de Détroit. Elle me paie pour passer un an, au moins, en Italie. Dans un village aux abords de Florence. Mais la villa, c'est rien. Il y a une fonderie ! Une fonderie de bronze ! J'y vais le mois prochain !

— Ben et moi aussi ? murmura Maria.

— Oui, oui. Enfin, je pars seul d'abord, pour tout organiser.

Chacun applaudissait et le congratulait lorsque, se levant tout à coup :

— Attendez, ce n'est pas tout ! dit-il. Figurez-vous que j'ai aussi une bourse Guggenheim !

Ma première pensée fut pour Bernie. Je savais qu'il serait content pour Rex, mais j'aurais compris qu'il soit jaloux. Il avait trente ans, Rex seulement vingt-trois et son avenir était déjà là, servi sur un plateau d'argent. Mais Bernie était sincère en lui serrant la main :

— Personne ne l'a méritée plus que toi.

Tout le monde s'en alla, sauf nous deux. Bernie s'en fut chercher à la maison une bouteille de Drambuie. Les hommes picolèrent et parlèrent de Cranbrook, se repassèrent les diapos. Maria et moi faisions la vaisselle et sortions les poubelles.

— C'est le moment de rentrer, dis-je à Bernie, en récupérant Andrea.

Maria et Rex étaient allés voir Ben. Nous attendions pour leur dire bonsoir, les entendions chuchoter dans la chambre.

Elle avait dû lui dire qu'elle était de nouveau enceinte. Il sortit de la pièce, livide.

— Bonne nuit, dit-il.

Il s'en alla le lendemain matin, avant qu'ils fussent réveillés. Il emportait peintures, sculptures et céramique, la radio et la poterie d'Acoma. Et nul ne l'a jamais revu.

Noël. Texas. 1956

— Tiny est sur le toit ! Tiny est sur le toit !

C'est tout ce qu'ils savent dire, ces gens-là. Je suis sur le toit – et après ? Ce qu'ils ignorent, c'est que je ne redescendrai peut-être plus.

Je n'avais pas l'intention d'être aussi théâtrale. Je serais bien allée tout bonnement dans ma chambre en claquant la porte, mais ma mère y était. Donc, j'ai claqué la porte de la cuisine. Et il y avait là une échelle pour monter sur le toit.

Je m'y suis affalée, toujours dans tous mes états, et j'ai pris quelques gorgées de ma flasque de Jack Daniel's. Bon, j'avoue que j'ai pensé : drôlement sympa, ici. À l'abri, mais avec une vue dégagée sur les prairies, le Río Grande et le Cristo Rey. Très chouette. Surtout maintenant qu'Esther m'a équipée d'une rallonge. Radio, couverture électrique, mots croisés. Elle vide mon pot de chambre et m'apporte un plateau et du bourbon. Ma foi, j'y resterai jusqu'après Noël.

Noël.

Tyler sait combien je déteste et méprise Noël. Rex Kipp et lui se déchaînent chaque année… et que je donne à des organismes de bienfaisance, et que j'offre des jouets aux enfants infirmes, des paniers-repas aux personnes âgées. Je les ai entendus projeter de larguer des jouets et de l'alimentaire au-dessus du bidonville de Juarez, le soir du réveillon. Tous les prétextes sont bons pour frimer, claquer leur fric et agir comme un couple de connards magnifiques.

Cette année, Tyler m'a dit que je pouvais m'attendre à une grosse surprise. Une surprise pour *moi* ? Ça me gêne un peu de l'admettre. Vous savez, j'ai vraiment cru qu'il allait m'emmener aux Bermudes ou à Hawaï. Jamais, dans mes rêves les plus fous, je n'aurais imaginé qu'il s'agissait en fait d'une réunion familiale.

Finalement, il a reconnu qu'il le faisait en réalité pour Bella Lynn. Bella Lynn, notre fille gâtée pourrie qui est rentrée au bercail à présent que son mari, Cletis, l'a plaquée. « Elle est si déprimée. Elle a besoin de se sentir des racines. » Des racines ? J'aimerais mieux voir des monstres de Gila dans mon carton à chapeaux.

Tout d'abord, il invite ma mère, allant la chercher à la maison de retraite Bluebonnet. Où ils la tenaient ligotée, comme il convient. Puis, son ivrogne de frère borgne, John, et son ivrogne de sœur, Mary. Aujourd'hui, je bois. Jack Daniel's est mon ami. Mais j'ai gardé mon sens de l'humour, pas méchant comme elle. D'ailleurs, elle a toujours eu un sentiment incestueux pour Tyler, ça n'a pas changé. Ensuite, il contacte son mari à elle, qui est ennuyeux comme la pluie, et qui n'est pas venu, Dieu soit loué. Leur fille Lou est ici, avec un bébé. Elle aussi, son mari l'a plaquée. Quasiment aussi écervelée que ma Bella Lynn, celle-là. Enfin, très bientôt elles déguerpiront l'une comme l'autre avec d'autres cas sociaux illettrés.

Tyler a invité quatre-vingts personnes pour le réveillon de Noël. C'est demain. Et c'est ce moment que la nouvelle bonne, Lupe, a choisi pour piquer nos couteaux à steak à manche d'ivoire. Elle les a planqués sous sa gaine et allez savoir pourquoi elle s'est courbée en traversant le pont pour gagner Juarez. Ce qui fait qu'elle s'est poignardée, a failli mourir d'une hémorragie et tout est retombé sur la tête de Tyler. Il a dû payer l'ambulance, l'hôpital et une amende gratinée vu que c'était une émigrée clandestine. Et, bien entendu, ils ont découvert que nos jardiniers et la blanchisseuse l'étaient aussi, des clandestins. Si bien qu'à présent, plus de domestiques. À part cette pauvre Esther et des étrangers à temps partiel. Tous des voleurs.

Mais le bouquet, c'est qu'il a invité ma famille de Longview et Sweetwater. Des gens horribles. Ils sont tous très maigres ou affreusement obèses, et ils ne font que manger. Ils ont tous l'air d'en avoir vu de dures. Sécheresse. Tornade. Le problème, c'est que je ne les connais même pas et n'ai aucune envie de les connaître. Si je l'ai épousé, lui, c'est pour ne plus jamais les revoir.

Ça suffirait comme raisons pour rester là-haut, mais en voici une autre : une fois de temps en temps, on ne peut plus clairement, j'entends chaque parole que Rex et Tyler prononcent en bas, à l'atelier.

J'ai honte de l'avouer mais, oh et puis zut, c'est la vérité : je suis jalouse de Rex Kipp. Aujourd'hui, je sais que Tyler couche avec sa vulgaire petite secrétaire, Kate. Enfin, m'en fiche. Tant que ça le dispense de haleter et s'évertuer au-dessus de ma personne.

Mais Rex. À présent, Rex est tout le temps là. On a passé la moitié de notre lune de miel à Cloudcroft, l'autre moitié dans son ranch. Ces deux-là pêchent, chassent et parient ensemble, quand ils ne font pas un tour Dieu sait où dans son avion. Le plus exaspérant, c'est comme ils se parlent, à l'atelier, pendant des heures et des heures. Je dois dire que ça m'avait drôlement turlupinée. Que pouvaient-ils avoir à se dire, ces vieux cons ?

Ben, maintenant, je sais.

Rex : Tu sais, Ty, il est fameux ce scotch.

Tyler : Tu l'as dit. Fameux.

Rex : Le Petit Jésus en culotte de velours.

Tyler : Ça glisse tout seul.

(Quarante ans qu'ils ne s'envoient que ce tord-boyaux.)

Rex : Regarde-moi ces nuages… bourgeonnants, joufflus.

Tyler : Ouais.

Rex : Je crois que c'est mon nuage préféré. Le cumulus. Plein de pluie pour mon bétail et bien plaisant à regarder.

Tyler : Pas moi. C'est pas mon préféré.

Rex : Comment ça ?

Tyler : Trop d'agitation.

Rex : C'est ce qui est bien, Ty, l'agitation. C'est majestueux et tout ça.

Tyler : Bon sang, quelle bonne gnôle quand même.

Rex : Le ciel est une splendeur.

(Long silence.)

Tyler : Ce que je préfère, c'est le ciel de traîne.

Rex : Quoi ? Ces petits nuages de rien du tout ?

Tyler : Justement. Là-haut, à Ruidoso, le ciel est bleu. Avec ces légers cirrus qui se promènent bien gentiment.

Rex : Je vois de quel ciel tu parles. Comme le jour où j'ai tué les deux antilopes.

(C'est tout. La conversation dans son intégralité. Autre exemple :)

Rex : Mais ces gosses mexicains, ils aiment les mêmes jouets que les petits Blancs ?

Tyler : Bien sûr.

Rex : Il me semblait qu'ils jouaient avec des boîtes de sardines en guise de bateaux.

Tyler : C'est tout l'intérêt de notre expédition à Juarez. De vrais jouets. Mais lesquels ? Des pistolets ?

Rex : Donner des pistolets à des Mexicains ? Pas question.

Tyler : Ils sont fous de voitures. Et les Mexicaines, de bébés.

Rex : Alors c'est réglé ! Bagnoles et poupées !

Tyler : Jeux de construction et Meccano !

Rex : Ballons. De vrais ballons de base-ball et de foot !

Tyler : On a réglé la question, Rex.

Rex : Au poil.

(Enfin quoi, quel dilemme existentiel ces andouilles avaient-elles réglé, mystère.)

Tyler : Comment tu vas trouver l'endroit, si on vole dans le noir ?

Rex : Je sais m'orienter. De toute façon, on aura toujours l'étoile.

Tyler : Quelle étoile ?

Rex : L'étoile de Bethléem !

J'ai assisté à toute la fête de mon perchoir. Et quelle maîtresse de maison détendue je faisais, couchée sous les étoiles, avec ma petite radio qui passait « Away in a Manger » et « White Christmas ».

Esther s'était levée à quatre heures du matin pour faire la cuisine et le ménage. Je dois reconnaître que Bella et Lou lui ont donné un bon coup de main. Le fleuriste est arrivé, les traiteurs avec du ravitaillement en nourriture et en boisson, des serveurs en smoking. Un camion a livré une machine à bulles géante que Tyler a installée à l'entrée. Je préfère ne pas penser à ma moquette. Des haut-parleurs ont commencé à cracher du Roy Rogers et Dale Evans chantant « Jingle Bells » et « I Saw Momma Kissing Santa Claus ». Puis, un défilé de voitures avec encore des gens que je ne veux jamais revoir de toute ma vie. Esther, cette chère Esther, m'a monté un plateau-repas et un pichet de lait de poule, une autre bouteille de Jack Daniel's. Tout de noir vêtue, avec son tablier de dentelle blanc, ses cheveux blancs tressés en couronne sur sa tête, elle avait l'air d'une reine. C'est le seul être humain que j'apprécie dans ce vaste monde, à moins que ce soit le seul à m'apprécier.

— Que fait ma garce de belle-sœur ?

— Elle joue aux cartes. Des hommes ont entamé une partie de poker dans la bibliothèque et elle a demandé, d'une petite voix suave : « Oh, je peux participer ? »

— Ça leur fera les pieds.

— C'est ce que je me suis dit à la minute où elle a commencé à battre les cartes. Chlac ! Chlac !

— Et ma mère ?

— Elle aborde les gens en leur affirmant que Jésus est Notre Sauveur.

Je n'ai pas eu à l'interroger sur Bella Lynn, qui était sur la balancelle de la véranda en compagnie de ce vieux Jed Ralston. Son épouse, Martha-la-mangouste, comme on l'appelle, sans doute trop lestée de diamants pour pouvoir marcher et découvrir ce qu'il mijote. Ensuite, Lou sort de la maison avec Orel, le fils de Willa, une grande perche mutante qui joue au poste d'ailier rapproché chez les Aggies du Texas. Et tous les quatre de se promener dans le jardin, ricanant et piaillant parmi des bruits de glaçons. Se promener ? Ces filles étaient bourrées ; leurs jupes étaient si serrées et leurs talons si hauts qu'elles pouvaient à peine marcher. Je leur ai crié :

— Traînées ! Racaille !

— C'est quoi, ça ? fit Jed.

— C'est rien, c'est Maman. Elle est sur le toit.

— Tiny est sur le toit ?

Donc, je me recouche, me remets à regarder les étoiles. La radio à fond avec mes chants de Noël pour noyer les bruits de la fête. Et je chantais toute seule. C'est arrivé à la claire minuit[1]. Mon haleine fumait et ma voix était celle d'une enfant. Allongée sur mon toit, je chantais et chantais.

Il était environ dix heures quand Tyler, Rex et les deux gamines filèrent en douce, chuchotant et trébuchant dans l'obscurité. Embarquant deux gros sacs dans notre Lincoln, ils traversèrent à deux voitures la prairie du fond pour gagner le terrain près du fossé où était posé le Piper club. Leur petit groupe attacha les sacs à l'extérieur de la carlingue, après quoi Tyler et Rex montèrent à bord. Les filles allumèrent les phares des voitures afin de lui éclairer un semblant de piste. Même si, par une nuit si claire, Rex aurait pu vraisemblablement se guider à la lueur des étoiles.

L'avion était si lourdement chargé qu'il décolla non sans peine. Quand enfin il y parvint, il mit une éternité à prendre de l'altitude, rata de justesse les câbles, puis les peupliers au bord de la rivière. Les ailes plongèrent plusieurs fois et ce n'était pas du cinéma. Enfin, il mit le cap sur Juarez et ses petits feux rouges disparurent. Ouf, je louai le Seigneur et bus un coup.

Je me rallongeai, tremblante. Je ne le supporterais pas, si Tyler s'écrasait. À ce moment précis, la radio passa « Silent Night », et ça m'émeut toujours. Je pleurais, comme un veau. Ce n'est pas vrai, ce que j'ai dit sur lui et Kate. Je ne m'en fiche pas.

---

1. Chant de Noël traditionnel américain.

Les filles attendaient dans le noir, près des tamaris. Quinze, vingt minutes, qui m'ont paru des heures. Je n'ai pas vu revenir l'avion, mais elles si, sans doute, car elles rallumèrent les phares et il se posa.

Je ne pouvais pas entendre un mot à cause du brouhaha des fêtards, et ils avaient fermé la porte et les fenêtres de l'atelier, mais je les voyais tous les quatre devant la cheminée. Un tableau charmant, comme dans *Un chant de Noël*, eux trinquant au champagne, l'air radieux et réjoui.

C'est alors que la nouvelle tomba à la radio. « Il y a quelques instants, un mystérieux Père Noël a largué des jouets et des victuailles bien utiles sur le bidonville de Juarez. Mais, gâchant ce beau geste, on apprend qu'un vieux berger a été tué, apparemment assommé par du jambon en conserve. Davantage de détails dans notre édition de minuit.

— Tyler ! Tyler !

Rex ouvrit la porte et sortit.

— Qu'y a-t-il ? Qui est là ?

— C'est moi, Tiny.

— Tiny ? Tiny est toujours sur le toit !

— Appelle Tyler, imbécile.

Tyler arriva et je lui appris la nouvelle, ajoutant que Rex avait tout intérêt à se tirer à Silver City.

Ils repartirent en voiture pour lui faire passer la frontière. À l'heure où ils revinrent, plus rien ne bougeait dans la maison, à part Esther qui faisait le ménage. Les filles rentrèrent à l'intérieur. Tyler se ramena, juste sous mes pieds. Je retenais mon souffle, l'écoutant chuchoter – Tiny ? Tiny ? – pendant un moment, après quoi je me penchai par-dessus la corniche.

— Qu'est-ce que tu veux ?

— Descends de là, maintenant. Tiny. Je t'en supplie.

La maison en adobe avec le toit de zinc

La maison avait une centaine d'années. Elle avait des angles arrondis, adoucis par le vent, et était du même brun soutenu que la terre dure des environs. Il y avait d'autres constructions sur la propriété, un corral, des latrines, un poulailler. Une case en adobe près du mur exposé au sud de la maison principale. Sans toit de zinc comme la grande maison. Lisse et symétrique, elle semblait avoir poussé sur place tel un champignon poussiéreux.

Quatre arpents laissés à l'abandon. Vingt pommiers sur le point de fleurir. Des épis de maïs séchés, une charrue manuelle rouillée. Un moqueur à bec courbé s'était posé sous un peuplier nu, près de la pompe rouge. L'eau jaillit de cette pompe quand Paul l'actionna.

La plupart des fenêtres étaient cassées, la porte était entrouverte. À l'intérieur, c'était frais, sombre, et ça sentait le *piñon*, le cèdre. Une autre odeur piquante provenait d'un rideau constitué de baies d'eucalyptus et de perles rouges.

Échos. Une enveloppe décolorée sur le poussiéreux plancher de pin. Solidago CONTRE LA COLIQUE dans un bocal jaune. Paul prit Max, le bébé, dans ses bras et s'installa dans l'encoignure d'une fenêtre.

— Ces murs font un mètre d'épaisseur ! Génial, cette maison. Je pourrais jouer du piano aussi fort que je veux. Les gosses pourraient s'amuser dehors sans qu'on s'inquiète à cause des voitures. Et quelle vue ! Viens voir les Sandia d'ici !

— C'est très beau, convint Maya, mais il n'y a pas l'eau courante, pas l'électricité.

— On pourrait installer des sanitaires... facile. On n'a jamais eu l'électricité dans notre chalet à Truro, quand j'étais enfant.

— Mais faire la cuisine sur ce vieux fourneau à bois ?

À cela se bornèrent ses objections. La gratitude tenait encore une grande place dans ses sentiments à l'égard de Paul. Son premier mari l'avait quittée alors que Sammy avait neuf mois et qu'elle était enceinte de Max. Elle avait cru à un miracle quand Paul était apparu et qu'il avait aimé les garçons par-dessus le marché. Elle était décidée à réussir son mariage, à être une bonne épouse. À dix-neuf ans à peine, elle ignorait ce que c'était d'être une bonne épouse. Elle faisait des trucs comme tenir le côté brûlant de la tasse quand elle lui tendait son café, lui présentant l'anse.

Paul venait de décrocher un boulot dans une boîte de nuit d'Albuquerque. C'était un musicien de jazz, un pianiste. Ils cherchaient un endroit où il pourrait répéter et dormir dans la journée, où les enfants pourraient jouer au-dehors.

— Écoute ! fit May. Qu'est-ce qu'on entend, des tourterelles ?

Ils se promenaient maintenant parmi les pommiers.

— Des cailles. Regarde, là-bas...

Sammy les avait repérées. Il courut, les pourchassant jusque dans les tamaris. Plus loin, dans le champ, un grand Géocoucou passa comme une flèche et disparut. C'était amusant, comme dans le dessin animé, sauf qu'il était noir et blanc, et qu'il se détachait sur la poussière terne.

Par Corrales Road, ils se rendirent chez leurs amis, Betty et Bob Fowler, leurs seules connaissances jusque-là. Bob était un poète, il enseignait l'anglais dans une école privée. Paul et lui avaient fait Harvard ensemble, étaient de vieux amis. Betty et Maya s'entendaient à peu près. Maya jugeait Betty autoritaire et pressante ; Betty trouvait Maya insupportablement passive et naïve. Le couple avait quatre filles, toutes âgées de moins de cinq ans.

Les Fowler étaient l'une des rares familles américaines non hispaniques à vivre ici, à Alameda. Des terres arables et des vergers sur des kilomètres, avec des peupliers et des oliviers bordant les champs. Luzerne, maïs, haricots, piments. Vaches Holstein et quarter horses dans des pâturages poussiéreux. Alameda se composait d'une chapelle, d'un hangar à fourrage, d'un magasin d'alimentation, et de Bella Della Beauty Parlor, l'institut de beauté de Della.

Tout le monde grimpa dans la fourgonnette des Fowler pour aller voir la maison. Les quatre fillettes jouèrent dehors avec Max et Sammy, tandis que les adultes jetaient un coup d'œil. Bob et Paul parlaient sanitaires, où se procurer du bois. Maya et Betty des modalités pratiques de la lessive et de la cuisine. Betty estimait qu'il serait impossible de vivre là avec deux enfants portant des couches. Pas d'électricité ? Une cuisinière à bois, pas l'eau courante, pas de salle de bains ? Carrément impossible. En partie par esprit de contradiction, Maya déclara que ce ne serait rien du tout, les femmes avaient fait cela pendant des siècles. Et même, ce serait amusant.

Betty savait toujours tout, par conséquent elle savait que Dela Ramirez avait hérité cette maison de son père. Elle savait même que les villageois considéraient que la propriété aurait dû revenir à Pete ou à Frances García, respectivement le frère et la sœur de Dela. Même si c'étaient des bons à rien, ils étaient plus âgés, et en outre Dela et son mari avaient déjà une maison.

Dela, au Bella Della Salon, parlait à Betty par-dessus la tête mouillée d'une cliente, ouvrant des pinces métalliques avec ses dents. Betty avait troqué sa voix d'élève de cours d'art dramatique pour un accent traînant. Elles discutaient des frères Tafoya, de louer le champ de luzerne, de Head Start [1] et de Head & Shoulders. Maya

1. Programme préscolaire destiné aux enfants défavorisés.

ne disait rien, lisait des *National Enquirer*, se peignait les cheveux. Elle n'avait pas été encore initiée aux rituels sociaux locaux. À présent, les deux femmes parlaient de rabattre les arums et de badigeonner le tronc des arbres fruitiers.

— *Oye*, Dela, conclut Betty. Tu ne connaîtrais pas une maison à louer, dans le coin ?

Dela fit non de la tête.

— Y a rien à louer par ici.

Elle mit des cornets en papier sur les oreilles de la cliente, enveloppa les pinces et épingles d'un filet.

— Non, je vois pas.

— Mes amis sont à la recherche d'un endroit avec du terrain. Un endroit au loyer modique, ou pas de loyer du tout en échange d'un coup de peinture, d'installer des sanitaires, ce genre de choses. Ils défricheraient, répareraient les fenêtres. Tu vois… la propriété en serait améliorée.

— Quel montant, le loyer ? s'enquit Dela, en leur tournant le dos.

Elle abaissa un casque sur la tête de la femme, régla la température sur tiède, médium, chaud, très chaud.

— Cinquante, maximum, j'imagine… puisqu'ils vont la retaper. Tu ne vois vraiment rien ?

— Y aurait bien la maison de mes parents. Sur Corrales Road, un peu à l'écart. Mon frère Pete y va de temps en temps. Dans la petite maison, pas la grande. Mais tout m'appartient, aujourd'hui.

— Ça vaudrait le coup d'avoir quelqu'un pour l'entretenir…

Dela se tut, tourna le bouton sur chaud, médium, tiède. La cliente laissa le magazine retomber sur ses genoux pour mieux écouter.

— Ils pourraient louer la maison de mes parents. Mais c'est soixante-dix dollars. C'est une grande propriété.

— Soixante-dix ! s'esclaffa Betty.

Maya se pencha en avant et dit :

— On paiera cela. Mais pour toute la propriété, pas si votre frère doit venir.

— Oh, il ne viendra pas, si quelqu'un habite là. C'est un vaurien.

— Quand peut-on emménager ?

Dela haussa les épaules.

— Quand vous voudrez.

— On va commencer par nettoyer, poser des fenêtres. Le jour où on s'installera, je viendrai payer le loyer.

— Non, dit Betty. Un bail. Ils ont besoin d'un bail s'ils doivent apporter toutes ces améliorations.

Paul et Maya travaillèrent dur les semaines qui suivirent, posant des carreaux de fenêtre, ponçant les planchers, replâtrant et peignant. Les Fowler mettaient la main à la pâte, et les deux familles pique-niquaient dehors au moment où le soleil se couchait derrière les Sandia.

La dernière chose qu'ils firent fut de peindre les boiseries des fenêtres. Bleu Santa Fe. Ils avaient inventé une chanson, « Got the Santa Fe Blues ». Trempant leurs pinceaux dans le pot de peinture, Paul et Maya s'interrompaient pour s'embrasser, heureux de leur nouveau foyer. Max et Sammy galopaient dans les champs, jouaient avec des camions et des cubes, dans la gadoue près de la pompe.

Le dernier jour où ils étaient venus peindre, trois chiens étaient couchés en rond sur les marches de pierre, derrière la maison. Un vieux bouledogue aux testicules roses, une chienne galeuse qui avait la langue noire et un chiot noir tout ébouriffé. Leur maître n'était pas visible. S'ils jappèrent pour commencer, ils finirent par se calmer. Le chiot était gentil et laissait Max le balader dans la cour la tête en bas.

Maya fit du café. Paul et elle s'installèrent dans la cuisine. Elle n'avait pas encore essayé de se servir de la cuisinière à bois, utilisait jusqu'à présent un réchaud pour faire du thé ou du café.

— Tu as de la peinture dans les cheveux, dit-elle. Je regrette que tu doives retourner travailler...

Paul s'était fait remplacer par Willie Tate au piano cinq soirs durant, au club.

— Et moi donc... sauf qu'on forme vraiment un groupe soudé. Ernie Jones est la meilleure basse avec qui j'aie jamais joué. Je suis sûr que Prince Bobby Jack renouvellera notre contrat. Le club est plein à craquer à chacun des deux sets chaque soir.

— Jésus, Marie, Joseph, quelle sacrée belle maison !

La femme avait débarqué sans frapper dans la cuisine. La cinquantaine, ridiculement grosse, en salopette et bottes de mec. De longs cheveux emmêlés dépassaient de son chapeau de cow-boy.

— Une belle maison ! C'était ma maison. J'ai ma propre maison, vous voyez, là-bas, quand on traverse Corrales Road.

Elle pointait le droit, souriante, édentée, sur une cabane dans les bois au-delà de la route.

— Quelqu'un y a foutu le feu. Jalousie. J'ai un copain, Romulo. Vous l'avez vu ? L'était à la télé avec les camions des pompiers, vous l'avez vu ?

Elle se tut pendant une minute. Une tache, puis des gouttes sur le plancher comme elle faisait dans sa culotte.

— Z'avez pas vu Pete ? Vous le voyez, vous lui dites, c'est ses chiens. L'en a trop. J'ai mes chiens à moi. Pete est né à l'endroit exact où vous êtes assise. J'étais là.

— Nous habitons ici, à présent, déclara Paul. Il faut rentrer chez vous, dans votre maison à vous.

— J'ai ma maison à moi. Là-bas, de l'autre côté de la route. Oh, des bouteilles !

Elle avait repéré des bouteilles d'Orange Crush dans un tas d'ordures, ressortit pour aller les mettre, avec d'autres trucs, dans un caddie. Puis elle s'en retourna, toute cliquetante, sur la piste caillouteuse, avec son chariot, jetant des pierres aux chiens qui essayaient de la suivre.

— Emmenez-les ! lui lança Paul.

— C'est les chiens de Pete. Ils vivent ici. Moi, j'ai mes chiens à moi. Mon nom, c'est Frances.

Les Fowler les aidèrent à emménager. Ils burent du champagne devant un feu de *piñon* et Maya cuisina un poulet rôti et du maïs en épis sur le fourneau. Le pain de maïs avait pris un coup de feu, mais apprendre à maîtriser le four ne serait pas une grosse affaire.

La vaisselle, c'était pénible, rapporter de l'eau, la faire chauffer. Non, peut-être que ce fut amusant, cette fois-ci – ensuite ce fut pénible.

Le premier soir, incapables de dormir, ils firent l'amour devant la cheminée, sur le tapis navajo, buvant ensuite un chocolat chaud, s'installant aux fenêtres pour admirer les pommiers au clair de lune. Le lendemain, les arbres avaient commencé à fleurir ! Du jour au lendemain ! Ils allèrent s'asseoir dehors, adossés au mur tiédi par le soleil, tandis que les garçons jouaient tout près avec les chiens. Odeurs de pommiers en fleurs, du café et de la fumée de *piñon*.

La porte de la petite maison d'à côté s'ouvrit brutalement. Paul et Maya sursautèrent, surpris ; ils n'avaient entendu personne arriver en voiture dans la nuit. Du café au lait gicla par la moustiquaire déchirée. La porte se referma en claquant.

Pete sortit de la maison. Un grand gaillard basané avec de longs cheveux noirs, des dents en or, des yeux verts. Il avait environ quarante-cinq ans, mais marchait avec l'allure insolente d'un jeune chicano. Il leur sourit largement, plongea la tête sous le bec de la pompe, l'actionna énergiquement. L'eau jaillit sur ses cheveux et sa figure ; son large dos en frissonnait. Il s'ébroua, grogna, se rinça la bouche et cracha. Il se redressa, leur sourit encore, l'eau dégoulinant de ses cheveux pour tacher son maillot de corps sale. De nouveau, il cracha et s'essuya la bouche avec le pan du tissu.

— Moi, c'est Pete García. Je suis né ici.

— Paul Newton, et voici mon épouse, Maya. Nous habitons ici, désormais. Nous avons loué les lieux.

— Dela a dit que vous ne viendriez plus, ajouta Maya.

— Dela ! Moi, je me mêle de mes affaires. Vous, mêlez-vous des vôtres. J'ai ma propre maison en ville. Des fois, je viens ici pour me reposer de ma femme.

Les chiens bondissaient tout autour de lui pour se faire caresser.

— Celui-ci, c'est Bolo. L'autre idiote, c'est Lady, et le petit, c'est Sebache, ça veut dire « roche très noire » en espagnol.

Il souriait. Paul et Maya se turent tandis qu'il se présentait, lui et les chiens, aux enfants. Il rentra dans la maison. Quand il en ressortit, il arborait une veste de treillis et un chapeau de cow-boy. Il trimbalait un pichet de tokay Garden DeLuxe et une gamelle de bouillie de maïs qu'il posa par terre pour les chiens.

Il fit le tour de la maison en marche arrière jusqu'à l'endroit où ils s'étaient assis. C'était une vieille Hudson, sans portières arrière ni vitres. Il s'installa là, à faire vrombir le moteur, tout en buvant au goulot. Puis il alluma une cigarette et, sur un sourire en or, un salut de la main, il partit sur les chapeaux de roues par le chemin de terre. Les chiens le suivirent jusqu'à Corrales Road, avant de revenir, la langue pendante, pour se coucher justement là où les enfants étaient en train de jouer.

— Tu ferais mieux d'aller parler à Dela, dit Paul.

— Pourquoi moi ? Pourquoi tu ne lui parlerais pas, à *lui* ?

— Ce n'est peut-être pas un mal, en définitive. Je suis content pour les chiens. Tu es coincée ici, quand je suis au boulot. Pas de voiture, pas de téléphone. S'il arrivait quelque chose aux garçons… au moins, il pourrait te conduire quelque part.

— Super. Coincée ici avec Pete. Quelle aubaine, vraiment.

— Le sarcasme te va mal, Maya…

Ils n'en discutèrent plus. Paul partit de bonne heure pour répéter avec le groupe. Maya se promena avec les garçons à travers le verger et au bord du fossé avant de les coucher pour leur sieste. Elle alla s'asseoir sur la marche derrière la maison, lisant, contemplant les montagnes.

Pete revint vers dix-sept heures. Il se gara juste à sa hauteur et souleva de la banquette un rosier avec ses racines.

— Ça s'appelle « Angel Face ». Très très joli, comme rose. Plantez-le là, au nord, qu'il ait pas trop chaud. Je bosse à la pépinière Yamamoto. *Z'y* verront que du feu.

Ce sol, c'est du mauvais caliche, donc faut creuser très très profond et mettre de la bonne terre et de la mousse de tourbe.

Il déchargea des sacs de terreau et de tourbe, se remit au volant et roula jusqu'à sa maisonnette. Maya regarda autour d'elle, trouva finalement une pelle, commença à creuser un trou. Elle ne parvint même pas à entamer la croûte d'argile. Elle était en train de grommeler tout bas quand il réapparut avec une pioche. Il lui laissa faire le boulot, toutefois, le cul sur les marches à siroter une bière. Elle apprit qu'il fallait arranger les racines autour du dôme de bonne terre, combler ensuite et arroser, puis ajouter encore de la terre et de la tourbe, tasser délicatement, en laissant le monticule dépasser à peine du sol. Il la regarda trimbaler quatre seaux d'eau depuis la pompe.

— Pete! *Órale, mano!*

Romulo et Frances arrivaient par le chemin. Francis poussait son caddie rempli de bières et de provisions. Romulo était un petit bonhomme ratatiné, portant bottes et guêtres de parachutiste et un bonnet d'aviateur avec des languettes fourrées, rabattues sur ses oreilles. Juché sur un petit vélo d'enfant, il tournait en rond autour de Frances. Les quatre chiens de chasse de Frances, ainsi que Bolo, Lady et Sebache, aboyaient et gambadaient dans leurs jambes. Le trio entra dans la maison de Pete. Picolant, se disputant, rigolant. Jouant au rami et picolant. Ayant éclusé un litre de bière, souvent ils ouvraient la porte à la volée pour balancer les bouteilles vides dans le caddie de Frances. Et quand ils avaient besoin d'uriner, ils pissaient par la porte, refermant derechef la porte à la volée. Frances s'accroupissait dehors et se soulageait, chantant. « *Pretty little fellow, everybody knows... Don't know what to call him but he's mighty lak a rose!* » Il n'y avait aucun endroit de la maison d'où Maya aurait pu ne pas les entendre.

Paul ne comprit pas quand elle déclara qu'ils la rendaient folle. Que les plantes la rendaient folle. Paul trouvait ça formidable, Pete apportant toutes ces plantes, presque chaque jour.

— Tu n'aurais pas des préjugés à l'encontre des Mexicains ?

— Des préjugés ? Oh, Paul, pour l'amour du ciel : j'ai rien contre les autres bouffeurs de tacos.

— Maya ! C'est abject. Indigne de toi, vraiment.

Il était profondément choqué et partit travailler plus tôt sans dire au revoir.

Elle fabriqua deux treilles pour les « American Beauty » grimpants. Deux lilas, un forsythia près de la pompe. Une bignone contre les latrines. Un chèvrefeuille escaladait le poteau de la corde à linge. Un « Mme A. Meilland », un « Joseph's Coat », un « Just Joe ». « Abraham Lincoln ».

Chacun de ces rosiers, Maya les planta. Chaque jour, elle allait et venait avec son seau d'eau. Appuyé au mur, Pete buvait sa bière en la regardant trimer. « Encore un peu d'engrais ! » Il avait déchargé une cargaison de fumier ; à elle de l'épandre.

Baigner les enfants était amusant, à présent qu'il faisait plus chaud, dans la lessiveuse près de la pompe. Paul se douchait et revêtait son smoking tous les soirs au club. Au début, Maya avait pris des bains dans la lessiveuse, sur le sol de la cuisine, mais ça faisait trop de dégâts, usait trop d'eau. Maintenant, elle se douchait chez les Fowler et, après la douche, surveillait la progéniture de Betty qui était allée faire ses courses. Deux fois par semaine, les deux femmes allaient à Angel's Landromat, la laverie sur North Fourth Street. Les couples dînaient ensemble plusieurs fois par mois. Au cours du repas et juste après, devant un café ou un verre de vin, c'étaient les deux hommes qui parlaient poésie, jazz, peinture. Les femmes débarrassaient, faisaient la vaisselle, couchaient les gosses, écoutaient leurs maris.

Les tempêtes de printemps débutèrent, cinglant du sable contre les fenêtres, flagellant les fleurs sur les arbres. Maya et les enfants restaient à l'intérieur. Les petits étaient grincheux, geignards. Si seulement ils avaient eu une radio ou un poste de télévision. Elle était fatiguée de s'accroupir pendant des heures par terre, à jouer, faire la lecture à voix haute, chanter des chansons. Paul faisait la grasse matinée, s'exerçait de longues heures durant chaque jour. Des gammes, interminables.

Le vent ululait, la chaleur du fourneau soufflait dans la cuisine. Ses cheveux collaient à son front moite. C'était horrible de pomper de l'eau avec ce sable qui vous criblait la figure. L'eau était pleine de sable. Sable dans le café, sable dans les haricots. Le beurre était granuleux. Le vent malmenait les cabinets et elle s'en prenait plein les yeux et les cheveux tandis qu'elle rentrait en courant.

— C'est pour quand, ces foutus sanitaires ?

— Écoute, lâche-moi un peu. Je travaille à de nouveaux morceaux. On bosse sur de nouveaux arrangements. Le groupe est bien soudé, maintenant. Tu sais combien ça compte pour moi.

Paul alla travailler. Elle passa l'après-midi à faire un gâteau au chocolat. Elle le sortait du four lorsque Pete tambourina à la porte.

— Faut arroser. Ces plantes sont assoiffées.

— C'est trop dur avec ces tempêtes, Pete.

— Bon ben, elles ont besoin d'eau. Là, je vous ai apporté un latanier et une barquette de plants de zinnias. Faut pas mouiller les feuilles des zinnias quand on arrose, sinon ça pourrit.

— Ah… Merci beaucoup, Pete.

Le vent ne soufflait pas si fort, après tout. Elle alla dehors. Max et Sammy l'aidèrent à planter le latanier et les zinnias à côté des marches. Elle arrosa les nouvelles plantations, apporta de l'eau à tous les rosiers, aux tomates. Le reste serait pour demain.

Ce soir-là, Maya et Paul mangèrent du gâteau avec un verre de lait devant la cheminée. Dehors, le vent projetait du sable contre les fenêtres. Paul avait de mauvaises nouvelles. Il avait parlé à un plombier en ville avant d'aller travailler. Ça coûterait une fortune de faire installer une salle de bains et une cuisine par un professionnel patenté.

— Quelqu'un d'autre pourrait peut-être s'en charger. Pourquoi tu n'irais pas demander à l'un des Romero ?

Le lendemain, après son départ, elle traversa le champ de luzerne avec les enfants pour se rendre chez Eleuterio Romero. Eleuterio la rejoignit à la clôture.

— Maya Newton, dit-elle en lui tendant la main.

Il ne la serra pas, se contentant de la dévisager avec insolence de ses yeux bruns.

— Nous voudrions faire installer des sanitaires. Vous ne connaîtriez pas quelqu'un ?

— Pourquoi pas vivre en ville, si vous vouliez des sanitaires ?

— On se plaît bien, ici.

— Pourquoi votre mari, il s'en charge pas ?

— Il n'a pas le temps. Il est musicien.

— Je le connais. Il joue avec Prince Bobby Jack ? Au Skyline Club. C'est un bon pianiste.

— N'est-ce pas ?

Elle sourit, ravie.

— Bref, il travaille dur, dort dans la journée et nous aurions vraiment besoin de ces sanitaires.

— Demandez à mon frère Tony. Il vit dans la dernière maison.

Les terres des Romero commençaient avec celle d'Eleuterio, au bord de leur chemin, couvraient toute la longueur de Corrales Road jusqu'à North Fourth Street. La surface était divisée en quatre lopins de trois arpents, un pour chaque frère. Les deux fermes suivantes étaient celles d'Ignacio et d'Eliseo, très semblables à celles d'Eleuterio. Des maisons d'adobe à toit plat au milieu de champs de maïs, de piment et de luzerne. Enfants, pick-up, épaves rouillées derrière la maison. Chevaux, vaches, poules, chiens. Piments rouges suspendus en *ristras* devant l'entrée de la cuisine, au soleil. Il y avait toujours une énorme marmite dans la cour, pour réaliser des *chicharrónes* avec de la couenne de porc, le *menudo*, le *pozole*. La dernière ferme était celle de Tony, de l'autre côté du fossé d'irrigation. C'était le plus jeune des frères. Il ne cultivait que de la luzerne pour ses chevaux ; dans la journée, il était boucher. Il avait une grande maison en stuc, peinte en vert, avec un auvent en fibre de verre. Tony et Eliseo construisaient un poste d'essence entre leurs maisons. Un bloc de béton, avec des baies vitrées. Le dimanche, tous les frères se garaient dans le champ d'Eleuterio. Leurs gosses allaient jouer avec les autres petits dans le pâturage. Les grands enfants d'Eleuterio s'installaient sur la galerie : les garçons avec la banane ratissée au peigne mouillé, les filles avec des jupons, une timide touche de rouge à lèvres. Ils s'installaient et buvaient du Coca en regardant « leurs » voitures rouler tranquillement sur Corrales Road. Les femmes restaient à l'intérieur, venant parfois surveiller la marmite de *pozole*. Une abondante fumée sortait de la cheminée de la cuisine. Les frères Romero buvaient des bières, sur des bancs placés contre le mur de la maison, face aux montagnes, à l'ombre s'il faisait très chaud, contre la façade sud s'il faisait froid.

Le lendemain matin, tandis que Paul dormait, Maya se rendit en voiture chez Tony. Il n'était pas là. Rosie, sa femme, la pria d'entrer dans la cuisine, prenez donc une chaise. Elle en prit une aussi, souriant. Bien sûr que Tony pourrait les installer, ces sanitaires. Fièrement, elle leur montra l'évier de la cuisine et la machine à laver, la salle de bains. Elle tourna le robinet de la baignoire et tira la chasse. Max et Sammy étaient fascinés. « C'est merveilleux », soupira Maya. Elles burent du café, bavardèrent, parlèrent de leurs enfants, de leurs maris. Rosie l'invita à regarder le feuilleton en sa compagnie, mais Maya déclara qu'elle était pressée ; il était grand temps de réveiller Paul.

Tony vint le lendemain après-midi. Paul et lui allèrent s'asseoir dans le verger, sur un banc, à fumer et à boire de la bière. Tony traça des chiffres dans la poussière avec un bâton ; Paul hocha la tête. Sur une poignée de main, Tony repartit dans son pick-up avec la moitié de l'argent pour le travail, toutes leurs économies. De toute façon, disait Paul, c'était moins que le tiers de ce qu'aurait coûté un plombier patenté.

Le lendemain, Tony arriva avec un chargement de tuyaux. Eleuterio et lui déchargèrent près de la pompe. Cet après-midi-là, il fora des trous dans le mur, le sol de la cuisine et dans la pièce prévue pour la salle de bains. Le surlendemain, les deux frères passèrent des heures à creuser un puisard du côté des oliviers. Un trou large et profond. Max et Sammy sautaient dedans. Ils l'escaladaient, traçaient des routes pour leurs petits camions dans les tas de glaise.

Tony ne revint pas. Ils le virent au magasin. C'était le moment de labourer, semblait-il. Le matin, Paul et Maya observaient les frères dans les champs, brûlant les mauvaises herbes, réparant des clôtures, se relayant derrière une charrue tirée par un cheval. Plusieurs semaines passèrent et vint le moment de semer. Mais alors, le temps s'était radouci et le vent avait disparu. C'était agréable de faire la lessive dehors. Maya et les garçons étaient bronzés, vigoureux. Ils l'aidaient à désherber et à arroser. Les plants de tomates et de maïs poussaient, les lilas et le forsythia étaient en fleurs !

Paul acheta un hamac mexicain qu'il tendit entre deux pommiers. Avant qu'il ne parte travailler, ils s'y allongeaient tous les quatre, se balançant doucement, observant des alouettes et des carouges à épaulettes, une pie-grièche grise. Au loin, là-haut, les monts Sandia et le ciel bleu. Toute la journée, la couleur des montagnes changeait et évoluait. Bruns, verts et bleus profonds jusqu'au coucher du soleil où elles s'embrasaient de rose, puis de magenta, pour se fondre dans un violet velouté sous un ciel mauve.

Avant de coucher les enfants à l'intérieur, elle s'allongeait avec eux dans le hamac et leur lisait des histoires. C'est là qu'ils étaient le soir où Pete emménagea, traînant une remorque bleue derrière l'Hudson. Un lit, une table, une cuisinière à bois, des cartons de vaisselle et de provisions. Les chiens, qui avaient fait le voyage dans la remorque, en bondirent pour faire la fête aux garçons.

— Pete, on a loué *tous* les bâtiments. Vous n'avez pas le droit de vous installer ici.

— Pas le droit ? J'y suis né, la bonne blague ! Dela a sa maison à elle. Moi, j'me pose où j'ai envie.

— Pete. Nous avons signé un bail. C'est *nous* qui vivons ici, désormais.

— Vous, mêlez-vous de vos affaires. Moi, je me mêle des miennes.

D'ordinaire, une fois les garçons endormis, Maya arrosait les plantes, puis buvait du café et lisait dans le hamac tant qu'il faisait assez clair pour y voir. Mais elle ne pouvait pas lire avec lui à quelques mètres de là, qui claquait la porte, chantait, fendait du bois, engueulait les chiens. Fulminante, elle rentra et alluma une lanterne près du fauteuil rouge dans la salle de séjour. Elle tenta de lire *Middlemarch* et d'ignorer le fracas du caddie de Frances, les hurlements de tous ces chiens, le rire de Romulo. Où qu'elle allât dans la maison, et même aux cabinets, elle entendait leurs disputes, moqueries et blagues avinées. Putain, *mano* ! Ou : la vache, *a la morí, ese pendejo ! Pinche jodido*, ce chili est trop salé, *compadre.* Glapissements quand un chien se prenait un coup de pied. *Vayase, pinche perra !*

Maya se réveilla quand Paul rentra à la maison. Elle alluma la bougie près du lit. Même à la lueur de la flamme, il semblait pâle et fatigué. Il empestait la cigarette, la bière rance, le club. Il ôta son smoking et son nœud papillon, ses boutons de plastron rubis.

— Je suis vanné. Samedi soir. Tous les ivrognes et les ploucs de la ville étaient là.

Il se coucha et mit le masque noir qui l'aidait à dormir dans la matinée. Avant qu'il ne mît ses bouchons d'oreilles, elle dit, très vite :

— Paul a emménagé. Vraiment emménagé, avec un fourneau, et tous ses meubles.

— Bon sang, j'en ai marre d'entendre parler de ce mec. Dela et toi, vous allez devoir régler le problème. On en reparlera demain. Je suis épuisé.

Et il mit ses bouchons d'oreilles.

Le lendemain matin, elle s'aperçut qu'elle avait oublié de remplir la bonbonne d'eau. Quand elle voulut remplir son seau à la pompe, celle-ci ne fonctionnait pas. C'était désamorcé. Elle alla frapper chez Pete. Il dormait encore, en caleçon souillé.

— Bonjour, ma belle !

Il souriait.

— Salut, Pete. Vous n'auriez pas un peu d'eau ? Je suis complètement à sec et la pompe s'est désamorcée.

— Comment ça, pas d'eau ? Ma maman, elle avait toujours une grande *olla* d'eau. Bien fraîche et bien bonne. Maya, ça existe, une eau meilleure que la nôtre, oui ou non ?

Elle éclata de rire.

— Elle est délicieuse. Pete, vous n'en avez pas un peu ? Pour amorcer la pompe ?

— Je reviens dans une minute.

Elle attendit. Max et Sammy sortirent, affamés et prêts pour le petit déjeuner. Pete réapparut, pieds nus, en Levi's et torse nu. Il avait une bonbonne d'eau. Il la vida lentement au fond de la pompe.

— *Pinche*, rien à faire, et c'est tout ce que j'avais.

— Je vais voir si j'ai un broc ou autre où il resterait quelques gouttes.

Maya rentra chez elle. Quand elle revint, les mains vides, Pete versait lentement un litre de bière Hamm's à l'intérieur de la pompe. Avec succès ; l'eau jaillit dans la cuve.

— Une bonne bière, ça résout bien des problèmes.

— Ouais. Euh, merci.

Après avoir nourri et habillé les enfants, elle les fourra, eux et le linge sale, dans la voiture. En se rendant chez les Fowler, elle passa devant chez Tony. Son frère et lui installaient les pompes à essence neuves. Elle s'arrêta sur le gravier, juste à leur hauteur.

— Bonjour, Tony. Comment ça se présente, vous savez, nos sanitaires ?

— Ça se présente bien ! Eliseo et moi, on va couler la dalle de béton ici avant les pluies. Encore deux semaines et je viens m'en occuper !

Paul parti travailler, elle baigna les garçons dans une eau tiédie au soleil et les coucha. Elle transporta la lessiveuse à l'intérieur, fit chauffer de l'eau sur le fourneau, trimbala encore quelques seaux et prit elle-même un bain. S'étant changée, elle alla lire dans le hamac, berçant son livre et une tasse de café. C'était le début de la soirée, il y avait de fortes odeurs de pommiers, de luzerne et de fumier de cheval. Des engoulevents tournoyaient au-dessus du verger.

Pete arriva et s'arrêta brusquement devant sa porte. Une femme l'accompagnait, une sordide putain aux cheveux teints au henné. Ils entrèrent chez lui en titubant. Des bruits de bagarre, de bouteilles fracassées, de sexe furieux, s'entendaient de la maisonnette. Maya tenta de lire. *Puta desgraciada!* Il la frappa alors, encore et encore. Elle criait, sanglotait. Une chaise brisa un carreau. Max se réveilla, en pleurs et apeuré, Sammy aussi. Elle les emmena dans le grand lit et leur chanta une chanson jusqu'à ce qu'ils se rendorment.

Le lendemain, la femme était partie. Pete se lavait à la pompe, cuité, les yeux bouffis.

— Pete, ne recommencez plus jamais ça. Vous avez terrifié mes enfants. C'était répugnant. La prochaine fois, je vais à la police.

— Vous, mêlez-vous de vos affaires, je me mêle des miennes. Je suis en retard pour le boulot.

Les chiens aboyèrent comme d'habitude quand il fit ronfler son moteur. Il enclencha la marche arrière, recula, par erreur, et roula sur Sebache. Le chien hurla. Max et Sammy crièrent par la fenêtre de la chambre. Du sang s'étalait sous le pneu.

Le chien était mort.

— Putain. Pauvre petit chiot. Je suis en retard pour le boulot. Maya, vous l'enterrez pour moi ?

Maya monta dans le hamac avec les garçons, les réconforta. Ils n'avaient jamais vu la mort, étaient bouleversés, fascinés. Elle creusa une sépulture près de la fosse d'aisance, emmaillota le chiot dans un vieux torchon, laissa Max et Sammy le recouvrir de terre.

— Et maintenant, on arrose ? demanda Sammy.

Elle rit – elle riait et pleurait. Cela acheva de les troubler. Ils ne l'avaient jamais vue pleurer auparavant. Tous trois s'installèrent dans le hamac pour pleurer. Puis, le petit déjeuner.

Pete arriva, non pas dans sa voiture, mais dans un camion Yamamoto. Il largua un saule pleureur par terre, à la porte de la cuisine. Pour Sebache.

Un peu plus tard, Paul se leva et ils déjeunèrent. Elle était sur le point d'évoquer Pete, quand Ernie Jones entra en apportant sa basse.

— Ernie et moi, on va jammer ici avant d'aller au boulot. Il se peut que Buzz Cohen nous rejoigne. C'est un saxophoniste avec qui je jouais à la fac, ça fait une paie. Il était formidable.

— Ça sera sympa de vous entendre. Je fais du café ?

— J'ai apporté des sodas, dit Ernie.

Les garçons étaient ravis. Sebache fut oublié tandis qu'ils écoutaient la musique. Maya écouta aussi, en fredonnant. Puis elle planta le saule pleureur et apporta de l'eau aux plantes. Elle vacillait en s'approchant de la bignone avec ses deux seaux quand Buzz Cohen se pointa au volant d'une Porsche rouge.

— Vite, laissez-moi vous arracher à tout ça!

Il souriait. Un beau brun ténébreux. Sûrement un cavaleur, mais elle lui retourna son sourire.

— Vous êtes Buzz? Moi c'est Maya, la femme de Paul. Entrez donc.

Ils jouaient tous les après-midi. Buzz trouvait des prétextes pour venir dans la cuisine, à la recherche d'une bière ou d'un verre d'eau, ou pour aller dehors l'interroger sur le tuteurage des tomates. Elle appréciait cela, cette attention. Elle était triste quand la musique cessait et que les hommes partaient. Puis Pete rentrait à la maison, avec Romulo, Frances et les chiens.

C'était le mois de juillet et il faisait très chaud. Des souris des champs s'introduisirent dans la maison par tous les trous que Tony avait forés pour les sanitaires. Des souris effrontées, qui trottinaient partout toute la journée. La nuit, elles détalaient et faisaient du bruit, allant même jusqu'à déclencher un tintamarre en renversant des balais, des casseroles. Elle disposa des pièges, derrière la cuisinière et le piano. L'horreur, c'est que ça fonctionna aussitôt. Quelques minutes après les avoir posés, il y avait un clac!, un couic et une souris morte. Clac clac clac. Aussi, elle arrêta.

Une nuit, une souris lui courut sur la figure alors qu'elle était au lit. Le lendemain elle mit du poison à des endroits sûrs, dans la cuisine et la chambre.

Cette nuit-là, un bruit la réveilla. Elle alluma une bougie et alla chercher un verre d'eau dans la cuisine. Des dizaines de souris mourantes titubaient sur le sol, se lamentant de leurs petites voix. Elle hurla, terrifiée. Les enfants se réveillèrent. Ils étaient effrayés, eux aussi, par toutes ces souris qui chancelaient partout dans la cuisine, comme des jouets mécaniques en état d'ébriété. Elle tentait de les expédier dehors d'un coup de balai quand Pete débarqua.

— *Hijola!* Qu'est-ce qu'elles ont, ces souris?

— Elles crèvent. J'ai mis de la mort-aux-rats aujourd'hui.

Pete alluma une autre bougie et s'attabla dans la cuisine. Elle alla recoucher les garçons. À son retour, Pete était en train de fourrer les souris dans un sac. C'était la première fois qu'il entrait chez elle.

— De la mort-aux-rats. Maya, vous êtes folle ou quoi? Ces souris vont dehors, Bolo et Lady les bouffent et ils crèvent. Vos gosses les trouvent et ils s'empoisonnent. Qu'est-ce qu'elles vous ont fait, ces souris? Elles font de mal à personne. D'ailleurs, elles repartiront quand il pleuvra. Tout ce qu'elles veulent, c'est de l'eau.

— De l'eau!

— C'est pas bien, Maya. Elles font de mal à personne.

— Elles me rendent folle. Et vous aussi, à beugler et jacter toutes les nuits. Et ces aboiements. Vous me rendez folle.

— On vous rend folle? On est vos amis. Vos voisins. Je suis votre meilleur voisin. Venez par ici! Venez, venez!

Il alla sur la terrasse.

— Sentez nos « American Beauty ! » Sentez !

Dans la fraîcheur de la nuit, le parfum des roses était sucré et intense. À travers leur senteur puissante, on percevait celui du sensuel chèvrefeuille.

Paul arriva, se hâta de sortir de la voiture.

— Qu'y a-t-il ?

Il jeta un regard noir à Pete, qui se tenait là en caleçon.

— Elle a mis de la mort-aux-rats. J'étais en train de lui dire qu'elle pouvait tuer ses enfants, à en mettre par terre. J'ai raison ou pas ?

— Oui. Bon sang, Maya, c'était vraiment stupide.

Je perds la tête, songea-t-elle. Elle les planta là et retourna se coucher.

Un soir, il faisait si chaud que Pete et Romulo déplacèrent leur table sous les arbres. Ils jouaient aux dominos en buvant des bières. Frances nettoyait la cuisine de Pete. Tous les meubles étaient dehors et elle versait des seaux d'eau par terre, balayant et chantant « Mighty Lak a Rose ». Max et Sammy étaient dans la lessiveuse, près de la pompe. Assise à côté, Maya tenait son livre d'une main, laissant traîner l'autre dans l'eau. Des engoulevents planaient au-dessus du verger. Eleuterio avait irrigué ; il y avait une douce odeur de luzerne mouillée.

Buzz s'amena dans sa Porsche. Il en sortit, mais en laissant le moteur tourner et la musique allumée, à plein volume. Stan Getz, bossa nova. Il avait apporté une carafe de daïquiri glacé. Maya et lui s'installèrent sur les marches, buvant dans des verres à pied. Frances dansait sous les peupliers sur « The Girl from Ipanema ». Pete prenait un air renfrogné ; cliquetis des dominos. Le daïquiri était très alcoolisé. Froid, froid, délicieux !

— Et comment ! dit Maya quand Buzz suggéra de les emmener, elle et les gosses, dans sa voiture.

Ils iraient au bord du Río Grande où il faisait frais, dans un drive-in chercher des hamburgers et des boissons gazeuses.

Ce fut distrayant. Une belle nuit d'été. Une fois de retour, Buzz attendit dans la cuisine pendant qu'elle couchait les enfants.

— J'ai passé un bon moment, dit-elle.

— Moi aussi. Tu ne coûtes pas cher. On lui donne un glaçon et elle vous suit n'importe où…

Ils rirent et il l'embrassa. Cela l'émoustilla. Il l'embrassa encore.

— Tu as besoin d'affection, d'être dorlotée.

Elle l'attira à elle, assoiffée de lui.

Pete donnait des coups dans la porte.

— Qu'est-ce qu'il y a ?

Elle alla se placer derrière. Elle n'avait allumé qu'une seule bougie.

— Qu'est-ce que vous fabriquez dans le noir ? Du sucre. J'ai plus de sucre. Peux pas boire mon café sans sucre.

— Tenez.

Elle lui tendit le bol par la porte.

— Merci.

Après son départ, Buzz la serra de nouveau, mais elle avait repris ses esprits et s'écarta.

— Bonne nuit. Ne reviens pas quand Paul n'est pas là.

En août, les violents orages survinrent. C'était merveilleux, le bruit de la pluie sur le toit de tôle, les éclairs et le tonnerre. Il y avait des tomates, des courges et du maïs. Maya et les garçons nageaient et pêchaient dans le fossé chaque jour.

Mais les souris ne s'en allèrent jamais. Les sanitaires ne furent jamais installés. Buzz revint souvent quand Paul n'était pas à la maison.

À l'automne, Paul trouva un engagement à New York. Maya et lui entassèrent tout dans la fourgonnette et une remorque. Pete, Frances et Romulo emménagèrent dans la grande maison le jour même. Ils leur faisaient de grands signes tandis que la voiture et la remorque s'éloignaient. Maya faisait de grands signes aussi et elle pleurait. Les plantes, les carouges à épaulettes, ses amis. Elle savait qu'elle ne reviendrait jamais. Elle savait que ce n'était pas un bon mariage non plus. Frances est morte quelques années plus tard, mais Pete et Romulo vivent toujours là. Ils sont vieux aujourd'hui. Ils s'assoient sous les arbres et jouent aux dominos en sifflant des bières. On peut apercevoir l'endroit depuis Corrales Road. Une belle maison ancienne en adobe, qui a bien plus d'une centaine d'années. C'est celle avec la bignone d'un rouge écarlate, celle avec des roses – partout.

Un jour de brouillard

Dans Manhattan, le Washington Market est fermé jusqu'au dimanche à minuit, l'heure où tout à coup la halle aux fruits et légumes ouvre ses portes sur la rue, des bandeaux sauvages de citrons, prunes, mandarines. Un peu plus loin, vers Fulton Street, les rouges et bruns subtils des pommes de terre, courges et oignons jaunes.

Achats et chargements vont staccato jusqu'à l'aube, quand le dernier camion de livraison repart, que les marchands grecs et syriens s'en vont à toute allure dans des voitures noires. Au lever du jour, la halle est aussi vide et miteuse qu'auparavant, l'odeur de pommes en plus.

Paul et Lisa marchaient sous la pluie, dans Manhattan désert. Elle parlait.

— C'est comme vivre à la campagne, ici. Maïs, pastèques en été... Saisons. C'est là qu'on apporte les sapins de Noël pour tout New York. On les stocke en bottes à longueur de trottoir. Des petites forêts ! Un soir qu'il neigeait, trois chiens couraient dans tous les sens comme les loups dans *Le Docteur Jivago*. On ne sentait plus ni les gaz d'échappement, ni les usines, seulement cette bonne odeur de sapin…

Elle babillait comme toujours quand elle parlait avec lui, ou avec des dentistes.

Elle voulait qu'il la voie aussi belle qu'elle la voyait, cette ville, sa ville. Elle savait que ce n'était pas le cas. Il regardait les types qui mangeaient de l'igname crue ou des pamplemousses chapardés, brûlaient des cageots à oranges dans des incinérateurs rouillés. Le bronze des conserves de viande Ration K 6 POUR UN DOLLAR, le vert des bouteilles de vermouth reluisaient à la lueur des flammes, miroitaient sous la pluie. Un vieillard vomit dans le caniveau où des papiers d'emballage de fruits violets viraient à l'indigo contre la grille telles des anémones écrasées.

Il ne voyait aucune beauté la nuit, quand des feux ponctuaient le décor de rue en rue, découpant les gestes des hommes exécutant de rituelles danses d'ivrogne. Ni de sa fenêtre à elle, à l'aube, quand son regard tombait sur un jeune Noir à moitié nu, endormi sur un éclatant lit de citrons verts, à l'arrière d'un camion.

Il se mit à pleuvoir très fort. Ils attendirent au seuil de Sahini & Sons, Artichauts, que la pluie se change en crachin, puis se remirent à marcher, mouillés. Lentement, en courbant le dos, comme ils marchaient à Santa Fe, en vieux camarades.

À Santa Fe, le mari de Lisa, Benjamin, avait travaillé dans le restaurant de George, avec Paul. George était une méchante lesbienne qui s'habillait en cow-boy, se prenait pour Gertrude Stein et servait une cuisine à la Alice Toklas. Escargots, marrons glacés. Pianiste, Benjamin jouait du jazz en sourdine et Paul était serveur. Ils portaient le smoking. Ni l'un ni l'autre ne disaient rien. La spirituelle et bavarde clientèle s'habillait toujours en Indiens… velours, argent, turquoise.

Les garçons rentraient vers deux heures du matin, puant les crevettes aurore et le tabac. Lisa préparait le petit déjeuner tandis qu'ils comptaient leurs pourboires sur la table ronde de la cuisine. Un soir, Benjamin avait gagné dix dollars en jouant « Shine on Harvest Moon » à cinq reprises pour un homme politique. Les garçons riaient en lui parlant des clients et de George.

Finalement, ils furent tous les deux virés. Paul eut une véritable confrontation avec George dans la poussiéreuse Canyon Road, comme dans *Le train sifflera trois fois*. Il ressemblait d'ailleurs un peu à Gary Cooper. Elle, à un Charles Laughton travesti en cow-boy qui aurait usé du rouge à lèvres noir de Bette Davis. Ce fut elle, le vainqueur.

Dans le cas de Benjamin, il vint travailler un soir pour trouver un Mexicain avec des maracas qui chantait « *Nosotros, que nos quisimos tanto…* » Benjamin roula son piano Yamaha à l'extérieur et le chargea, avec difficulté, dans le combi Volkswagen.

Ce fut une bonne année, toutefois. Fumée de *piñon*, rigolades. Tous trois écoutaient, écoutaient. Miles, Coltrane, Monk. Et aussi des enregistrements grésillants de Charles Olson, Robert Duncan, Lenny Bruce.

Paul était poète. Il semblait ne pas dormir du tout. Il écrivait quelque part, toute la matinée. Benjamin dormait tard, répétait, jouait une bonne partie de l'après-midi et écoutait de la musique au casque, avec le sérieux d'un étudiant dans un laboratoire de langues.

Benjamin était un grand gaillard taciturne, un homme bon, doté d'un sens aigu du Bien et du Mal. Il était paternel et patient avec Lisa, sauf quand elle exagérait (souvent), ce qui – disait-il – équivaut à mentir. Il ne parlait jamais au passé ou au futur.

Chaque nuit, elle était surprise quand il lui faisait l'amour. Il était tendre, espiègle et passionné, l'embrassant partout, les yeux, les seins, les orteils. Elle aimait ses fortes mains sur sa poitrine et sa façon de la faire jouir avec sa langue. Elle aimait la nudité de son regard noisette quand il la prenait.

À chaque fois, elle croyait que tout serait changé entre eux le lendemain matin, après ce qui s'était passé, comme elle l'avait cru la toute première fois où ils avaient fait l'amour… elle ne serait plus la même le lendemain.

Après l'amour, il mettait de la vaseline sur ses mains et des gants blancs, puis un masque pour dormir et des bouchons d'oreilles. Lisa se redressait sur son séant dans le lit, à fumer, à se rappeler ce qui s'était passé ce jour-là et regrettant de ne pouvoir le réveiller.

Dans la journée, elle passait le plus clair de son temps avec Paul, à lire, parler, discuter à la table de la cuisine. Ensuite, elle s'imaginait qu'il avait plu pendant tout ce temps-là, parce que pendant des mois, Paul et elle avaient lu Darwin, William Henry Hudson et Thomas Hardy, au coin d'un feu de *piñon* qui n'existait que dans son imagination.

Et puis, il y eut Tony. Un vieil ami de Benjamin du temps où ils faisaient Harvard, riche et beau dans le genre ténébreux. Il raccompagnait Lisa chez elle, entre Albuquerque et Santa Fe, en vingt minutes, dans une Maserati, sous la pluie. Si les automobilistes d'en face ne tamisaient pas leurs phares, il éteignait complètement les siens.

Il l'emmenait dîner chez George, écouter Benjamin. Benjamin jouait du jazz raffiné pour son vieux copain amateur de be-bop. « Round Midnight », « Scrapple from the Apple », « Confirmation ».

Tony portait des costumes italiens à revers de cuir. Paul leur tendait les menus en silence. Tony était en train de rompre avec son épouse. Il soupirait.

— Moi, je déteste les fins... Seuls les débuts m'intéressent.

— C'est amusant. Parce que moi, j'adore les fins.

Leurs regards se croisaient au-dessus des verres de cristal remplis de cabernet sauvignon. « ... *and there will never, ever be another you...* » jouait Benjamin. Du Chet Baker...

Une histoire d'amour entre eux était inévitable, du moins c'était ce que prétendait Tony. Vulgairement prévisible, disait Paul. Benjamin, lui, ne disait rien.

Elle avait dix-neuf ans. Non que ce soit une excuse, mais c'est l'âge où l'on a besoin de se faire sermonner. Elle était aux anges quand Tony débitait des phrases comme : « Nous étions faits l'un pour l'autre. Nos sourcils se rejoignent pareillement… »

Une nuit que Benjamin rentrait à la maison, elle lui cria :

— Des mots, Ben. Je veux des mots ! Qu'on ait des mots !

Il la regarda. Il ôta son nœud papillon et ses neuf boutons de plastron rubis. Il ôta sa veste de smoking et ses souliers, et il s'assit auprès d'elle sur le lit pliant.

— Babe, fit-il.

(Il avait coutume de l'appeler Babe.)

Là, il se tut, ôta son pantalon, son caleçon et ses chaussettes. Il s'assit sur le lit, nu et fatigué, et elle comprit à quel point c'était un homme bien.

— Je ne suis pas très bavard.

Dans ses mains de pianiste de jazz, il lui prit la tête.

— Je t'aime. Je t'aime de tout mon cœur. Tu ne le sais pas ?

— Si, dit-elle, et elle lui tourna le dos, s'endormit en pleurant.

La situation devint très passionnée, douloureuse et, oui, vulgairement prévisible. Lisa quitta Benjamin, n'emportant que l'autobiographie de William Henry Hudson. Elle s'en allait pour Tony et l'aventure romanesque, mais Tony était « en pleine remise en question actuellement », donc elle alla vivre seule dans une maison de pierre dans Tijeras Canyon.

Benjamin s'y rendit en voiture. Elle avait soupiré, en l'apercevant par la fenêtre. Paul marchait derrière lui, tout pâle.

— Hé, Babe… C'est le moment de bouger. On va à New York. Monte dans le minibus, dit Benjamin.

Elle restait plantée là, s'efforçant de réfléchir. Benjamin était déjà remonté dans le combi Volkswagen. Paul attendait sur le seuil de la porte tandis qu'elle rassemblait quelques affaires. Elle alluma une cigarette et prit une chaise.

— Ah, Seigneur. Monte dans le minibus, tu veux ?

Trébuchante, elle le suivit.

Une fois à la maison, au terme d'un voyage silencieux, Benjamin endossa son smoking et alla travailler. Il jouait avec Prince Bobby Jack au Skyline Club. « *She brings me coffee in my favrit cup…* » Du bon blues.

Paul et Lisa entassèrent tout dans des cartons à bouteilles. Une lune mystérieuse basculait, fluorescente, derrière les Sandia. D'ordinaire, Paul et elle se seraient réjouis de cette vision. Ils se contentèrent d'y assister, en frissonnant de froid.

— Sois une bonne épouse pour lui, Lisa. Il t'aime, de tout son cœur.

Benjamin et Lisa partirent pour New York, le lendemain matin. Paul les salua de loin et s'éloigna vers les pommiers.

Lisa conduisit pendant la plus grande partie du trajet, même à travers Chicago. Benjamin dormait presque tout le temps, les yeux sous son masque, sauf quand ils franchirent le Mississippi. C'était vraiment très beau, le Mississippi.

Ils passèrent par la petite ville où Paul était né et virent la maison avec la grange. Du moins Lisa tenait à ce que ce fût là… Elle l'imaginait dans le pâturage bien vert. Un gamin tout blond. Des carouges à épaulettes. Paul lui manquait énormément.

— Bon alors, Paul, lui dit-elle le lendemain du jour où il avait mis les pieds à New York, sous la bruine dans Varick Street… de quoi voulais-tu me parler ?

— De rien, en fait… Je ne voulais pas réveiller Benjamin.

(Benjamin avait joué à une noce dans le Bronx, la veille.)

— New York, c'était une bonne idée, poursuivit-il. C'est incroyable, les progrès qu'il a faits.

— Exactement ! Il a bossé… six mois rien que pour être syndiqué… ensuite, boîtes de strip-tease, engagements d'un soir, Grossinger's… mais il a joué avec d'excellents musiciens.

— Et il a fait de chouettes concerts.

— Si tu l'avais entendu avec Buddy Tate, avec tous les vieux de la vieille, de la bande à Count Basie. Ça déménageait.

— Ça déménage encore… c'est un bon musicien.

Elle le savait.

— J'ai vu Red Garland la semaine dernière, au Birdland. Il se tenait au bar. Je l'ai salué et il m'a saluée.

Elle pensait à Red Garland, fredonnant sa version de « You're My Everything », quand son bras frôla celui de Paul, dans la rue. Elle était si étourdie de désir pour lui qu'elle trébucha, puis sautilla pour revenir à sa hauteur. Quelle vicieuse je fais, se dit-elle, et elle se concentra sur le trottoir. *Step on a crack. Break your mother's back*[1].

— Prenons le ferry pour Hoboken ! fit-elle, toujours aussi gaie.

Ils traversèrent la rue pour gagner la vieille gare maritime. C'était désert. On était de toute évidence samedi matin. Un vendeur de journaux endormi, mal rasé, un presse-papier du *Time* serré dans sa main. Une chatte se réveilla en s'étirant sur le présentoir à revues. Mignons chatons, tous gris.

Il faisait très sombre. La pluie incrustait de suie les verrières en losanges fissurées. Leurs pas se réverbéraient, sonores, nostalgiques, comme dans une vieille salle de gym ou une gare dans le Montana, tard le soir, lors d'une crise familiale.

Le ferry était à peine visible dans le brouillard, lourde et élégante dame victorienne qui contournait des remorqueurs et des transbordeurs obstinément lents. Dans de tranquilles grincements, l'embarcation rejoignit

1. Allusion à la superstition selon laquelle marcher sur une fissure de trottoir porte malheur.

prudemment le débarcadère. Leurs pas résonnèrent de nouveau sur la plate-forme en bois. Des pigeons roucoulaient au-dessus d'eux, sur le toit vermoulu ; leurs plumes moirées étaient l'unique touche colorée de la matinée.

Ils étaient les seuls passagers. Ils riaient, changèrent de place une dizaine de fois, se promenèrent sur le pont. La brume les cernait.

— Paul ! New York n'existe pas ! Le New Jersey non plus ! On est peut-être entre la France et l'Angleterre !

À force de scruter le brouillard, tout à coup apparut une inquiétante vision de wagons jaunes, de fourgons de queue rouges sur l'autre rive. Un rêve sur une gare de triage dans le Dakota du Nord.

Le ferry tamponna les butoirs du quai. Des mouettes battirent des ailes, avant de recouvrer leur équilibre sur les oscillants pilotis.

— Allez, descendons, dit-il.

— Si on reste, on n'est pas obligés de payer.

— Lisa, pourquoi tu ne fais jamais rien comme il faut ? Par exemple, pourquoi tu n'achètes pas une pelle à poussière ?

— Je déteste les pelles à poussière, dit-elle en descendant à sa suite à terre.

En réalité, elle en achetait souvent, mais les jetait par inadvertance.

Au retour, ils restèrent à l'extérieur, accoudés au bastingage rongé par le sel, sans se toucher.

— J'aimerais que tu sois heureuse, dit-il. Quand Ben est allé te chercher… Je n'avais jamais vu un homme avoir autant de courage. Il t'a pardonnée. Ça m'attriste de constater que ça fait si peu de différence.

Elle aurait voulu avoir le mal de mer, lui dire combien, depuis qu'elle était à New York, elle lui parlait toute la journée, gardait ses lettres pour les lire au crépuscule, sur le toit, où le ciel ressemblait à celui du Nouveau-Mexique.

Il passa ses mains dans ses cheveux clairs.

— Tu m'as manqué, Lisa. Tu m'as vraiment manqué.

Elle hocha la tête, penchée, ses larmes brouillant l'eau et l'écume comme du verre poli. Ses dents s'entrechoquaient.

Elle désigna l'enseigne lumineuse WORLD du bâtiment du *World-Telegram* qui reluisait à travers la brume.

— C'est ce que je vois en premier quand j'ouvre les yeux. Le monde. Enfin, à l'envers, bien sûr.

Maintenant, on distinguait plus nettement son linge qui séchait sur le toit, au-dessus du loft dans Greenwich Street. Les brillants vêtements charbonneux claquaient contre les immeubles striés de pluie autour du City Hall.

— Regarde Diane !

Elle riait.

La statue de bronze de la chasseresse se dressait juste au-dessus de son linge, comme si elle s'apprêtait à flanquer le tout dans l'Hudson.

— Mais c'était toi qui m'avais pardonnée, Paul... dit-elle.

Comme le ferry abordait le débarcadère, les moteurs furent coupés. Même quand ces embarcations-là sont bondées, cet instant de silence est terrible. L'eau clapote contre la coque en bois avant qu'on n'accoste avec un bruit triste et une explosion de mouettes effarouchées.

— Paul… dit-elle, mais elle était seule.

Il s'était retourné et marchait à longues enjambées vers la porte métallique à la proue, désormais impatient de rentrer.

Le temps des cerisiers en fleurs

Encore lui – le postier. À partir du moment où elle l'avait remarqué pour la première fois, Cassandra avait commencé à le voir partout. Comme quand on apprend le sens du mot *exacerber* – soudain tout le monde se met à l'employer et c'est même dans le journal du matin.

Il marchait dans la Sixième Avenue, ses souliers cirés se soulevant bien haut au-dessus du sol. Une/deux. Une/deux. Au niveau de la Treizième Rue, il tourna la tête à droite, pivota et disparut. Il délivrait le courrier.

Cassandra et son fils âgé de deux ans, Matt, suivaient leur propre circuit matinal. Le deli, le supermarché, la caserne des pompiers, la boulangerie, l'animalerie. Parfois, la laverie. Un saut à la maison pour du lait et des biscuits, puis retour dans la rue pour aller à Washington Square. Déjeuner ensuite à la maison et sieste.

Lorsqu'elle avait remarqué le postier pour la première fois, comme leurs chemins se croisaient et se recroisaient, elle s'était demandé comment elle avait pu ne pas le voir avant. Toute sa vie avait-elle été décalée de cinq minutes ? Que se produirait-il, si c'était décalé d'une heure ?

Alors, elle remarqua que l'itinéraire du postier était si parfaitement minuté qu'il traversait au moment même où le feu passait au rouge. Il ne déviait jamais de sa trajectoire, même ses rares échanges d'amabilités étaient calculés et immuables. Ensuite, elle nota que les siennes et celles de Matt l'étaient aussi. À neuf heures, par exemple, un pompier juchait Matt sur son camion ou lui mettait son casque sur la tête. À dix heures quinze, le boulanger lui demandait comment allait son grand garçon aujourd'hui et lui donnait un biscuit. Ou l'autre boulanger disait Bonjour, ma belle, à Cassandra et lui donnait à elle le biscuit. Quand ils passaient la porte pour se retrouver dans Greenwich Street, le postier était là, descendant du trottoir.

Normal, se disait-elle. Les enfants ont besoin d'un rythme, d'une routine. Matt était très jeune, il aimait ces balades, et le parc, mais à treize heures tapantes il était grognon, avait besoin de déjeuner et de faire la sieste. Néanmoins, elle tenta de modifier l'horaire. Mal lui en prit. Matt n'était d'attaque pour le tas de sable ou les va-et-vient languissants sur la balançoire qu'après la balade. S'ils rentraient trop tôt, il était trop surexcité pour faire la sieste. S'ils allaient au magasin après le parc, il pleurnichait, gigotait pour sortir du panier. Par conséquent, ils retournèrent à leur circuit habituel, quelquefois juste dans les pas du postier, parfois sur le trottoir d'en face. Nul ne se mettait en travers de sa route, ni ne traversait sous son nez. Une/deux. Une/deux. Il ouvrait une brèche rectiligne au milieu du trottoir.

Un matin, ils auraient pu le rater, si, comme à l'accoutumée, ils avaient passé un bout de temps à l'animalerie ; mais au milieu du magasin, il y avait une nouvelle cage. Valses de souris. Des dizaines de petites souris grises qui tournoyaient follement. C'était une malformation des tympans d'origine génétique qui les faisait tourner ainsi. Cassandra emmena Matt au-dehors et ils faillirent entrer en collision avec le postier. Sur le trottoir d'en face, une lesbienne apostrophait son amie dans la prison pour femmes. Elle était là tous les jours à dix heures et demie.

Sur la Sixième Avenue, ils s'arrêtèrent au deli pour acheter des foies de volaille, puis à côté pour récupérer le linge. Matt portait les victuailles, elle poussait le linge dans un chariot. Le postier rata une mesure afin d'éviter les roues.

Le mari de Cassandra, David, rentrait à la maison à 17 h 45. Il sonnait à l'interphone trois fois, et elle lui ouvrait. Matt et elle attendaient derrière la rampe, le regardant monter un deux trois quatre volées de marches. Bonjour ! Bonjour ! Bonjour ! Ils s'embrassaient et il entrait. Il s'attablait dans la cuisine, Matt sur les genoux, tirant sur sa cravate.

— Comment c'était ? disait-elle.

— Pareil, répondait-il.

Ou « Pire ». Il était écrivain, avait presque terminé son premier roman. Il détestait son boulot dans une maison d'édition, qui ne lui laissait ni le temps ni assez d'énergie pour ses livres.

— Désolée, David, disait-elle, en leur servant à boire.

— Et ta journée ?

— Sympa. On s'est promenés, on est allés au parc.

— Super.

— Matt a fait la sieste. Moi, j'ai lu Gide.

(Elle essayait de lire Gide ; en général elle lisait Thomas Hardy.)

— Il y a ce postier…

— Facteur.

— Facteur. Il me déprime. Un vrai robot. Jour après jour, le même horaire – il a même minuté les feux rouges. Ça me rend triste au sujet de ma propre vie.

David se fâcha.

— C'est vrai, tu as vraiment la vie dure. Tu sais, on fait tous des choses qu'on n'a pas envie de faire. Tu crois que j'aime le service des manuels scolaires ?

— Je n'ai pas voulu dire ça. J'aime ce que je fais. C'est juste que je n'ai pas envie d'avoir à le faire à dix heures vingt-deux. Tu vois ?

— Je crois. Hé, femme – fais-moi couler un bain.

Il disait toujours ça, une blague. Alors, elle lui faisait couler un bain et préparait le repas tandis qu'il était dans la salle de bains. Ils dînaient quand il en ressortait, les cheveux noirs et lustrés. Ensuite, il écrivait ou réfléchissait. Elle, elle faisait la vaisselle, donnait à Matt son bain et lui lisait des contes, chantait des chansons. « Texarkana Baby » ou « Candy Kisses » jusqu'à ce qu'il s'endorme, un filet de bave pendillant de ses lèvres roses. Ensuite, elle lisait ou cousait jusqu'à ce que David dise : « Allez, on se couche », et ils se couchaient. Ils faisaient l'amour, ou pas, et s'endormaient.

Le lendemain, elle resta au lit, avec un mal de tête. Elle attendit qu'il dise « Bonjour, ma belle » et c'est ce qu'il fit. Quand il s'en alla, elle attendit qu'il vienne l'embrasser et lui dise : « Ne fais rien que je ne ferais pas. »

En route pour Washington Square, elle songea qu'un gamin allait sans doute glisser de la balançoire et se fendre la lèvre. Plus tard, dans le parc, Matt tomba de la balançoire et se fendit la lèvre. Cassandra appliqua un Kleenex sur la coupure, refoula ses larmes. Qu'est-ce qui me prend ? Qu'est-ce que je veux de plus ? Seigneur, voyons uniquement les bons côtés. Elle se força à regarder autour d'elle, en dehors d'elle, et, de fait, les cerisiers étaient en fleurs. Ils avaient fleuri petit à petit, mais ce jour-là c'était ravissant. Là, comme par un fait exprès, l'eau jaillit de la fontaine. Regarde, maman ! s'exclama Matt qui se précipita. Tous les enfants et leurs mères se ruaient sur le bassin miroitant. Le postier passa juste à côté comme à l'accoutumée. Il ne paraissait pas avoir remarqué que l'eau jaillissait, et reçut quelques gouttes. Une/deux. Une/deux.

Cassandra ramena Matt à la maison pour sa sieste. Parfois, elle dormait aussi, mais en général elle cousait ou travaillait dans la cuisine. Elle aimait beaucoup ce moment de torpeur de la journée, quand le chat bâillait et que les bus roulaient lentement dehors, quand les téléphones sonnaient dans le vide. La machine à coudre faisait un ronron de mouches.

Mais cet après-midi-là, le soleil ricocha sur les chromes de la cuisinière, l'aiguille de la machine se brisa. De la rue montaient des bruits de freinage, de raclement. Fracas de couverts sur l'égouttoir, couteau crissant contre l'émail. Cassandra ciselait du persil. Une/deux. Une/deux.

Matt se réveilla. Elle le débarbouilla en faisant attention à sa lèvre. Ils burent un milk-shake, attendirent avec des moustaches en chocolat le retour de David, les trois bzzzz de l'interphone.

Elle aurait voulu lui faire part de son malaise, mais c'était lui qui avait la vie dure, avec le travail qu'il avait, pas de temps pour son livre. Aussi, quand il l'interrogea sur sa journée :

— C'était merveilleux, dit-elle. Les cerisiers étaient en fleurs et la fontaine marchait. C'est le printemps !

— Super.

David souriait.

— Le postier a été arrosé, ajouta-t-elle.

— Facteur.

— Facteur.

— Aujourd'hui, pas de magasin, dit-elle à Matt.

Ils firent des galettes au beurre de cacahuètes sur lesquelles il appliqua sa fourchette pour imprimer des croisillons. Oui, c'est bien. Elle prépara des sandwiches et le lait, mit des plaids et un oreiller dans le chariot du linge.

Ils prirent une tout autre route, passant par la Cinquième Avenue jusqu'à Washington Square. C'était agréable d'arriver par cet arc de triomphe encadrant les arbres et la fontaine.

Matt et elle jouèrent au ballon, à la balançoire, sur le tas de sable. À treize heures, elle étala le plaid pour le pique-nique. Ils dévorèrent les sandwiches, offrirent des cookies aux badauds. Ensuite, au début il ne voulut pas dormir, même avec sa propre couverture et son propre oreiller. Mais elle lui chanta une chanson. « *She is my Texarkana baby and I love her like a doll, her ma she came from Texas and her pa from Arkansas.* » Inlassablement jusqu'à ce qu'enfin il s'endorme et elle aussi. Ils dormirent longtemps. Quand elle se réveilla, elle prit peur au début parce qu'elle avait ouvert les yeux sur les fleurs roses contre le bleu du ciel.

Ils chantèrent sur le chemin du retour, s'arrêtant à la laverie pour reprendre leur linge. En sortant, poussant le lourd chariot, Cassandra fut surprise de voir le postier. Ils ne l'avaient pas croisé de toute la journée. Nonchalamment, elle le suivit jusqu'au bord du trottoir. Puis elle lâcha le chariot, le laissant rouler et buter lourdement contre ses talons. L'un d'eux en fut même déchaussé. Le type se retourna et lui lança un regard noir, puis il se pencha pour délacer et remettre sa chaussure. Elle récupéra son chariot tandis qu'il commençait à traverser – mais trop tard, le feu passa au rouge alors qu'il était au milieu de la chaussée. Un camion de livraison qui virait à l'angle le manqua de justesse dans un crissement de freins. Le postier se figea, terrifié, puis rejoignit l'autre rive et descendit la Treizième Rue, en courant désormais.

Matt et Cassandra enfilèrent la Quatorzième Rue et firent le tour pour retrouver leur immeuble. C'était un chemin tout différent et original.

David sonna à 17 h 45. Bonjour ! Bonjour ! Bonjour !

— Et ta journée ? dit-elle.

— Pareil. Et la tienne ?

Matt et Cassandra s'interrompaient sans cesse, lui racontant leur journée, leur pique-nique.

— C'était magnifique. On a dormi sous les cerisiers en fleurs.

— Super.

David souriait. Elle aussi.

— Sur le chemin du retour, j'ai assassiné le postier.

— Facteur, dit David, tout en retirant sa cravate.

— David. Je t'en prie, parle-moi.

Un soir au paradis

Parfois, à des années de distance, on regarde en arrière et on dit que c'était le commencement de… ou nous étions si heureux alors… avant… après… Ou bien, on pense, je serai heureux quand… une fois que j'aurai… si nous… Hernán savait qu'il était heureux maintenant. L'hôtel Oceano affichait complet, ses trois serveurs travaillaient à un rythme soutenu.

Il n'était pas du genre à se soucier de l'avenir ou à s'appesantir sur le passé. Les petits vendeurs de chewing-gum, il les chassait de son bar sans une pensée pour sa propre enfance d'orphelin des rues. Ratissant la plage, cirant des chaussures.

Quand il avait douze ans, on avait entrepris la construction de l'Oceano. Hernán faisait des courses pour le propriétaire. Il idolâtrait le Señor Morales, qui arborait un complet blanc et un panama. Des bajoues assorties aux poches sous les yeux. Quand sa mère était morte, le Señor Morales avait été le seul à l'appeler par son prénom, Hernán. Pas, hé gamin, *ándale hijo, vete callejero. Buenos días, Hernán.* À mesure que le bâtiment s'élevait, le Señor Morales lui avait confié un boulot régulier : nettoyer derrière les ouvriers. Quand l'hôtel avait ouvert, il l'avait embauché à la cuisine, lui avait donné une chambre sur le toit.

Un autre aurait pris des employés expérimentés. Les cuisiniers et le réceptionniste du nouvel Oceano venaient d'Acapulco, mais sinon c'étaient tous des analphabètes, gamins des rues comme lui. Fiers d'avoir une chambre, une vraie chambre à eux sur le toit. Douches et cabinets pour les hommes et les femmes. Trente ans plus tard, chacun d'eux travaillait encore là. Les femmes de chambre et les blanchisseuses étaient issues des villages de montagne comme Chacala ou El Tuito. Elles restaient jusqu'à leur mariage, ou jusqu'au jour où le mal du pays l'emportait. Leurs remplaçantes étaient toujours de fraîches jeunes filles descendues des collines.

Socorro était de Chacala. Le jour où Hernán l'avait vue pour la première fois, elle se tenait au seuil de sa propre chambre, en robe blanche, des rubans de satin rose dans ses tresses. Elle n'avait pas posé son baluchon ficelé avec une corde, allumait et éteignait la lumière. Tant de candeur l'avait émerveillé. Ils s'étaient souri. Tous deux avaient quinze ans – et tous deux étaient tombés amoureux à cet instant précis.

Le lendemain, le Señor Morales l'avait surpris à l'observer à la cuisine.

— Une beauté, non ?

— Oui. Je vais l'épouser.

Deux années durant, Hernán avait fait double journée de travail, pour pouvoir se marier et emménager dans une petite maison près de l'hôtel. À la naissance de leur première fille, Claudia, il était apprenti barman. Après celle d'Amalia, il était passé chef barman et Socorro avait cessé de travailler. Leur cadette, Amalia donnait sa *quinceañera* dans deux semaines. Le Señor Morales était le parrain des deux filles et la fête aurait lieu à l'hôtel. Célibataire, il semblait aimer Socorro et les petites presque autant que Hernán, et ne se lassait jamais de chanter leurs louanges.

— Si fines, si belles. Délicates, pures, fières et…

— Intelligentes, fortes, dures à l'ouvrage, ajoutait Hernán,

— *Dios mío*… ces femmes ont des cheveux… *tan, pero tan brilloso.*

Posté comme d'habitude au bar, John Apple considérait le *malecón* surplombant la plage. Camions et bus passaient en grondant sur les pavés. John Apple pestait tout en sirotant sa bière.

— Alors, tu ne sens pas ces atroces gaz d'échappement ? Quel boucan. Tout est fichu, Hernán. Il n'y a plus de paradis. C'est la fin de notre petit village de pêcheurs assoupi.

L'anglais d'Hernán était excellent mais certaines remarques, comme celle-ci, lui échappaient. Tout ce qu'il savait, c'était qu'il entendait la même rengaine depuis des années. Il ignora le soupir de John qui faisait encore mine de vider son verre déjà vide. À un autre de lui offrir le prochain.

— Ce n'est pas la fin, dit-il. C'est un nouveau Puerto Vallarta.

Les hôtels de luxe poussaient comme des champignons, on terminait la nouvelle autoroute, le grand aéroport venait d'ouvrir. Au lieu d'un vol par semaine, il y en avait cinq ou six, internationaux, par jour. Hernán ne regrettait pas la tranquillité de son village, quand c'était le seul bar correct et qu'il était le seul à y travailler. Il aimait avoir tous ces serveurs pour l'aider. Il n'était même pas fatigué à présent, quand il rentrait à la maison, pouvait dîner avec Socorro, lire le journal, causer un moment.

La clientèle affluait. Il envoya Memo chercher du renfort à la cuisine, davantage de chaises. La majorité des clients de l'hôtel étaient des reporters ou l'équipe de *La Nuit de l'iguane*. La plupart d'entre eux étaient dans le bar, se mêlant au gratin local, Américains ou Mexicains. Touristes et couples en voyage de noces guettaient Ava, Burton et Liz.

En ce temps-là, un seul film mexicain par semaine était projeté sur la plaza. Il n'y avait pas de télévision, donc la population n'était pas impressionnée par le casting de *La Nuit de l'iguane*. Cependant, tout le monde savait bien qui était Elizabeth Taylor. Son mari, Richard Burton, jouait dans ce film-là.

Hernán les appréciait et il appréciait le metteur en scène, John Huston. Le vieux monsieur était toujours respectueux à l'égard de Socorro et de ses filles. Il leur parlait en espagnol, soulevait son chapeau quand il les croisait en ville. Par son frère, Socorro lui procurait de la *raicilla* des montagnes près de Chacala, du mescal de contrebande pour le Señor Huston. Hernán le conservait dans un grand bocal sous le bar, et il s'efforçait de l'écouler lentement, en le coupant autant que possible sans éveiller les soupçons du Señor Huston.

Avocats et banquiers mexicains testaient leur anglais sur la blonde ingénue, Sue Lyons. Ruby et Alma, deux divorcées américaines, flirtaient avec des caméramans. Toutes deux étaient richissimes, possédaient des maisons sur les falaises en bord de mer. Elles s'obstinaient à croire qu'elles trouveraient l'amour au bar de l'Oceano. En général, elles rencontraient des hommes mariés venus pratiquer la pêche au gros ou, comme maintenant, des journalistes ou des caméramans. Personne pour avoir la moindre envie de rester sur place.

Alma était douce et belle jusqu'à une heure tardive ; là ses yeux et sa bouche devenaient bleuâtres, et sa voix pareille à un sanglot, comme si elle souhaitait être frappée et plantée là. Ruby avait près de la cinquantaine, teinte, liftée et raccommodée. Elle était sympa et drôle, mais après avoir bu elle devenait d'abord méchante, puis apathique et quelqu'un devait la raccompagner. John Apple alla s'asseoir en leur compagnie. Alma lui commanda une double margarita.

Luis et Victor restèrent à l'entrée assez longtemps pour être remarqués par tous. Ils se glissèrent à l'intérieur de l'établissement et choisirent pour s'installer un coin en évidence. Ces deux beaux bruns portaient des pantalons blancs et moulants, des chemises blanches et ouvertes.

Pieds nus, ils avaient un bracelet coloré à la cheville. Sourires éclatants, cheveux noirs et gominés. « *Ratoncitos tiernos.* » Tendres petits rats, tel était le sobriquet dont les prostituées gratifiaient les jeunes gens sexy.

Hernán travaillait déjà à la cuisine de l'Oceano quand il les avait connus. C'étaient encore des gamins qui mendiaient auprès des touristes, braquaient des poivrots. Originaires de Culiacán, ils s'appelaient entre eux *Compa*, pour *compadre*.

Pendant des années, ils avaient passé la nuit dans des barques, sous des *petates*, faisant la manche dans la journée. Hernán les comprenait et ne les jugeait pas, même pas pour les vols. Leur façon de traiter les femmes ne le choquait pas. Mais elles, il les jugeait. Un jour, il avait vu Victor aborder Amalia sur le *malecón*. En jupe à carreaux et corsage blanc de l'école, elle pressait ses manuels contre ses petits seins. Hernán avait quitté précipitamment son bar pour traverser la rue en courant.

— Toi, à la maison !

À Victor :

— Si jamais tu leur adresses de nouveau la parole, je te tue.

Il versa des martinis dans des verres glacés, les déposa sur le plateau de Memo, quitta son comptoir pour rejoindre les deux garçons.

— *Quibo*. Pourquoi ça me rend aussi nerveux, de vous voir tous les deux dans mon bar ?

— *Cálmate, viejo*. Nous sommes venus assister à deux choses historiques.

— Deux ? L'une doit être Tony, et l'autre Beto. Qu'est-ce qu'il lui arrive, à Beto ?

— Il vient faire la fête avec les gens du cinéma. Il a un rôle dans *La Nuit de l'iguane.* Du vrai argent. *Lana.*

— *No me digas!* Tant mieux pour lui. Donc, ce n'est plus seulement un garçon de plage. C'est quoi, ce rôle ?

— Un garçon de plage !

— Vous allez voir qu'il va tout gâcher. L'autre chose, je la connais déjà. Tony fricote avec Ava Gardner.

— Ce n'est pas un scoop. *Fíjate.* La voici, la chose !

Un splendide Chris-Craft neuf arrivait dans la rade en soulevant une gerbe, chahutant les eaux éclairées par le soleil couchant, d'un rouge violacé. Tony se mit debout et agita la main, lâcha l'ancre de *La Ava.* Un petit garçon alla le chercher en barque.

— *Híjola.* Elle l'a vraiment acheté pour lui ?

— Le titre de propriété est à son nom. Elle l'attendait la nuit dernière, toute nue dans un hamac, avec le document scotché sur le sein. À ton avis, qu'est-ce qu'il a fait en premier ?

— Il est allé voir le bateau ?

Tous trois en riaient encore quand la magnifique, la vacillante Ava descendit l'escalier, souriant à tous. Elle s'installa seule dans une alcôve, en attendant Tony. Hernán constata avec plaisir que, même si tout le monde la reluquait et l'admirait, nul ne l'importunait. Mes clients sont bien élevés, se dit-il.

Il retourna à son comptoir, s'activa afin de rattraper son retard. *Pobrecita.* Elle est timide. Esseulée. Il fredonna un air tiré d'un film de Pedro Infante. « Les riches pleurent aussi. »

Hernán regarda de tous ses yeux, lui aussi, quand les amants se dirent bonsoir d'un baiser. Des flashes crépitèrent comme des feux d'artifice à travers toute la salle. Les Américains la connaissaient tous, et toute la ville adorait Tony. Il avait environ dix-neuf ans à présent. Mèches blondes dans ses longs cheveux, yeux d'ambre et sourire angélique. Il avait toujours travaillé sur les bateaux, chargeant et déchargeant, se faisant véhiculer gratuitement, économisant dans l'espoir de pouvoir un jour se payer le sien et emmener alors les touristes faire du ski nautique.

Les versions divergeaient. Certains affirmaient que tout s'était passé au cours d'un jeu de dés, d'autres qu'il avait soudoyé Diego pour piloter à sa place le bateau qui transportait chaque matin les stars à Mismaloya, le lieu du tournage. Au bout de trois jours environ à plonger son regard doré dans les yeux verts de l'idole, elle avait commencé à se promener sur l'eau avec lui durant ses pauses jusqu'au jour où, comme disait Tony, la fortune lui avait souri. Memo affirma que Tony était de la racaille, un gigolo.

— Regarde-le, dit Hernán. Il est amoureux. Il ne lui fera aucun mal.

Luis interpella une Américaine d'âge mûr qui passait près du bar.

— Madame, joignez-vous à nous. Moi, c'est Luis, et voici Victor. Aidez-nous à fêter mon anniversaire…

— Mais comment donc, avec plaisir.

Elle sourit, surprise. Elle commanda à boire, paya le serveur avec une poignée de billets. Elle riait, heureuse d'intéresser quelqu'un, sortit toutes ses emplettes à leur attention.

Luis n'en était plus à faire le garçon de plage. Il avait une petite boutique de prêt-à-porter qui faisait fureur. Il vendait de la peinture coloniale et de l'art précolombien. Nul ne savait d'où sortaient ces œuvres ou qui les fabriquait. Il enseignait le yoga à des Américaines, les mêmes qui achetaient toutes ses robes dans chaque coloris. Difficile de dire s'il aimait ou détestait les femmes. Il leur faisait plaisir. À chacune il soutirait de l'argent d'une manière ou d'une autre.

Memo demanda à Hernán si les femmes le payaient pour coucher avec elles. *Quién sabe?* Il soupçonnait Luis de sortir avec elles, de les raccompagner ensuite et de les voler quand elles perdaient connaissance. La honte devait les empêcher de porter plainte. Hernán n'éprouvait nulle compassion pour elles. Elles l'avaient bien cherché. Voyager seules, boire, se donner aux premiers *callejeros* venus.

Beto arriva avec Audrey, une hippie d'une quinzaine d'années. Soyeux cheveux blonds, visage de déesse. Des journalistes faisaient crépiter leurs flashes et l'actrice blonde se renfrogna. Audrey bougeait comme du miel. Elle avait les yeux vitreux d'une statue.

Victor s'approcha du bar pour parler à quelqu'un. Hernán lui demanda ce qu'avait pris Audrey.

— Seconal, Tuinal, un truc comme ça.

— C'est pas toi qui lui en vendrais, par hasard ?

— Non. N'importe qui peut acheter des somnifères à la pharmacie. Comme ça, elle reste calme et agréable.

Beto était en compagnie de l'équipe. Ils lui portaient un toast, s'essayant à parler en espagnol. Il souriait, buvait. Beto avait toujours l'expression ahurie du passager qui vient de se réveiller dans un bus.

Le Señor Huston fit signe à Hernán de lui apporter une *raicilla*. Hernán se déplaça lui-même, curieux de savoir pourquoi le metteur en scène parlait si vertement à Audrey. Le Señor Huston le remercia, le pria de saluer sa famille. Puis, il lui expliqua qu'Audrey était la fille d'une bonne amie, grande comédienne de théâtre. Elle avait fait une fugue l'an dernier.

— Imagine ce qu'éprouve sa mère. Audrey était plus jeune que tes filles quand elle a disparu.

Celle-ci supplia le Señor Huston de ne pas dire où elle était.

— Beto m'aime. Enfin, il y a quelqu'un qui m'aime. Et aujourd'hui Beto a un travail. On va pouvoir louer un appartement.

— Qu'est-ce que tu as pris comme drogue ?

— J'ai juste sommeil, idiot. On va avoir un enfant !

Elle se leva, embrassa le vieil homme.

— Je t'en supplie, dit-elle, et elle alla s'asseoir un peu derrière Beto, en chantonnant tout bas.

Le Señor Huston se dressa sur ses pieds, très raide, renversant sa chaise. Il domina Beto de toute sa hauteur, fit mine de parler, puis secoua la tête et sortit du bar. Il traversa la rue jusqu'au *malecón*, où il s'assit pour fumer et regarder les flots.

Hernán nota que les journalistes, les femmes et l'équipe technique, tous connaissaient Victor ; beaucoup s'arrêtaient pour lui parler. Victor allait souvent aux toilettes pour hommes, avant ou après un Américain. C'était le principal pourvoyeur de marijuana en ville, et il avait quelques discrets amateurs d'héroïne. Mais là, il s'agissait d'autre chose. Personne n'allait ensuite se balader le long de la plage.

Hernán avait entendu dire qu'on en trouvait maintenant à Acapulco. Eh bien, aujourd'hui Puerto Vallarta a sa propre cocaïne, se dit-il.

Sam Newman arriva en taxi, salua Hernán en passant par le patio pour s'enregistrer et faire monter ses bagages. Il alla retrouver Tony et Ava Gardner, serra Tony dans ses bras et baisa la main d'Ava. Sur le chemin du bar, il s'arrêta à des tables, serrant des mains, embrassant les femmes qu'il connaissait, jaugeant les nouvelles, qui toutes visiblement s'égayaient. C'était un bel Américain décontracté, marié à une femme âgée et riche, qui lui laissait la bride sur le cou. Ils vivaient un peu plus loin sur la côte, à Yelapa. Sam venait toutes les deux, trois semaines en ville pour le ravitaillement et souffler. Vivre au paradis l'épuisait, prétendait-il. Tout sourire, il se percha sur un tabouret de bar, tendit à Hernán un paquet de café Juan Cruz.

— Merci, Sam. Socorro est malheureuse sans son café.

Hernán lui prépara un double Bacardi-Tehuacán.

— Tu es venu sur le *Paladín* ?

— Oui, hélas. Bondé de touristes. John Langley en prime. Devine ce qu'il m'a dit ?

— « On est tous dans le même bateau »… ?

— Toujours la même rengaine. Il en a une nouvelle. On passe devant le décor du film quand cette dame lui agrippe le bras. « Monsieur, c'est bien Mismaloya ? » Et lui, de se dégager en disant, avec cet accent snob : « M. Maloya pour vous, ma chère… » Bref, à part le bateau de Tony, quoi de neuf ?

Hernán lui parla de la carrière de Beto au cinéma et d'Audrey, fugueuse, enceinte et droguée. Il invita Sam à la *quinceañera* d'Amalia. Sam déclara qu'il serait, bien entendu, présent. Hernán en fut content.

— Le Señor Huston vient aussi. C'est un grand homme, un homme digne.

— C'est formidable que tu t'en rendes compte. Je veux, dire, sans savoir à quel point il est important. Célèbre.

Alma s'approcha, embrassa Sam sur les lèvres. John Apple retourna au bar et Sam lui paya une double margarita.

Luis et l'Américaine s'en allaient en taxi. Victor était assis avec des reporters. Hernán était partagé au sujet de Victor. Il ne l'aurait jamais fait arrêter, mais ne voulait pas d'un dealer à l'Oceano. Il demanderait son avis à Socorro ce soir. Elle savait toujours exactement quoi faire.

— Sam, présente-moi à Ava Gardner, s'il te plaît, disait Alma. Je voudrais l'inviter chez moi.

Sam et elle allèrent rejoindre les amants. En chemin, Sam s'arrêta pour parler à Victor. Ils hochaient la tête, regardaient par terre tout en discutant.

Le Señor Huston revint s'installer à « sa » grande table ronde. Richard et Liz arrivèrent. Partout où ils allaient, c'était comme si on avait jeté une grenade par la fenêtre ; les flashes explosaient, les gens se pâmaient et hurlaient : « Aah ! Aah » Chaises raclées et renversées, verre brisé. Pas précipités, courses.

Le couple sourit à la ronde et salua, comme pour un rappel, puis prit place avec le Señor Huston sur la banquette. Liz souffla un baiser à Hernán. Déjà, il préparait un plateau avec une double margarita pour elle, une *agua de Tehucáan* pour Burton, qui ne buvait pas. Une *raicilla* coupée avec de la simple tequila pour le metteur en scène. Guacamole et salsa, comme elle aimait, avec beaucoup d'ail. Elle jurait comme un charretier. Hernán l'aimait bien ; elle était chaleureuse et grivoise. Burton et elle avaient de gros rires tonitruants, ils étaient simplement bien là – là, l'un pour l'autre, physiquement, dans la vie.

Petit à petit, le bar se vidait, les clients allaient s'habiller pour dîner. À pied ou parmi les dizaines de taxis qui attendaient à l'extérieur de l'hôtel. Victor partit avec cinq ou six types en direction du nord, le quartier « malfamé ». Sam et Alma s'éloignèrent dans la Jeep de cette dernière, avec Tony et Ava.

Ruby, Beto et Audrey dormaient profondément. John Apple s'offrit à les ramener chez eux dans la voiture de Ruby. Hernán savait que John songeait à la réserve d'alcool et au réfrigérateur. Au moins était-il encore assez en forme pour conduire. Memo et Raúl les aidèrent à rejoindre la voiture.

Ne restaient sur place que deux vieillards, buvant du madère dans des verres ballon. Ils sortirent un échiquier et entamèrent une partie. Un couple en voyage de noces revint de sa promenade sur le *malecón*, commanda des sangrias.

Hernán astiqua son comptoir, rectifia l'alignement des bouteilles. Memo dormait déjà, assis bien droit, comme au garde-à-vous, sur une chaise devant la cuisine. Hernán regarda vers la mer et les palmiers, écouta les conversations de Liz, Burton et John Huston. Ils discutaient, riaient, citaient des répliques du film, celui-ci ou d'autres, peut-être. Quand il alla renouveler leurs consommations, Liz demanda s'ils ne faisaient pas trop de bruit.

— Non, non ! C'est merveilleux d'entendre des gens parler de leur travail quand ils aiment ce qu'ils font. Vous avez beaucoup de chance.

Il s'installa derrière le bar, les pieds sur un tabouret. Raúl lui apporta du *café con leche* et des *pan dulces*. Il trempa la pâtisserie dans le café tout en lisant le journal. Devant lui, il avait désormais quelques agréables heures de tranquillité. Plus tard, peut-être, des clients viendraient boire un dernier verre avant d'aller se coucher. Puis, il rentrerait à pied chez lui, non loin d'ici, où l'aurait attendu Socorro. Ils dîneraient ensemble et parleraient de leurs jours et leurs nuits, de leurs filles. Il lui rapporterait tous les cancans. Ils discuteraient. Elle défendait toujours les femmes. Elle avait pitié d'Alma et de Ruby, qui n'avaient personne pour les protéger. Il lui parlerait de Victor et des drogues. Socorro lui masserait le dos quand ils seraient au lit. Ils riraient de quelque chose.

— Mon Dieu, comme j'ai de la chance ! dit-il à haute voix.

Il en fut gêné, regarda autour de lui. Personne ne l'avait entendu. Il sourit et dit :

— J'ai beaucoup de chance !

— Hernán, tu t'ennuies ? Qu'est-ce que tu as à parler tout seul, derrière ton comptoir ? lui lança Elizabeth Taylor.

— Je m'ennuie de ma femme. Encore quatre heures avant de la retrouver !

Ils lui demandèrent l'adresse d'un bon restaurant. Il leur conseilla cette petite taverne italienne derrière l'église. Pas de touristes ; ces derniers jugeaient absurde de manger italien au Mexique. C'était calme et bon.

Ils s'en allèrent, puis le jeune couple et les joueurs d'échecs montèrent à l'étage. Raúl dormait à côté de Memo, à l'entrée de la cuisine. Avec leur boléro noir, leur ceinture rouge et leurs moustaches, on aurait dit des décorations, de gigantesques marionnettes pour touristes.

Hernán était sur le point de s'endormir lui-même, quand une portière de taxi claqua. Luis en sortit avec l'Américaine. Elle était ivre à ne plus tenir debout.

Pancho l'aida à monter jusque dans sa chambre. Luis ne redescendit pas.

Quelques minutes plus tard, nouveau claquement de portière et une femme qui criait : « Espèce de con ! » après quoi Ava Gardner entra, avec un seul escarpin qui produisait un raclement syncopé à travers le patio et dans l'escalier. La même portière claqua de nouveau et Hernán fut surpris de voir Sam, sans chaussures ni chemise. Il avait un énorme œil au beurre noir, la lèvre fendue et enflée.

— Laquelle, sa chambre ?

— Dernier étage, deuxième porte, côté océan.

Sam monta les marches, changea d'avis et redescendit, en tendant la main vers le verre que Hernán lui présentait. Il parlait comme s'il sortait de chez le dentiste, mais c'était à cause de sa lèvre.

— Hernán. Tu ne le diras à personne. Ma réputation serait en miettes. Tu as devant toi un homme déshonoré. Humiliation totale. Je l'ai insultée ! Oh, Seigneur…

Autre taxi, autre claquement de portière. Tony débarqua en courant, les joues ruisselantes de larmes. Il grimpa quatre à quatre les marches et frappa à la porte d'Ava. « *Mi vida ! Mi sueño !* » D'autres portes s'ouvrirent autour du patio. « Tais-toi, imbécile ! Silence ! Silence ! »

Tony redescendit. Il serra Sam dans ses bras, s'excusa et lui serra la main. Il était secoué de sanglots, comme un enfant.

— Sam, va lui parler. Tu peux expliquer. Je ne parle pas anglais. Dis-lui qu'il faisait trop sombre. Explique-lui, par pitié !

— Je ne sais pas trop, Tony. Elle m'en veut énormément. Allez, monte l'embrasser, qu'elle voie ces larmes de crocodile.

Hernán s'en mêla.

— Je ne sais pas ce qui se passe, mais je parie que la dame ne se rappellera même pas demain ces choses horribles ! Et n'allez pas lui rafraîchir la mémoire !

— Bonne idée. Heureusement que tu es là, Hernán !

Sam monta avec Tony, ouvrit la porte d'Ava avec une carte de crédit et poussa doucement Tony à l'intérieur. Il attendit un peu mais Tony ne reparut pas.

Sam se tenait sur les pavés du patio, brandissant sa carte, parlant à une caméra invisible :

— Salut à tous. Ici Sam Newman… Globe-trotter, bon vivant, homme du monde. Je ne vais jamais nulle part sans ma carte American Express !

— Sam, *qué haces ?*

— Rien. Écoute, Hernán… Il faut que tu jures.

— Sur la tombe de ma mère. Allez, raconte-moi tout.

— Bon… Oh, Seigneur. Bon, on va chez Alma et elle nous annonce que la cuisinière nous prépare à dîner. On est sur sa terrasse, à boire encore. Il y a de la musique. Comme Tony ne tient pas d'alcool, en général il ne boit pas. Et moi, j'avais à peine commencé. Mais ces deux femmes-là, elles étaient ivres. Il faisait sombre et on se prélassait sur ce genre de matelas gonflables, quand Alma prend Tony par la main et… euh, elle le traîne dans sa chambre. Ava contemple les étoiles, moi je panique, et soudain elle s'aperçoit qu'ils ne sont plus là et elle se redresse comme une furie, me force à les rechercher avec elle. Bon, ils étaient dans le lit d'Alma, nus, en train de baiser à tout-va. J'ai bien cru qu'Ava allait les frapper avec un instrument contondant, mais non, elle se contente de sourire et me ramène sur la terrasse. Doux Jésus, comment ai-je pu faillir ? Je suis couvert de honte. Quelle horreur. Dieu m'est témoin qu'Ava Gardner en personne ôte sa robe et s'allonge sur le sofa. Seigneur, viens-moi en aide. Mon ami, cette femme est une splendeur. Partout, sa peau a la couleur du pudding au caramel. Ses seins, c'est le paradis sur Terre. Ses jambes, c'est la duchesse d'Albe ! Non ! C'est la comtesse aux pieds nus ! Donc, j'arrache mes vêtements et je me couche auprès d'elle. Et elle est là. Ava, toute tiède, en chair et en os, plongeant son regard vert que JE CONNAIS dans le mien. Ma bite disparaît. Elle s'est barrée à Tijuana, mes couilles sont parties pour l'Ohio. Et cette comtesse, cette déesse, elle fait tout son possible. En vain. J'étais mort de honte. Je m'excusais et, ô misère, comme un IDIOT je disais : « Pardon, c'est que je suis follement amoureux de toi depuis tout petit ! » C'est elle qui m'a flanqué ce coup à la lèvre. Puis, Tony se ramène et commence à me dérouiller. À ce moment-là, cette fichue cuisinière se radine, allume la lumière et dit : « C'est prêt ! » Je lui ai donné un peu de fric pour qu'elle me dégote un taxi, j'ai remis mon froc et je suis sorti. La cuisinière est revenue avec un taxi. Je suis monté dedans, Ava en a fait autant. Tony cavalait derrière nous, mais elle n'a pas voulu qu'on s'arrête. Ava Gardner. J'ai bien envie d'en finir…

Tony descendait d'un pas léger et s'approcha du bar.

— Elle me pardonne, elle m'aime. Elle dort à présent.

— On retourne là-bas dîner ?

Sam souriait béatement. Tony en fut offensé. Mais au bout d'un moment il avoua qu'il était, en effet, affamé. Memo, qui s'était réveillé, n'en perdait pas une miette. Il déclara que lui aussi était affamé, ils n'avaient qu'à aller dans la cuisine préparer le petit déjeuner.

Victor arriva seul, s'attabla au fond de la salle, dans la faible clarté. Raúl lui apporta un chocolat chaud et des *pan dulces*. Victor ne buvait jamais, ne prenait jamais de drogues. Hernán le soupçonnait d'être devenu très riche. Raúl lui raconta que Luis était toujours là-haut.

— Je vais attendre, dit-il.

Memo sortit de la cuisine juste au moment où quelques individus entraient pour prendre des digestifs. Tony alla attendre Luis en compagnie de Victor. Il prit lui aussi un chocolat chaud et Hernán lui fit passer des aspirines. Tony ne parla pas de sa soirée à Victor, se borna à évoquer son bateau neuf.

Sam vint au bar et commanda un Kahlua-cognac. Il avait la tête entre les mains. Hernán lui tendit le verre et dit :

— Toi aussi, tu as besoin d'une aspirine.

Luis redescendit, tenant l'un des sacs à shopping de la femme. Les trois amis parlaient à voix basse, riant comme des adolescents. Puis ils s'en allèrent, enjambant sans effort les appuis des fenêtres, suivis par l'écho de leurs rires qui se mêlaient au bruit des vagues, simples et innocents.

— C'est quoi, ce cliquetis – des maracas ?

— Un dentier. Luis lui a piqué son dentier.

Hernán reprit le verre vide de Sam, essuya soigneusement la marque ronde sur la table.

— C'est l'heure pour moi de rentrer à la maison. Tu veux de la glace pour cette lèvre ?

— Non, ça ira. Merci. Bonne nuit, Hernán.

— Bonne nuit, Sam. *Hasta mañana.*

La Barca de la Ilusión

Le sol de la maison était de sable blanc et fin. Au matin, Maya et Pilla, la bonne, ratissaient et balayaient, cherchaient des scorpions, lissaient la surface. Ensuite, pendant une heure, Maya criait aux garçons : « Marchez pas sur mon sol ! » comme si c'était du lino fraîchement astiqué. Tous les six mois, Luis le borgne arrivait avec sa mule pour évacuer le sable dans ses sacoches, faisant d'innombrables allers-retours à la plage afin de rapporter des provisions d'un sable propre et étincelant, lessivé par la mer.

La maison était une palapa au toit de chaume – aux trois toits, car il y avait une haute structure rectangulaire prolongée aux deux extrémités par un demi-cercle. Elle avait la majesté d'un vieux bateau à aubes de l'époque victorienne, d'où son nom de La Barca de la Ilusión. À l'intérieur il faisait frais, le plafond était immense, de très grands poteaux en « bois de fer » et des traverses attachées ensemble par des lianes de *guacamote*. On aurait dit une cathédrale, surtout la nuit, quand les étoiles ou le clair de lune luisaient à travers les puits de lumière, là où les *palapas* se touchaient. À part la pièce en adobe sous le *tapanco*, il n'y avait pas de murs.

Buzz et Maya dormaient sur un matelas dans le *tapanco,* sorte de mezzanine en fibres de palmier. Ben, Keith et Nathan, sur des lits de camp, dans la chambre en adobe, quand il faisait très froid. Le plus souvent, dans les hamacs du vaste séjour, ou dehors près du datura. Le datura qui était en fleurs – une profusion de fleurs blanches qui pendaient, lourdes et maladroites, jusque dans la nuit, quand la clarté de la lune ou des étoiles donnait aux pétales un opalescent chatoiement d'argent et que leur parfum enivrant flottait un peu partout dans la maison, jusqu'à la lagune.

La plupart des autres fleurs n'avaient aucun parfum et n'attiraient pas les fourmis. Bougainvillées et hibiscus, cannas, belles-de-nuit, impatientes et zinnias. Les giroflées, les gardénias et les roses avaient un parfum grisant, grouillaient de papillons multicolores.

Le soir, Maya et sa voisine Teodora inspectaient les jardins et le bosquet de cocotiers avec leurs lanternes, tuant les colonnes rapides de fourmis coupeuses, répandant du kérosène sur les nids de ces bestioles qui dévoraient leurs tomates et leurs haricots verts, leurs laitues et leurs fleurs. Teodora lui avait appris à planter à la nouvelle lune et à tailler quand elle était pleine, à attacher des cruches d'eau aux branches basses d'un manguier s'il ne portait pas de fruits. Juanito, le petit garçon de Teodora, âgé de sept ans, allait à l'école de Maya le matin, sauf quand les cerises de café étaient mûres dans les collines et qu'il devait travailler tous les jours.

Le niveau de Ben et Keith, sept et six ans, allait du CP au CM1 en calcul et orthographe. Keith adorait les fractions et les décimales, un mystère pour Ben et Maya. Ben lisait de tout, depuis la littérature enfantine jusqu'aux lectures d'adultes, comme *Le Nil blanc.* Tous les matins, les garçons étudiaient à la grande table de bois. Grattant, soupirant, effaçant, gloussant, ils courbaient leur dos bruni au-dessus des cahiers à couverture marbrée. Lecture, écriture, calcul. Géographie. Lecture et écriture en espagnol, avec Juanito.

La *palapa* se trouvait près d'un bosquet de cocotiers, au bord de la rivière. De l'autre côté de cette rivière, la plage et la baie magnifique de Yelapa. Au-dessus des rochers de la plage, s'étageant sur la colline, se trouvait le village, qui dominait une petite crique. Comme de hautes montagnes cernaient la baie, il n'y avait pas de route pour y accéder. Des sentiers praticables à cheval à travers la jungle jusqu'à Tuito, ou Chacala, à des heures de route.

La rivière changeait tout au long de l'année. Tantôt verte et profonde, tantôt juste un ruisseau. Parfois, en fonction des marées, la plage se réduisait et la rivière devenait lagune. C'étaient les meilleurs moments, avec les aigrettes et les hérons bleus. Les garçons passaient des heures à jouer aux pirates dans leurs pirogues, attrapant des écrevisses, jetant des filets à poisson, transportant des passagers d'une rive à l'autre. Même Nathan savait manier un canoë, et il n'avait que quatre ans. À la saison sèche, il n'y avait plus une seule goutte d'eau. Les enfants jouaient au ballon avec les garçons du village, faisaient la course sur des chevaux étiques. Avec les pluies, arrivait l'eau, parfois en torrents sauvages, charriant des gerbes de fleurs, des grappes d'oranges, des cadavres de poules, un jour une vache, et ces tourbillons boueux déferlaient sur la plage dans un énorme souffle, avalant le sable et se jetant dans l'océan turquoise. Puis, au fil des jours, la rivière se purifiait et s'assagissait, les tièdes anfractuosités des rochers se remplissaient d'une eau convenant à la baignade et à la toilette.

Dans la soirée, Teodora passait devant la maison pour aller à la rivière dans les grands cliquetis de la vaisselle transportée sur sa tête, dans un baquet en fer-blanc. Donasiano la suivait, à quelques pas de distance, armé d'une machette, coiffé d'un chapeau de paille ACAPULCO. Teodora était veuve et Donasiano était son amant, alors même qu'il avait femme et enfants au village. Ils revenaient à la nuit, vaisselle cliquetante, plus lentement. Le matin, avant d'aller dans les collines pour la récolte du café, Donasiano s'accroupissait sur l'autre berge de la rivière, à l'ombre du figuier étrangleur ou du *papelillo* à fleurs jaunes, à attendre qu'une biche vienne s'abreuver. Une seule fois, Maya l'avait vu en tuer une, quoiqu'il le fît souvent, partageant la viande avec les autres villageois. D'un bond il était sorti des fourrés, décapitant l'animal d'un seul coup de son étincelante machette. La tête était tombée dans le sable, le sang s'était mêlé au cours d'eau, les faons avaient pris la fuite.

Buzz et Maya se donnaient du mal pour maintenir en l'état la clôture qui les protégeait des ânes et des cochons, pour arroser et désherber le jardin. Pilla et Luis trimbalaient d'innombrables seaux d'eau, depuis l'amont de la rivière, ou le puits du village à la saison sèche. Luis, Pablo et Buzz se retrouvaient pour fendre du bois afin d'alimenter le feu qui brûlait toute la journée.

— C'est dur, de vivre au paradis, disait Buzz.

Maya se demandait combien de temps ils pourraient supporter d'y vivre. La nuit, tandis qu'elle lisait assise à la table, Buzz fumait de l'herbe, couché dans le hamac, les yeux sur l'océan.

— Ça va, Buzz ?

— Je m'emmerde.

Peut-être, s'ils avaient eu une ferme, une vraie ferme, ou ouvert une véritable école. Le problème, c'était que Buzz n'était pas obligé de travailler. Il n'avait jamais eu à le faire. Son père était un riche médecin de Boston. Beau et brillant, Buzz avait été un excellent élève à Andover et Harvard. En seconde année de médecine, il s'était mis au saxophone, allant écouter Dizzy Gillespie et Charlie Parker, Jaki Byard, Bud Powell. Il était devenu accro à l'héroïne, avait été expulsé de l'école de médecine pour usage de morphine. Il avait épousé Circée, une riche héritière de Boston, et arrêté les drogues. Ils avaient fait le tour du monde, s'étaient fixés au Nouveau-Mexique, où il jouait du saxophone et participait à des courses en

Porsche, aux États-Unis et en Europe. Pour s'occuper, il avait lancé une entreprise, achetant la première concession Volkswagen à l'ouest du Mississippi et devenant presque instantanément quasi millionnaire. Il avait abandonné la course automobile, cessé de jouer du saxophone. Circée et lui avaient divorcé. Maya et lui étaient tombés amoureux, avaient entamé une liaison.

— Donnez-moi une raison de vivre – toi et les garçons.

Voilà comment il lui avait déclaré sa flamme. Et Maya avait trouvé cela effectivement romantique. Ils s'étaient mariés. Il avait adopté Ben et Keith, et Nathan leur était né. Elle n'avait su qu'il avait repiqué à l'héroïne qu'un mois après le mariage. L'addiction à l'héroïne est facile à cacher quand on est riche, car on n'en manque jamais.

Quand il n'en prenait pas, la vie était merveilleuse. Ils s'aimaient, avaient de beaux enfants. Ils avaient l'aisance matérielle et la liberté, voyageaient avec leur petit avion partout aux États-Unis et au Mexique.

Mais finalement, la drogue était devenue l'unique raison de vivre de Buzz. Bientôt, les enfants seraient en âge de s'en apercevoir. Les seules personnes qu'ils voyaient étaient des contacts ou des trafiquants, les agents des stups qui les suivaient. L'héroïne était l'épicentre de la journée, jour après jour, pour elle comme pour lui. Yelapa était leur dernière chance.

Petit à petit, il était apparu que c'était peut-être le bon choix. Que Yelapa pouvait devenir leur chez-soi. Buzz se mit à pêcher à bord du bateau dans la baie, attrapant thazards et vivaneaux. Il plongeait en apnée à proximité des rochers, revenait avec des huîtres et des homards. De plus en plus souvent, Ben et Keith l'accompagnaient. Contre toute logique, elle qui redoutait tant qu'il leur tombe des noix de coco sur la tête, Maya ne s'inquiétait pas pour les enfants, en pleine mer sur ce raffiot. Pourtant, il y avait parfois une houle dangereuse, des requins, de raies manta qui jouaient avec l'embarcation. Sous l'eau, des raies, des murènes. Mais ils revenaient avec du poisson, des coquillages et des homards, des histoires de dauphins, de baleines à bosse, de poisson-scie géant. Maya aimait écouter Buzz et les garçons raconter leur expédition, se contredire, exagérer. Keith était le meilleur pêcheur, patient et déterminé ; Ben était le dénicheur, de belles conques ou de l'antenne d'un homard bleu caché sous les pierres.

Au bout d'une année, Buzz se procura un générateur qu'il installa à la pointe. Ils remplissaient des bouteilles de plongée et chassaient le poisson sous l'eau, avec des fusils à harpon. Petit à petit, davantage d'enfants du pays apprirent à plonger et à rapporter du poisson, commencèrent à gagner leur vie de cette façon. Sefarino et Pablo achetèrent leurs propres bateaux et des bouteilles de plongée, et ils vendirent le produit de leur pêche en ville. Un petit restaurant ouvrit. Ronco et Buzz achetèrent un moteur et un bateau en fibre de verre. Ils allaient plonger plus loin, jusqu'aux îles. Quand ils jetaient l'ancre en fin d'après-midi, leurs cris et leurs rires flottaient à travers l'océan.

Des jours et des mois s'écoulèrent sur un rythme facile et apaisant. Juste avant l'aube les coqs chantaient et, au point du jour, un millier de mouettes rieuses volaient devant la maison en direction des terres. Des nuées de perroquets filaient, d'un vert éblouissant qui contrastait avec le gris froid des noix de coco. Un autre Nil, des iguanes verts se doraient au soleil, sur les pierres de la rivière. Des porcs grognaient dans la boue et des chevaux venant de Chacala hennissaient sur le sentier. Éperons. Le délicat ressac murmurait jour et nuit, et les palmes bruissaient sur le même tempo que la mer. Tous les jours, à midi, le *Paladín* s'amarrait dans la baie et une dizaine de touristes rejoignaient la plage en pataugeant dans les vaguelettes. Ils traversaient la rivière à gué, ou laissaient Nathan les emmener si c'était trop profond. Certains longeaient à cheval la rivière, ou passaient par le village pour gagner la cascade. Parfois, Ben et Keith, comme les petits villageois, jouaient les guides. Souvent, les touristes demandaient leur chemin à Nathan, mais il ne parlait pas l'anglais. S'ils voulaient traverser la rivière, il se contentait de désigner du doigt sa pirogue, disant : « Assis ! » Ils s'asseyaient, en se cramponnant ; dressé avec autorité à l'arrière, il maniait sa gaffe ou ses rames, avec ses yeux bleu pâle pleins de gravité dans son visage brun, ses boucles blondes.

À trois heures de l'après-midi, le *Paladín* était reparti et seuls restaient les six ou sept maisons de gringos et les deux cents villageois. Aboiement des chiens, hache débitant du bois. À la tombée de la nuit, le chant vibrant des grillons et des rainettes, plus tard le cri de la chouette.

Liz et Jay descendaient souvent de leur maison sur la colline. C'étaient de vieux amis, qui venaient du Nouveau-Mexique. Les couples buvaient de l'*agua de Jamaica* ou de la camomille, fumaient de la marijuana ou regardaient le soleil se coucher, tout rose, sur la baie. Maya faisait griller du poisson ou du poulet, accompagnés de riz et de haricots secs, des haricots verts du jardin. À la saison des pluies, tout spécialement, ils veillaient tard, jouant au Scrabble, au Monopoly ou au gin rami. Parfois, Ben et Keith allaient passer la nuit chez eux, confectionnant du fudge, dormant sur un matelas gonflable sous les étoiles. Liz et Jay étaient tisserands, les garçons firent une centaine de mandalas avec des brins de laine inutilisés.

Les visas devaient être renouvelés tous les six mois. Maya, les enfants, Liz et Jay faisaient seulement un saut à la frontière, mais Buzz en avait généralement pour plusieurs semaines de travail au Nouveau-Mexique. Pourparlers avec ses partenaires commerciaux, fiscalité, contrats de crédit-bail à signer. Au début, à chaque fois qu'il allait là-bas il achetait de l'héroïne, mais de moins en moins. Une semaine d'euphorie, une semaine à être malade. C'est la « dengue », disait Maya à Pilla et Teodora. Un jour, Teodora lui apporta un breuvage pour guérir, et il guérit, du jour au lendemain, tous les symptômes de sevrage avaient disparu, même si c'était un remède pour la dengue, une sorte de malaria. Un breuvage composé de feuilles de papaye, camomille et crottin de cheval. Enfin, la seconde année, quand il rentra à la maison il était « clean », n'en avait pas rapporté. C'était l'époque où il était revenu avec les bouteilles de plongée. Et au fil des jours et des mois, ce monde-là sembla appartenir à un passé lointain. Contacts, dealers et police, la peur semblait appartenir à un passé lointain.

Tout le monde était robuste et en bonne santé. Il n'y avait pas de bonbons ni de sodas. Personne ne tombait d'un arbre ou d'un rocher. Les rares fois où quelqu'un était malade, Maya et Liz consultaient le manuel Merck et un *PDR*[1], donnaient si nécessaire des antibiotiques.

Keith souffrit d'un mal de gorge sévère, qui ne s'améliora pas malgré des piqûres d'ampicilline. Maya l'emmena sur le *Paladín* à Puerto Vallarta, prit un vol avec lui pour rejoindre une clinique à Guadalajara. Là, le médecin l'opéra des amygdales et le garda quelque temps. Ensuite, ils s'accordèrent trois jours de congé, prenant des taxis et des bus pour visiter la ville, passant des heures au marché ou dans des boutiques pour acheter cadeaux et provisions. Keith adorait le téléphone et la télévision. Ils appelaient le service de chambre pour commander des hamburgers et de la glace, allèrent au cinéma et à la corrida. El Cordobés lui-même séjournait dans cet hôtel, il signa un autographe à Keith.

1. Compilation d'informations communiquées par les fabricants relatives à leurs médicaments.

Mais tout à coup, sortant de l'ascenseur, elle aperçut Victor, un dealer, dans le hall. Elle essaya de faire rentrer Keith dans la cabine, mais les portes se refermèrent trop tôt, et voilà. Victor, sorti de prison. Pendant des années, il avait toujours retrouvé Buzz, au Nouveau-Mexique, au Chiapas. À plusieurs reprises, il l'avait escroqué de plusieurs milliers de dollars. Et il n'y a aucun recours dans ces cas-là. Une fois, parce que Maya était allée acheter l'héroïne, sans la tester. Sa faute à elle, et Buzz l'avait giflée si fort qu'elle était tombée, se fendant le crâne. Au Guatemala, Buzz était en manque et malade. Victor l'avait fait ramper pour obtenir sa dose.

Tout près – il se tenait toujours si près qu'on pouvait sentir son odeur. Brun de peau, presque noir, maigre, félin. C'était un orphelin, qui avait grandi dans les rues de Mexico. Ils l'avaient connu à Acapulco. Il faisait aussi le gigolo à l'époque, beau garçon de plage au rire guttural, aux dents bien blanches. Un soir, il avait volé son argent et ses bijoux à une vieille dame, piquant aussi son dentier.

Devant l'ascenseur, il agrippa le bras de Maya.

— Où est Buzz ?

— Ajijic, dit-elle. On habite à Ajijic.

À son tour, elle agrippa le poignet de Keith, priant pour qu'il n'ouvre pas la bouche.

— Ne viens pas, Victor. Il est clean, maintenant.

— Oh, je viendrai vous rendre une petite visite… File-moi du fric, Maya, comme ça je ne resterai pas à dîner. Je n'ai que… File-moi du fric, Maya.

Elle lui donna ce qu'elle avait dans son porte-monnaie. Cinquante mille pesos.

— Ciao.

Le lendemain matin, ils reprenaient l'avion pour Vallarta, arrivaient à temps pour attraper le *Paladín*. Sur la navette on entendait beugler les Rolling Stones et les touristes buvaient du rhum, riaient et parlaient, se bécotaient, vomissaient. La mer était agitée. Keith jubila quand ils atteignirent enfin les pierres blanches, en revoyant la baie de Yelapa. Des pélicans plongeaient tout autour d'eux ; des dauphins faisaient la course avec le bateau. Buzz, Ben et Nathan leur adressaient de grands signes depuis la plage.

Maya et Keith parlèrent en même temps pendant qu'on ouvrait les cadeaux. Filets à papillons, jeux, un périscope, un télescope, un globe terrestre. Beurre de cacahuètes ! Tablettes de chocolat ! Ils avaient rapporté un couteau pour Juanito et un canari dans sa cage en bois. Des godets et des godets de fleurs et de légumes pour Maya et Teodora, qui affirma qu'il fallait absolument les replanter tout de suite, puisque ce soir-là c'était la nouvelle lune.

Buzz les aida à planter, ouvrant les trous avec une pioche, rapportant des seaux d'eau de la rivière. Ensuite, ils s'installèrent à l'extérieur. Ben, dans son hamac, affirmait qu'il pouvait parfaitement lire à la clarté des étoiles. Keith se tenait derrière la clôture avec le télescope et il cria qu'il avait repéré un poisson phosphorescent dans la baie.

— Vite, allons nager !

Par la suite, Buzz lui déclara que c'était dangereux de nager auprès de poissons phosphorescents, car les requins sont attirés par la lumière. Mais cette nuit-là, ils plongèrent parmi eux avec des masques et des palmes, nagèrent sur place et admirèrent les motifs des tapisseries formées par les poissons. Maigrichons, frissonnant, les gamins s'allongèrent sur la plage avec le télescope, observant les étoiles à tour de rôle. Plus loin, bercés par les vagues, Buzz et Maya s'embrassaient, entremêlant leurs membres salés, riant dans la chaleur moite de la nuit. Ensuite ils se couchèrent sur le sable, à côté des garçons, se repassant le télescope. Buzz caressa le bras de Maya, posa doucement la main sur son ventre.

— C'est sûrement une fille, dit-il. Tu n'as pas beaucoup grossi.

Maya se rehaussa sur un coude, baisa ses lèvres au goût de sel.

— Maintenant je suis contente d'attendre ce bébé. Il en a de la chance, ce petit !

À ce moment-là, elle croyait que cet enfant naîtrait dans un monde tendre et sûr.

Keith leur rappela qu'ils avaient rapporté des marshmallows de Guadalajara pour accompagner les chocolats chauds. Buzz fit du feu dans le grand brasero de cuivre posé sur le sol du séjour, Maya prépara le chocolat chaud sur le réchaud, le faisant mousser avec un fouet en bois. Il était une heure du matin, mais ils tirèrent Nathan du lit pour qu'il participe à la fête.

Pendant les quelques jours qui suivirent, au lieu de l'école, Buzz, les garçons et Juanito attrapèrent des papillons qui voletaient, ondulant, dans le bocal d'arsenic, et qu'on fixait sur de la ouate, sous une vitre. Ce qu'ils n'avaient pas acheté, et dont la nécessité se faisait sentir, c'était un livre sur la question.

Un jour, de bon matin, Buzz et les garçons emportèrent des sandwiches et de l'*agua de Jamaica* pour remonter le cours de la rivière, à la recherche des papillons noir et vert fluo qu'ils avaient aperçus dans le latanier mauve sur la piste de Chacala. Nathan les avait suppliés de l'emmener ; aussi, quand Pilla eut préparé le feu et apporté l'eau, Maya lui donna sa journée. Boudeuse, Pilla s'en alla. Elle aurait préféré être avec Nathan ou rester dans le magnifique jardin.

Maya ratissa le sol, s'allongea dans le hamac pour regarder les mouettes voler au-dessus de la rivière, vers les terres. De temps en temps, elle se levait pour se pencher sur ses haricots, puis reprenait le fil de sa paresseuse rêverie. Un rapace s'envola très haut au-dessus du figuier étrangleur et sur l'autre rive des *zopilotes* battaient des ailes autour d'une carcasse de chevreuil.

C'était agréable d'avoir la maison à soi. Elle restait alanguie dans le parfum du datura quand retentit le coup de sifflet du *Paladín.* Alors elle se leva et rajouta du bois dans le brasero. À l'aide d'une longue fourchette, elle fit griller des piments verts, les éplucha avec un petit couteau. Ils étaient âcres et brûlants. Des larmes lui vinrent, qu'elle essuya du revers de la main.

Victor était apparu sans bruit, sans prévenir. La rivière était encore trop haute pour être franchie à gué. Il avait dû parcourir la plage et emprunter le sentier. Ses souliers de luxe avaient pris la poussière. Il puait la sueur et l'eau de toilette. Elle ne parla pas, ne réfléchit pas. Elle le poignarda au ventre avec l'économe. Le sang jaillit et coula sur son pantalon blanc de fine étoffe. Il rit et attrapa un chiffon.

— Donne-moi un pansement.

Elle ne bougea pas. Avec l'instinct sûr du voleur, il se dirigea tout droit sur le panier où se trouvait la trousse de secours, appliqua de l'alcool sur la plaie toujours saignante, s'enveloppa soigneusement d'une bande. Le sang transperçait, rouge contre la gaze blanche, sa peau noire et coriace.

Il monta sur le *tapanco*, en redescendit vêtu d'un pantalon appartenant à Buzz, d'un T-shirt avec l'inscription SOUTENEZ LA SANTÉ MENTALE. C'était un vieux cadeau, pour rire. Il se servit un verre de *raicilla* et s'étendit sur un hamac à côté d'elle, se balançant d'un pied, à présent déchaussé.

— T'en fais pas, dit-il. C'est superficiel.

— Va-t'en, Victor. Buzz est clean. J'attends un enfant. Fiche-nous la paix.

— J'ai hâte de revoir ce vieux Buzz.

— Il va rentrer tard. Tu vas rater le bateau.

— J'attendrai.

Ils attendirent, Victor dans le hamac, Maya toujours au fourneau, tenant son couteau. Le *Paladín* siffla et prit le large.

Ils rentrèrent, riant sur le sentier. Oh, les merveilleux papillons. Mais Ben et Keith avaient des tiques, dans les cheveux, sur les jambes. Ils s'agenouillèrent dans l'herbe tandis que Maya les extirpait, certaines devaient être brûlées à la cigarette. Munis d'une savonnette, les deux garçons partirent en courant vers la rivière afin de prendre un bain.

Buzz et Victor s'attablèrent, parlant tout bas, se partageant un joint.

— Tu as été étonnée de revoir Victor ? lui lança Buzz.

Maya ne répondit pas. Elle hachait de la viande et des oignons pour faire des tacos.

— Pour être étonnée, elle a été étonnée, répondit Victor. J'ai été accueilli comme un prince.

Elle envoya les garçons chez Liz et Jay avec un bol de chili vert et un petit mot demandant s'ils pouvaient passer la nuit chez eux. Enchantés, ils emportèrent le télescope et les filets à papillons pour le lendemain matin.

À la tombée du jour, Teodora et Donasiano passèrent près de l'entrée avec la vaisselle dans le baquet. Ses poules allaient se percher en gloussant dans les buissons et les arbustes pour la nuit. Après le repas, Maya débarrassa et alla coucher Nathan dans la chambre en adobe. Elle alluma une lampe à pétrole, vérifia qu'il n'y avait pas de scorpions dans le lit. Les yeux de Nathan se fermaient : il était fatigué de son excursion mais elle continua à lui chanter des chansons et à lui caresser la tête, alors même qu'il s'était endormi. « Swing Low, Sweet Chariot », « The

Red River Valley». Elle se les chantait à elle-même, trempant l'oreiller de larmes.

Buzz avait fait un grand feu dans le brasero ; assis en tailleur, les hommes buvaient du café, fumaient de la marijuana. Maya s'attabla avec un verre de *raicilla*. Elle s'éclipsa, soumise, quand Buzz lui déclara qu'elle devait être fatiguée, bonne à aller se coucher.

— *Duerme con los angelitos*, ajouta Victor.

Les vagues s'écrasaient là-bas sur la plage, la rivière clapotait contre la berge, tout près. Quelque part, quelqu'un coupait du bois, on jouait de la guitare. Elle s'efforçait de ne pas écouter leurs voix à travers ces bruits, mais c'était plus fort qu'elle.

— Je crois que tu me dois cinq mille… dollars, disait Buzz.

— Jésus, un coup dur, *ese*. Quelle arnaque… J'ai perdu dix mille moi-même. Voilà pourquoi je te cherchais. Je peux me rattraper, attends de voir ce que j'ai…

— Quoi, encore cette merdique shit mexicaine ?

— Mais non. C'est dans une boîte scellée. Scellée. Il y a des ampoules de verre à l'intérieur. Morphine pure à usage médical. Dix milligrammes la dose. Vois par toi-même, mon vieux. Scellée. Le « high » garanti. Avec mes excuses en prime.

Silence. Elle ne voulait pas entendre, pas regarder. Elle but encore de la *raicilla,* se couvrit la tête d'un oreiller, mais ne put s'empêcher de ramper jusqu'au bord du *tapanco* pour regarder en bas, comme ces gens que captivent un incendie, un accident mortel. Elle regarda, alors même qu'elle était dégoûtée par ces visages émaciés, des têtes de mort à la lueur des flammes. L'air du camé sur le point d'avoir sa dose, intensément sexuel, un air de convoitise, de nécessité absolue. Serrés l'un contre l'autre, ils se garrottèrent réciproquement le bras. Victor fit chauffer la cuillère dans le feu.

— Doucement, mon gars, c'est pas un truc coupé comme on a l'habitude.

Buzz remplit la seringue le premier, tâtonna avant de trouver une veine. La seringue se remplit de sang et il poussa le piston. Le garrot tomba de son bras. Son visage se pétrifia, ses yeux mi-clos exprimaient l'euphorie. Son corps aussi semblait s'être pétrifié mais il se balançait lentement avec un sourire – celui des personnages sur les sarcophages étrusques. Il gémissait, doucement, comme psalmodiant. Victor l'observa d'un air satisfait, puis remplit la seringue et se shoota. À la minute où il eut sa dose, il tomba en avant dans les flammes. Maya cria mais Buzz ne bougea pas. Elle sauta à terre, de haut, atterrit sur les genoux. Ils étaient égratignés ; des larmes lui piquaient les yeux, une gamine aux genoux couronnés. Il y avait une odeur écœurante de cheveux et de peau brûlés. Elle attrapa Victor et lui fourra la tête dans le sable. Il était mort. Buzz gisait à terre, à présent. Il avait le souffle court, son pouls était ralenti. Impossible de le réveiller. Elle le recouvrit d'une couverture navajo, souffla la lanterne et resta là, dans le noir. Tremblante, elle resta longtemps assise à la table, dans une solitude totale.

Elle alla voir Nathan. Il dormait à poings fermés. Elle embrassa ses cheveux moites et salés. De retour dans le séjour, elle cacha l'aiguille et la boîte de morphine dans un bidon, vida les poches de Victor, brûla son portefeuille et sa carte d'identité dans les braises encore rouges. Elle roula ses lunettes dans le T-shirt SOUTENEZ LA SANTÉ MENTALE et les mit dans le *tapanco*.

Elle traîna son cadavre par les pieds, hors de la maison, sur l'herbe et par la porte d'entrée. Là, elle se reposa un peu au clair de lune. Une colonne de fourmis se hâtait sur le chemin. Maya fut prise d'un fou rire hystérique, puis se calma et le tracta par-dessus les joncs et jusqu'à la berge, où elle le hissa enfin dans le bateau. Le cadavre puait la chair brûlée et la merde. Elle eut un haut-le-corps et vomit. Elle poussa la *panga*, qui ne bougea pas ; pour finir elle s'accroupit et poussa de l'épaule, tant et si bien que l'embarcation glissa lentement dans le courant. Pataugeant dans l'eau froide, elle la poursuivit et grimpa à bord, tira sur les membres du mort pour atteindre les rames. La *panga* avançait en douceur tandis qu'elle ramait, la brise soufflait dans ses cheveux trempés de sueur. Ayant atteint la *boca*, elle rentra ses rames, priant pour atteindre le rouleau juste comme il fallait. Une vague envoya le bateau haut dans les airs. Il atterrit avec un grand *splash*, tournoya follement. Alors, elle poussa fiévreusement sur ses rames, en fredonnant pour se calmer, d'abord d'un côté, puis de l'autre.

Elle était au milieu de la baie et progressait doucement et régulièrement vers le large. La brume masquait la lune et les étoiles, si bien qu'il faisait nuit, mais les vagues qui s'écrasaient sur la plage au loin étaient toutes argentées. Il n'y avait qu'un seul point lumineux dans le village. Des cloques aux mains, elle continua néanmoins à ramer, passant devant les rochers blancs, la pointe. Elle rama jusqu'à ce que le point lumineux eût disparu et qu'elle sentît le bateau entraîné vers le sud par le fort courant au-delà de la baie. La frêle embarcation tourna et tangua tandis qu'elle s'efforçait de manipuler le cadavre. Enfin, elle le poussa dans l'eau, où il retrouva une légèreté éphémère avant de couler à pic.

Elle avait les poumons en feu, la tête près d'éclater tandis qu'elle ramait de nouveau, luttant contre le courant pour revenir dans la baie. Une fois dans l'anse, elle dut s'arrêter souvent pour tâcher de se repérer à l'oreille, guettant le doux murmure des vagues déferlant sur la plage. La brume avait fait place aux nuages. Il faisait tellement sombre et ses mains étaient si ensanglantées qu'elle n'arriva pas à échouer le bateau. Il chavira, elle perdit les rames. Elle nagea alors sous l'eau pour recouvrer sa liberté. Gesticulant, suffoquant, elle s'aperçut qu'elle avait pied. Une écume fraîche et blanche tourbillonnait autour d'elle. Elle s'allongea dans le sable en attendant d'avoir la force de franchir la rivière. Les eaux lui en semblèrent tièdes, pesantes après l'océan. Des crabes, une tortue, butèrent contre sa jambe; des bancs de menu fretin chatouillaient ses chevilles comme des gouttes de pluie.

Elle atteignit le sentier et – la force de l'habitude – suivit la colonne de fourmis jusqu'au jardin. Même dans le noir, on pouvait voir qu'elles avaient dévoré roses et giroflées. Deux ânes s'étaient introduits dans le potager, elle les chassa et ferma cette porte, celle de la grange aussi. Elle pouffa de rire. À l'intérieur, Buzz était allé se mettre dans un hamac. Nathan dormait paisiblement. Il faisait encore nuit, mais des coqs avaient commencé à chanter, des ânes à braire.

Maya tremblait en pansant ses mains truffées de grosses cloques. Buzz se réveilla, se redressa tout droit, désorienté.

— Où est la boîte ?

— En lieu sûr.

— Où est la boîte ?

— Dans le bidon bleu.

— Où est Victor ?

— Il est mort. Overdose.

— Où est Victor ?

— Parti. Monte te coucher.

Buzz alla uriner au fond du jardin. Le ciel était bleu lavande. Les jambes raides, il s'approcha de l'échelle et grimpa sur le *tapanco*. Il avait la boîte avec lui.

Maya traîna le brasero sur le chemin, jeta les braises encore rouges et les cendres dans la rivière. Elle récura le récipient avec du sable.

À l'intérieur, elle fit bouillir de l'eau, remit des pansements propres sur ses mains. Tout était difficile, d'un contact ouaté, à cause de ces pansements. Ratisser, balayer. Gauchement, obstinément, elle balaya le sable du séjour afin qu'il soit tout lisse, comme si personne n'était venu.

Pilla arriva avant le réveil de Nathan. Maya s'était changée et peignée, elle buvait du café, attablée.

— *Doña* ! Tu es malade ? Et tes mains ! *Que pasó ?*

— Pilla, la nuit a été horrible. Le Señor a été très malade, peut-être la dengue. Je l'ai veillé toute la nuit, je suis tombée de l'échelle et je me suis ramassée sur les mains.

Aussitôt, quand la dépendance reprend, les mensonges reprennent. La peur revient.

Les soupçons. Ces gringos ont dû picoler, se disait Pilla. Mon pauvre Nathan !

— Et le Mexicain ?

— Parti.

Pilla alla dans le jardin.

— Le bateau aussi, dit-elle, pince-sans-rire.

— *No te digo pues…* Une nuit horrible.

— *Aí, y las rosas !* Les fourmis les ont mangées !

Perdant patience, Maya l'interrompit :

— S'il te plaît, habille Nathan et emmène-le déjeuner au village. Ramène-le pour le dîner. Il faut que je me repose. Je suis inquiète pour mon bébé.

— Tu n'as pas de saignements, de crampes ?

— Non, mais je suis épuisée. S'il te plaît, charge-toi de Nathan.

Maya se sentait sur le point de hurler, de sangloter, de vomir, mais elle resta calme, berça Nathan, qui s'était réveillé et pleurait amèrement sur le bateau disparu. Luis accourait sur le sentier, sa machette miroitant au soleil. Il faisait déjà très chaud.

— *Fíjase, señora.* Ronco a trouvé votre bateau fracassé à la pointe, sur les rochers aux pélicans.

— Et l'homme ? Il s'est peut-être noyé !

Pilla se réjouissait d'avoir toutes ces nouvelles à rapporter au village.

— Non, il est parti à pied. Le bateau a dû se détacher. La rivière est en crue. On s'en procurera un autre, plus joli, Nathan.

Pour l'amour du ciel, si vous vous y mettez tous… se disait-elle.

— Je n'aimais pas sa dégaine. *Callejero… vicioso*, chuchota Pilla à Luis.

Vicieux, le mot espagnol pour drogué.

Maya s'allongea dans le hamac sous le manguier et elle s'assoupissait quand Liz apparut, souriante, à l'entrée. Bonjour ! Elle était superbe dans sa longue robe rose, sa chevelure rousse flamboyait au soleil.

— Entre, Liz, je suis trop fatiguée pour me lever.

Les deux amies s'embrassèrent ; Liz approcha du hamac un siège en cuir. Elle sentait le propre.

— Comme tu es clean !

Les larmes coulaient sur le visage de Maya.

— Qu'est-ce que tu as, ma petite ? Oh, c'est le bébé ? Tu n'es pas en train de le perdre ?

Elle lui prit la main.

— Non, c'est Buzz. Un dealer s'est pointé hier. Buzz se drogue de nouveau.

— Il a tenu très longtemps, Maya. Il va se ressaisir. Sois patiente. Il vous aime, toi et les enfants. C'est un homme magnifique, une âme belle et noble. Et il vous aime beaucoup... Sois patiente.

Maya acquiesçait tandis qu'elle parlait, frissonnante, claquant des dents.

— Je veux retrouver le monde réel.

Liz désigna les frondaisons vertes, le ciel.

— Ici, c'est le monde réel, Maya. Tu es juste fatiguée. Repose-toi aujourd'hui. Jay emmène les garçons et Juanito jusqu'aux vergers, au-delà de la cascade.

Elles burent du thé. Liz caressait les cheveux de Maya, lui tapotait l'épaule.

— T'en fais pas. Tout va s'arranger.

Maya s'endormit et Liz s'en alla.

Elle fut réveillée par le coup de sifflet du *Paladín*. Il arrive ou il repart ? C'est ma tête qui s'en va ! Pourquoi je blague quand ça va au plus mal – comme le faisait maman ?

Le *Paladín* se dirigeait vers le grand large. Maya se rallongea dans son hamac, dans la chaleur accablante de l'après-midi. Non, rien ne s'arrangerait. Angoisse et désolation lui étaient familières, comme un retour. À la poussière.

Ma vie est un livre ouvert

Vous savez, la seule à Corrales qui n'est pas en adobe. Cette ferme blanche à deux étages, un bosquet de peupliers plus hauts que la maison. Sur un terrain de deux arpents, qui jouxte le pré de Gus et son troupeau de Black Angus. Deux ans qu'elle est partie, mais pour nous tous c'est encore la maison Bellamy. Avant Claire Bellamy, c'était le ranch Sanchez, peu importe qui y habitait. C'est l'éleveur de moutons qui l'a construite en 1910.

Toute la ville mourait d'envie de voir quelle pauvre innocente avait pu acheter ça. Je ne pouvais pas m'empêcher d'avoir pitié d'elle, même si c'était seulement mille dollars d'acompte. Sûr qu'elle serait riche aujourd'hui, si elle l'avait gardée. N'importe qui aurait pu lui dire que la pompe était sur le point de lâcher, lui parler des termites et du câblage électrique. Le toit qui s'effondrait, personne n'aurait deviné. Un toit rudement solide, dans le temps.

Claire était divorcée, la trentaine, quatre enfants. Le plus âgé avait une dizaine d'années, le bébé ne marchait même pas. Elle enseignait l'espagnol à l'université, donnait aussi des cours particuliers. Tous les matins, elle conduisait les grands à l'école, les petits chez Lupe Vargas. C'est elle qui a peint tout l'intérieur, clôturé le corral, planté des légumes, fabriqué le clapier. Sûr qu'ils ne mangeaient pas les lapins, ni les canards, ils les laissaient courir partout, une chèvre et un poney aussi. Deux chiens et une dizaine de chats. Venez, par-derrière… on peut voir la maison comme je vous vois.

On voyait mieux du temps qu'elle était là. Elle n'avait mis de rideaux à aucune de ces grandes fenêtres. Et moi, j'ai ces jumelles. Pour les oiseaux. Un grand pic a fait son nid dans ce vieux peuplier mort. Elle aussi, elle aimait les oiseaux. Le soir, elle allait s'accouder à la barrière de Gus, quand les carouges à épaulettes étaient tous là. Un spectacle ravissant, tous ces oiseaux rouge et noir contre l'herbe verte, les vaches noires.

C'était comme une maison de poupée grandeur nature. Partout des gamins, les siens et ceux des voisins. Dans les arbres, des chariots, sur des tricycles ou le poney, cavalant sous les gouttes du tourniquet d'arrosage. Des chats à toutes les fenêtres. Le soir, on pouvait les voir, elle et les garçons, à la table, et après avoir fait la toilette des petits elle les couchait et faisait la lecture à Ben et Keith. Ensuite, la lessive, nourrir les bêtes. La salle à manger s'éclairait ; elle étudiait pendant des heures. Si moi ou Arnold, on se levait pour sortir le chien, à minuit, une heure du matin, elle veillait encore… quelquefois, elle s'endormait sur place, le front sur la machine à écrire.

Et elle était debout à six heures du matin, pour nourrir les bêtes et préparer ensuite les gosses pour l'école. Elle faisait du soutien scolaire à titre bénévole ; Ben et Keith étaient inscrits chez les scouts et les 4-H [1]. Ben prenait des cours de violon chez Mlle Handy. La ville l'avait à l'œil et avait quasiment décidé que c'était une bosseuse et une sacrée bonne mère.

Et tout à coup, la voilà avec le jeune Casey. Une mauvaise graine, Mike Casey. Lui et son frère, Pete. Depuis toujours. Ils ont abandonné l'école, volé, consommé des drogues. Fumé de la marijuana, devant Dieu et tout le monde, devant l'épicerie d'Earl. Leurs parents sont deux vieux soûlots. Croyez-moi, c'était une pitié. Au moins, Mike aidait à la maison. Il faisait un peu de cuisine et le ménage. La plupart du temps, il jouait de la guitare et fabriquait des bateaux. Des modèles réduits, à partir de rien, à la perfection. Mais quelle dégaine. Une longue tignasse sale, une boucle d'oreille. Tenue de motard avec la tête de mort dans le dos, un grand couteau. Croyez-moi, on le remarquait. Dans le genre à faire peur.

À la rigueur, on aurait compris qu'elle se mette en ménage avec un homme bien, mais c'était un taré, et dix-neuf ans à peine, par-dessus le marché. Et on ne peut pas dire qu'elle faisait un effort pour se cacher. Ils allaient à pied jusqu'au fossé, en plein jour, elle et Casey, les enfants, les chiens et un chat qui aimait nager.

1. Mouvement de jeunesse citoyen, chapeauté notamment par le ministère de l'Agriculture.

Le week-end, ils mettaient des sacs de couchage et un réchaud dans son pick-up à lui, et allaient Dieu sait où.

Elle continuait à étudier aussi tard qu'avant, sauf qu'il était là aussi, à écrire ou à jouer de la guitare. Puis, il y avait de la lumière dans la chambre, leur chambre, je suppose. Deux fois, à la pleine lune, je les ai aperçus sur le toit, et là-haut dans les arbres. On ne pouvait pas faire autrement que les voir, les voir comme je vous vois.

Une nuit, je l'ai vu trimbaler un truc lourd dans un sac de jute. C'était, figurez-vous, l'ange en marbre rose du cimetière. Il est vraiment ancien, des gens viennent spécialement pour le voir. J'avait l'idée d'appeler Jed, il est de la police, mais Arnold a dit : Attendons. C'est vrai qu'elle a piqué sa crise, on la voyait gesticuler et hurler. Il l'a rapporté cette nuit-là : mais il l'a replacé sur la tombe dans le mauvais sens, face aux montagnes. Et c'est resté comme ça.

Bessie estimait qu'elle avait besoin d'être sermonnée. Ce jeune avait été à Nazareth, et deux fois en cellule. À tout moment il pouvait craquer et assassiner tous ces pauvres enfants, ou pire. Elle lui confiait même le bébé. Quand elle était partie, il laissait Ben et Keith conduire son pick-up dans le champ et tirer à la carabine à air comprimé sur des boîtes de conserve. On se faisait un sang d'encre, nous autres. Mais personne n'est allé lui faire la leçon, même si on a conseillé à Mattie Price et Lupe Vargas de ne pas laisser leurs enfants jouer là-bas.

On a un film de l'après-midi où nous avons connu Casey. Nathan avait appris à nager dans le fossé la veille, et il voulait qu'on garde une trace. C'était la deuxième belle journée d'été. J'étais allongée sur le plaid, à surveiller les enfants, à écouter les corneilles, à regarder les libellules à travers le zoom. Des dizaines de libellules d'un étonnant bleu fluo, avec le soleil d'un bleu plus pâle à travers les entrelacs de leurs ailes, filant, restant en suspens, lapis lazuli rasant les eaux vertes.

Et voilà qu'un galion espagnol, toutes voiles gonflées, passe juste à travers. Un navire finement ouvragé, d'environ quarante centimètres de longueur. Il était à Casey. Je venais de voir son frère, Pete, ce matin-là, sur North Fourth Street, dans une cabine téléphonique avec un chalumeau. Casey avait quelque chose de ridicule, attifé comme il l'était, avec son blouson de cuir à tête de mort cloutée dans le dos. Il m'était toujours apparu comme un personnage magique, une silhouette extraite d'*Orfeu Negro*. Ou comme un Pierrot, de loin, contre les dunes de sable blanc ou les tamaris roses dans les bois, contre le sable rouge et frais du lit de la rivière.

Accroupi sur la berge, il laissa les enfants jouer avec son bateau, leur expliqua comment il l'avait fabriqué. Au bout d'un moment, il en reprit possession, le sécha avec un T-shirt et l'enveloppa dans son blouson noir. Puis, ôtant son pantalon, il plongea dans l'eau, éparpillant les libellules. Son corps était magnifique. Un visage genre guerre de Sécession, rustique, émacié, des yeux au regard fuyant, enfoncés dans leurs orbites, une bouche maussade, de mauvaises dents. Il a dîné chez nous et n'est plus jamais reparti. Ce soir-là, il m'a montré une trappe pour accéder au toit, une corniche au sommet des peupliers. De là, on pouvait voir l'ensemble de la bourgade, les vaches endormies. Une chouette dans l'arbre. Nous sommes devenus amants là, sur le toit. Le lendemain matin, quand on s'est réveillés dans mon lit, c'était déjà quelqu'un qui m'était connu, familier. Il n'y a pas eu de transition. Quand je suis descendue, les garçons et lui faisaient des crêpes et ensuite il a emmené les trois plus grands se baigner dans le fossé.

J'essaie de me rappeler de quoi on pouvait bien parler, mais en vain. Et pourtant j'aime causer, mes gosses aussi. Avec Casey, on faisait des choses sans paroles. Toute la journée sur la *mesa* à creuser, à la recherche de fragments de poterie, marmonnant ou soupirant, poussant un cri de joie chaque fois qu'on déterrait une coquille d'haliotide, une turquoise, un beau tesson. Silencieuses, nos parties de pêche. Crapahuter dans le canyon De Chelly, grimper jusqu'à Pueblo Acoma. Du haut de sa chaise, Joel, le tout-petit, regardait avec fascination ses frères l'aider à fabriquer ses maquettes de bateau. La nuit, quand j'étudiais ou notais mon tas de copies, Casey dessinait ou jouait de la guitare. Lorsque je le regardais, il me regardait aussi.

Nous campions souvent sur nos falaises. Pas loin de la ville, mais la route était mauvaise et il fallait beaucoup marcher. Austères falaises rouges, à-pic au-dessus de la vallée, regardant loin au sud, au-delà de la Route 66, au-delà d'Acoma, Rien pour indiquer que des Indiens avaient jamais vécu ici, ce qui était étrange, car c'était un endroit empreint de sacralité. Les Sandia, le Jemez, le Río Grande. On explorait, escaladait, contemplait le faucon sur fond de soleil couchant. Des porcs-épics à piquants verts. Des engoulevents au crépuscule et une chouette la nuit. Des chiens sauvages que les garçons prenaient pour des coyotes. On a vu le puma tuer le chevreuil. Ce fut très beau. Vraiment. Personne n'allait jamais sur nos falaises, sauf le chasseur qui tua le puma. Nous n'avions pas vu cet homme, mais sa photo et celle du puma étaient dans le journal. On a cherché des traces alors et on en a trouvé – chevreuil, puma, chien et être humain. Près du cours d'eau.

Il m'a fallu huit mois avant que j'y songe. J'avais ignoré les coups d'œil des vieilles femmes à l'épicerie d'Earl et nous avions juste rigolé en voyant Jennie Caldwell en train de nous surveiller à la jumelle depuis sa véranda, derrière sa maison. Casey et moi, on faisait scandale, m'expliqua Betty Boyer. Là-dessus, Keith m'apprend que les petits Price n'ont plus la permission de venir chez nous. Je me suis assise sur notre véranda. La raison pour laquelle je m'étais installée à Corrales, c'était pour refaire ma vie, élever convenablement mes enfants. Dans une bourgade paisible, une communauté où m'intégrer. J'avais alors pour projet de décrocher mon doctorat et d'enseigner, d'être un bon professeur et une bonne mère. Si j'avais imaginé un homme dans le paysage, c'eût été un type grisonnant, courtois, avec du bien. Et voyez le résultat.

Casey lavait la vaisselle. Il me héla, me demandant ce que je fabriquais.

— Je réfléchis.

— Putain, Claire, réfléchis pas.

Trop tard.

— Il faut que tu t'en ailles, Casey.

Il a pris sa guitare, dit « À la prochaine » et il a disparu. Ce fut aussi difficile pour les enfants que pour moi. Surtout le jour où on a découvert une sépulture zuni sans lui, et à la fête du cerf, à San Felipe.

Marzie, une autre étudiante de troisième cycle, m'invitait sans cesse à sortir avec elle. Elle était membre du Sierra Club et des Célibataires branchés, et même des Parents sans partenaires, alors qu'elle n'avait même pas d'enfant.

Casey retrouva à peu près sa place dans nos vies. Il n'habitait plus chez nous et on ne couchait plus ensemble, en général, mais il était très souvent là. Avec les garçons, il creusait une mare aux canards. Il surveillait les enfants pendant que j'étais à la bibliothèque. Bientôt les examens de dernière année. Le week-end, on allait nager dans le fossé ou se balader sur les falaises. Joel apprenait à marcher.

Je me rappelle avoir parlé à Ben et Keith au téléphone, disant que c'était un jour à marquer d'une pierre blanche, obscure expression. Mon dernier examen et, cet après-midi-là, je réceptionnais un combi Volkswagen neuf.

J'avais dit à Marzie que je sortirais avec elle, pour fêter ça. Soirée dansante au club des Germano-Américains. Pas d'intellectuels, pas d'universitaires. Que des joyeux lurons, disait-elle.

J'ai ramené le nouveau minibus à la maison. Les garçons en furent enchantés. Un lit intégré, un réfrigérateur, et une cuisinière. Joel y monta tout de suite avec sa couverture et ses jouets, il n'arrêtait pas d'y monter et d'en descendre, des heures durant. Casey emmena toute la bande faire un tour en pick-up tandis que je préparais le repas du soir et m'habillais. Minijupe et longues boucles d'oreilles. Les enfants étaient si scandalisés de me voir m'absenter que j'ai réalisé que j'aurais dû le faire bien plus tôt. J'ai expliqué à Casey que je serais au club des Germano-Américains. Je rentrerais tard, l'appellerais pour prendre des nouvelles. J'avais pensé in extremis à me parfumer.

Le club des Germano-Américains, très moyen. Disco bruyante, puis un groupe folklorique en culottes de peau. Accordéons. On dansait avec des pilotes de la base de Kirtland ou des techniciens du laboratoire Sandia. Les mecs qui fabriquent la bombe atomique. Qu'est-ce que je fichais là ? J'ai appelé cinq ou six fois à la maison, mais c'était occupé. Le téléphone devait être décroché. On avait une chatte, une petite maligne, qui avait l'habitude de le renverser pour avoir le plaisir d'entendre la voix dire : votre téléphone est décroché. Au bout d'un moment, à force de danser et de siffler des bières, j'ai commencé à m'amuser. Tout le monde vous dira que je ne tiens pas l'alcool. Dans sa combinaison argent, Marzie avait l'air encore plus ridicule que moi. Elle a disparu, et je me suis retrouvée avec un pilote nommé Buck. Beau dans le genre nazi, un vieux Richard Widmark en noir et blanc.

J'ai cru que le jeune Casey avait perdu la boule, complètement disjoncté. Il conduisait ce pick-up comme un damné, sillonnant la route bordée par le fossé, roulant sur la berge à toute vitesse, avec la poussière qui volait, les corbeaux qui croassaient et trois des pauvres petits Bellamy aux premières loges, dans la cabine. Je me suis dit : là, ça dépasse les bornes, et j'ai alerté les flics. Jed devait tailler le bout de gras avec Earl, à la boutique, car la voiture de patrouille fut là cinq minutes plus tard, avec le gyrophare, les sirènes et tout. Casey a commencé par accélérer pour s'enfuir, mais très vite il s'est arrêté et il est descendu du pick-up. Il avait l'air d'un fou. Earl et lui sont montés sur la berge pour regarder dans l'eau, comme s'ils se demandaient si le poisson mordait. Earl est allé parler dans sa radio, puis Casey et les enfants l'ont suivi jusqu'à la maison Bellamy. J'ai pris mon pull et une lampe de poche, et j'ai coupé à pied par le champ de Gus.

Elle était sortie, dans son minibus neuf, pour fêter la fin de l'année scolaire au club des Hispano-Américains. C'est la matière qu'elle enseignait, l'espagnol. Ils étaient à table, quand Casey s'était aperçu que Joel avait disparu. Le petit venait d'apprendre à marcher. Ils l'avaient appelé, avaient fouillé partout dans la maison, mais dehors ils étaient tombés sur ses petites tennis rouges. Une bien triste vision, ces petites tennis rouges. Pieds nus, il ne peut pas être allé bien loin, ai-je dit, mais Jed a répondu que le fossé n'était pas loin. Qu'il n'y avait plus qu'à les curer, ces fossés. Il a contacté le corps des pompiers volontaires et sollicité des renforts de police.

Les hommes sont tous allés au fossé. Casey et les garçons fouillaient les bois. Comme des gens arrivaient, j'ai envoyé Arnold à l'église, pour qu'il en rapporte la fontaine à café, et chez Earl pour qu'il se procure des gobelets en plastique et du lait. Earl a offert une caisse de Coca, glacé. J'ai envoyé Arnold chercher chez nous les plats de gratin de pâtes au thon qui étaient au congélateur et deux tartes aux myrtilles. Bessie, qui ne s'avoue jamais vaincue, est retournée chez elle pour se procurer un poulet, un jambon entier et de la salade de pommes de terre. Lupe Varga, elle, s'est pointée avec une bassine de *tamales*. Ça fait chaud au cœur de voir comme la communauté se serre les coudes en cas de malheur. Et ces volontaires, ces hommes qui drainaient les fossés, c'étaient justement les fermiers qui avaient besoin de cette eau pour leurs récoltes, et plus que jamais à ce moment de l'année. Mais aucune plainte. On faisait ce qu'il y avait à faire.

Il faut trouver la mère, ai-je dit. Je n'arrêtais pas de repenser à la figure du jeune Casey, blanche comme la craie, si choqué qu'il pouvait à peine parler. Il déclara qu'elle était allée faire la fête. Claire Bellamy n'avait pas passé une seule soirée hors de chez elle depuis qu'ils avaient emménagé, un an plus tôt. Casey avait l'air effrayé et coupable. Oui, coupable. Où était-elle ? Peut-être qu'il les avait assassinés et enterrés sans que je le voie, mais c'était peu plausible. Peut-être étaient-ils morts, dans le grenier ? J'ai cherché dans le bottin le club des Hispano-Américains. Ça n'existe pas. J'ai appelé l'université et je me suis procuré le nom de ses professeurs. Personne n'avait jamais entendu parler de ce club non plus, mais ils étaient tous ébranlés à l'idée que le petit s'était peut-être noyé. Ils m'ont donné le numéro de ses étudiants et amis, mais aucun d'eux n'avait entendu parler d'une fête et j'étais donc très inquiète.

Où était son arme ? Et s'il se sentait acculé et tirait dans le tas ? On lit souvent de ces choses dans les journaux. Je me suis dit qu'il valait mieux en parler à Bessie. Nous avons laissé Mabel Storm continuer à appeler les gens à partir du répertoire de Claire Bellamy, tandis que nous passions les lieux au peigne fin. Nous avons fouillé dans tous les tiroirs et placards, mais sans trouver l'arme. Dans sa chambre, cependant, exposés au grand jour, il y avait des dessins d'elle. Toute nue. Nue comme un ver. Juste à la vue de ces pauvres enfants innocents. Et des poèmes sur un sein doux comme la soie et autres bêtises. C'était si émouvant qu'on a tout déchiré, poèmes et dessins. Elle sait tenir son intérieur, on ne peut pas dire le contraire, a déclaré Bessie, et elle n'avait pas tort.

L'hélicoptère et les chiens policiers sont arrivés en même temps. Un raffut du diable, le battement des pales et les aboiements. Les petits Bellamy, qui étaient du côté du fossé, ont rappliqué pour regarder l'appareil se poser dans leur cour et les chiens renifler les petites tennis rouges. Je leur ai dit qu'ils devraient avoir honte, de s'amuser comme ça alors que leur petit frère s'était sûrement noyé. Ils sont devenus sérieux pendant deux minutes environ. Nathan a même pleuré, puis ils ont couru après les chiens à travers champs. Comme il y avait un monde fou à présent, on s'activait à la cuisine, Bessie et moi. Un tas d'amis de Claire Bellamy. Mabel avait dû appeler tous les noms figurant dans le carnet de Claire. Deux religieuses d'une école où elle enseignait. Une dizaine d'élèves du lycée Río Grande venus directement du bal de fin d'année, en smoking ou complet noir. Ses professeurs à elle, ainsi que son ex-mari, au volant de ce qui s'avéra être une Lotus. Tous les gosses sont allés voir la voiture. Il était avec une Française qui parlait français avec les religieuses. Puis, un autre ex-mari s'est pointé. On n'en revenait pas. Il était avec sa mère à lui, une vraie virago. Je n'aimerais pas la voir fouiner chez moi. Le premier ex-mari revenait d'Italie, il n'avait jamais rencontré le deuxième. Mais ils ont été bien polis, se sont serré la main et l'un d'eux a dit : « Il n'y a rien d'autre à faire qu'attendre, hélas. » Il y avait plein de trucs à faire, mais j'ai tenu ma langue. Deux Mexicains patibulaires sont arrivés. Puis deux gentilles dames qui connaissaient la première belle-mère. Puis, d'autres professeurs. Ils ont été complètement bouleversés quand cette forte en gueule de Bessie leur a déclaré que ce n'était pas seulement qu'on craignait la noyade du bébé, mais que Claire Bellamy elle-même avait peut-être été assassinée.

Les hommes sont revenus du fossé, crevés. Casey est rentré avec les enfants, les a fait dîner et les a emmenés se coucher. Les hommes ont mangé un morceau, puis sont allés fumer dehors et se passer une bouteille de main en main, comme à une fiesta. À l'intérieur, ça mangeait et ça papotait. Jed s'est pointé et m'a demandé quelle mouche avait piqué cette imbécile pour qu'elle parle d'un assassinat. Je lui ai parlé de l'idylle et de la rupture, comment Casey rôdait dans le bois. Lorsque Casey est redescendu, Jed et Wilt, l'adjoint, l'ont emmené dans la pièce réservée à la couture et ils y sont restés une heure. Quand ils en sont ressortis, Jed a dit : « Vous n'avez pas encore réussi à la joindre ? » et il est reparti dans les bois avec Wilt. Casey a foncé sur moi, furieux. Je ne savais plus où me mettre. Mais il a seulement dit : « Vieille bique », et il est sorti.

Je suis rentrée avec Buck, chez lui, me faufilant entre son vélo d'appartement, son rameur et ses haltères, jusqu'à son matelas gonflable. Plus tard, il a dit : « Ouah, c'était bien. Pour toi aussi ? » J'ai dit : « Oui, je dois appeler chez moi. »

La ligne était occupée. Buck était affamé. « Tu n'es pas affamée ? »

Ben, si. On est allés chez ce routier, à Lomas, manger un steak, des œufs et rigoler. Agréable. Je commençais à l'apprécier. C'était presque le matin. Le camion du *Journal* est arrivé ; le chauffeur a largué son paquet et

Buck est allé chercher un exemplaire pour survoler la page des sports. Je jetais un coup d'œil machinal à la une, quand j'ai vu le titre, en bas DISPARITION D'UN ENFANT À CORRALES – LES FOSSÉS CURÉS. Et tout de suite au-dessous, on disait Joe Bellamy. Mon fils.

Buck m'a ramenée à mon combi et je suis rentrée à toute vitesse à la maison, passant les feux rouges clignotants, les feux jaunes clignotants. Je ne pleurais pas, mais ma poitrine faisait un son funèbre, comme le vent. Aux abords de Corrales, à Dead Man's Curve, j'ai entendu du bruit, un bruissement, et Joel a dit : « Coucou, m'man ! » Il a grimpé sur le siège et sur mes genoux. J'ai pilé net. J'étais assise là, Joel dans mes bras, à humer son odeur. Enfin, j'ai cessé de trembler pour parcourir les derniers kilomètres.

Le reste de cette nuit-là est comme un rêve, mais pas au bon sens du terme. Un rêve distordu, décalé. Des gens allaient et venaient devant mes yeux, hors contexte. Notre terrain s'était changé en un immense et cauchemardesque parking. Un policier m'a guidée jusqu'à une place avec sa lampe torche. Betty Boyer était soûle sur la galerie. « Bienvenue à *C'est votre vie* ! »

Tout d'abord, il y avait cette vieille Jennie Caldwell qui lavait la vaisselle, tandis que Casey l'essuyait. À la vue de Joel, il a gémi, failli tourner de l'œil. Betty et moi, on l'a aidé à s'asseoir. Il tenait Joel sur ses genoux, le berçait, geignant toujours. Notre maison était pleine de gens, d'inconnus. Non, ce n'étaient pas que des inconnus. Ils couraient dans tous les sens, criant que le bébé était retrouvé, sain et sauf. Au soulagement et à la joie initiale, succéda une mauvaise réaction. Comme si on leur avait joué un sale tour, qui s'achevait maintenant, à quatre heures du matin. L'un des fermiers déclara qu'au moins, la dernière fois qu'on avait drainé les fossés, on avait repêché un cadavre. Pour être juste, ils étaient tous au bout du rouleau. N'empêche que les seuls à paraître tout simplement contents de cet heureux dénouement, c'était Casey, sœur Cecilia et sœur Lourdes. Et à ne pas insinuer que tout ça, c'était ma faute. Même mes propres enfants étaient de cet avis. Ils savaient bien que je n'aurais pas dû m'absenter. Ne parlons pas de mes ex-maris, Tony et John, ni de mes ex-belles-mères. J'ignorai leurs remarques malveillantes. Le département d'espagnol au grand complet était là, y compris M. Duncan, le président. Il se méfiait de moi depuis cet incident sur First Street, mais ça, c'est une autre histoire. Je suis une personne très discrète. Enfin, au moins avais-je pris une douche chez Buck et un petit déjeuner. Je me sentais reposée, à vrai dire, mais même cela semblait en agacer certains.

Le pire, c'était M. Oglesby, de la banque. Je ne l'avais encore jamais vu. C'était la voix qui m'appelait en cas de découvert. « Claire, Oglesby, de la banque. Il faudrait alimenter le compte, si ça ne vous dérange pas. » Que fichait M. Oglesby dans ma cuisine ? Deux femmes que je n'avais pas revues depuis la naissance de Keith, neuf ans plus tôt.

Enfin, la police a fait partir tout le monde. Mais eux, ils ne sont pas partis, ils se sont attablés dans la cuisine avec moi et Casey. La chèvre et le poney passaient la tête par la fenêtre. Je vais remplir les râteliers, a dit Casey. Toi, reste où tu es, a dit le policier. Comme si un crime avait été commis. Où était Joel quand j'étais partie ? Les portières du combi étaient-elles ouvertes ? Non, je n'avais jamais dit Hispano-Américain. Où étais-je entre deux et quatre heures du matin ? Buck qui ? J'ai dit que j'avais appelé à la maison sept fois environ.

— Enfin, ma p'tite dame, a dit Jed, si vous ne redoutiez pas un problème ici… pourquoi tous ces appels ?

— Pour faire coucou.

— Coucou. Vous appelez votre baby-sitter à trois heures du matin juste pour faire coucou ?

— Oui.

Casey souriait. Il avait l'air vraiment content. Je lui souriais, moi aussi.

— Doux Jésus, a soupiré le policier. Allez, Wilt, tirons-nous de cet asile de fous et allons manger un morceau.

Les épouses

Chaque fois que Laura songeait à Decca, c'était comme dans un décor de théâtre. Elle l'avait connue à l'époque où Max et elle étaient toujours mariés, bien des années avant que Laura ne l'épousât. La maison de High Street à Albuquerque. Beau l'y avait emmenée. Par la porte grande ouverte on pénétrait dans une cuisine pleine de casseroles sales, de plats et de chats, de bocaux ouverts, d'assiettes de fudge coulant, de bouteilles débouchées, de barquettes de plats à emporter chinois, puis dans une chambre où l'on se cognait à des tas de fringues, chaussures, piles de magazines et de journaux, étendoirs à pull, pneus. Faiblement éclairé, sur le devant de la scène, un bow-window avec des rideaux safran, élimés et jaunis par la nicotine. Decca et Max trônaient sur des fauteuils en cuir, face à un mini-téléviseur posé sur un tabouret. La table entre eux supportait un énorme cendrier plein de mégots, un magazine avec un couteau et un tas de marijuana, une bouteille de rhum et le verre de Decca. Max était vêtu d'un peignoir de velours noir. Decca, d'un kimono de soie rouge, et ses longs cheveux noirs étaient lâchés sur ses épaules. Ils étaient splendides. Splendides. Leur présence vous touchait physiquement, comme un coup de poing.

Decca n'avait pas parlé, mais Max, si. Ses yeux sombres et vagues, aux paupières lourdes, frangées de longs cils, plongèrent dans ceux de Laura.

— Salut, Beau, quoi de neuf? dit-il d'une voix rocailleuse.

Ensuite, Laura ne se souvenait plus de rien. Beau avait peut-être demandé à emprunter la voiture, ou un peu d'argent. Il séjournait pour le moment chez eux, avant de poursuivre sa route jusqu'à New York. Beau était un saxophoniste qu'elle avait rencontré par hasard, en promenant son bébé dans sa poussette, sur Elm Street.

Decca. Par quel mystère les aristos anglaises et les Américaines de la haute se retrouvent-elles toutes avec des prénoms comme Pookie ou Muffin? Ont-elles conservé le petit nom que leur donnait leur nounou? Une journaliste de NBC s'appelle Cokie. Ne croyez pas que Cokie sorte d'une modeste petite famille de l'Ohio. Elle vient d'une vieille famille argentée. Philadelphie? Virginie? Decca était une B..., l'une des meilleures familles de Boston. Elle avait été une « débutante », étudiante à Wellesley, en partie déshéritée quand elle s'était enfuie avec Max, qui était juif. Des années après, Laura avait été déshéritée à son tour, quand sa famille avait appris sa propre fugue amoureuse avec Max, mais ils s'étaient ravisés en apprenant qu'il avait de la fortune.

Decca appela aux alentours d'onze heures du soir. Les fils de Laura dormaient. Elle leur laissa un mot et le numéro de téléphone au cas où l'un d'eux se réveillerait, disant qu'elle n'en avait pas pour longtemps.

Si on a toujours cette impression d'un décor de théâtre, se disait-elle, c'est que Decca ne ferme jamais sa porte à clé ni ne se lève pour répondre au coup de sonnette ou quand on toque. Donc, on entre pour la découvrir in situ, côté jardin, dans la pénombre. À un moment donné, avant de s'asseoir et de se mettre à boire, elle a allumé un feu de *piñon*, des bougies parfumées et des lampes à pétrole dont les douces lueurs jouent dans sa soyeuse cascade de cheveux. Elle porte un kimono vert richement brodé sur un corps toujours beau. De près, on peut voir qu'elle a plus de quarante ans, le visage bouffi et les yeux rougis par l'alcool.

C'est une vaste pièce dans une vieille maison en adobe. Le feu se reflète sur les tommettes au sol. Sur les murs blancs, des tableaux de Howard Schleeter, un Diebenkorn, un Franz Kline, de beaux Santos anciens de bois sculpté. Des sous-vêtements accrochés à une sculpture de John Chamberlain. Au-dessus du berceau, dans un recoin, un authentique mobile de Calder. Et en cherchant bien, de belles poteries de Santo Domingo et d'Acoma. De vieux tapis navajos sont cachés sous des liasses de *Nations*, *New Republics*, *I.F. Stone Weeklys*, *New York Times*, *Le Monde*, *Art News*, des magazines *Mad*, des cartons à pizza, des barquettes de chez Baca's. Sur le lit recouvert de vison s'entassent vêtements, jouets, couches, chats. Des bonbonnes de rhum Bacardi clissées sont renversées sur le côté, un peu partout, tournoyant de temps en temps quand les chats jouent avec. Une rangée de bouteilles intactes attend près du siège de Decca, une autre à côté du lit.

Decca est la seule femme alcoolique à ne pas cacher ses bouteilles, à sa connaissance. Laura ne s'avoue pas qu'elle boit, mais elle cache les bouteilles. Pour que ses fils ne les vident pas, pour ne pas les voir, avoir à les affronter.

Si Decca est toujours en scène, dans ce superbe fauteuil, ses cheveux brillant à la lueur de la lampe, Laura a l'art des entrées. Elle se tient, élégante et décontractée, au seuil de la porte, vêtue d'un maxi-manteau en daim, examinant, de profil, les lieux. Elle a une petite trentaine d'années, sa joliesse passe trompeusement pour de la jeunesse et de la fraîcheur.

— Qu'est-ce que tu fous là ? s'étonne Decca.

— C'est toi qui m'as appelée. Trois fois, plus exactement. « Viens vite », disais-tu.

— Ah bon ?

Decca se ressert du rhum. Tâtonnant sous son siège, elle dégote un autre verre, l'essuie avec son kimono.

— Moi, je t'ai appelée ?

Elle sert généreusement Laura, qui s'assoit de l'autre côté de la table. Laura allume l'une des Delicados de Decca, tousse, prend une gorgée.

— Je sais que c'était toi, Decca. Personne d'autre ne m'appelle « cul de plomb » ou « gros sac ».

— Alors, c'était moi…

Decca ricane.

— Tu me disais de venir tout de suite, que c'était urgent.

— Dans ce cas, pourquoi avoir mis tout ce temps ? Merde, je navigue au radar, maintenant. Tu picoles toujours ? Oui, bon, ça se voit…

Elle leur ressert encore du rhum. Chacune boit. Decca glousse.

— À la bonne heure, tu as appris à boire, on dirait. Je me rappelle quand vous étiez jeunes mariés. Je t'ai offert un Martini et tu m'as dit : « Non merci, l'alcool me donne des vertiges. »

— Encore aujourd'hui.

— Bizarre que ses deux épouses aient sombré dans l'alcool.

— Encore plus bizarre qu'on n'ait pas sombré dans la drogue.

— Moi, j'ai sombré, objecte Decca. Pendant six mois. Je me suis mise à boire en tentant de décrocher de l'héroïne.

— Tu te sentais plus proche de lui, quand tu te camais ?

— Non, mais je m'en fichais.

Decca tend la main vers une chaîne stéréo sophistiquée, troque la cassette de Coltrane pour du Miles Davis. *Kind of Blue.*

— Ainsi, notre Max est en prison. Il ne résistera pas à la prison mexicaine.

— Je sais bien. Il aime qu'on repasse ses taies d'oreiller.

— Non mais, quelle cruche ! C'est ça, ton évaluation de la situation ?

— Oui. Je veux dire, s'il est comme ça pour ses taies d'oreiller, imagine comme ce sera dur pour le reste. Bref, je suis venue te dire que Art s'en occupait. Il a envoyé de l'argent pour le faire sortir.

Decca gémit.

— Putain, tout me revient. Tu sais comment l'argent va arriver là-bas ? Grâce à Camille ! Beau s'est retrouvé avec elle dans l'avion pour Mexico. Il m'a appelée de l'aéroport. Voilà pourquoi je t'ai appelée. Max va épouser Camille !

— Oh, mince...

Decca leur ressert du rhum.

— Oh, *mince* ? Tu es si bien élevée que c'en est écœurant. Tu vas sans doute leur envoyer du cristal. Tu es en train de fumer deux cigarettes.

— C'est *toi* qui nous avais envoyé du cristal. Des verres en cristal de Baccarat.

— Non ? C'était sûrement pour rigoler. Bref, Camille a dit à Max qu'ils allaient passer leur lune de miel à Acapulco. Comme toi.

— Acapulco ?

Laura se lève, retire son manteau et le jette sur le lit. Deux chats en déguerpissent. Laura porte un pyjama de soie noire et des chaussons. Elle zigzague, sous le coup de l'émotion ou de l'alcool. Elle se rassoit.

— Acapulco ? répète-t-elle, tristement.

— Je savais que tu encaisserais mal. Probablement la même suite au Mirador. Le parfum des bougainvillées et des hibiscus entre dans leur chambre.

— Ces fleurs-là n'ont pas d'odeur. Les tubéreuses, elles, ont un parfum lourd et capiteux.

Laura se tient la tête entre les mains, et réfléchit.

— Des rais. Des rais de lumière – le soleil découpé par les stores en bois.

Decca rigole, débouche une nouvelle bonbonne de rhum et verse.

— Non, Mirador, c'est trop calme et vieillot pour Camille. Il l'emmènera dans un motel bidon sur la plage, avec un bar dans la piscine, les tabourets sous l'eau, des ombrelles dans la noix de coco. Ils se baladeront en ville dans une voiturette rose avec des franges au toit. Avoue-le, Laura : tu es verte de rage. Une abrutie de secrétaire. La sordide petite morue !

— Allons, Decca. Elle n'est pas si mal. Elle est jeune. Le même âge que nous quand on l'a épousé. Et ce n'est pas tout à fait une abrutie.

La bienveillance de cette idiote n'est pas feinte, songe Decca. Elle devait être très gentille avec lui.

— Camille est une crétine. Mais enfin, toi aussi, tu l'étais. Je savais que tu l'aimais néanmoins, et que tu lui donnerais des fils. Ils sont magnifiques, Laura.

— N'est-ce pas ?

Oui, je suis une crétine, songe Laura. Et Decca est très intelligente. Elle a dû beaucoup lui manquer.

— Je voulais si fort un enfant, reprend Decca. On a essayé pendant des années. Des années. En se disputant beaucoup, parce que c'était devenu mon obsession, et chacun rejetait la faute sur l'autre. Je l'aurais tuée, cette gynéco, Rita, quand elle a eu un gosse de lui.

— Tu sais qu'elle avait cherché dans toute la ville, pour finir par le choisir, lui. Elle ne voulait pas un amant, juste un enfant. Sappho. Drôle de nom, non ?

— Curieux. Le plus curieux c'est que des années après notre divorce, et à la quarantaine, je suis tombée enceinte. Une nuit, une seule satanée nuit, pas plus de dix minutes d'extase dans les îles San Blas infestées de moustiques où je me tapais un plombier australien. Bingo.

— C'est pour ça que tu as prénommé ton enfant Melbourne ? Pauvre gosse. Pourquoi pas Perth ? Perth, c'est joli.

Chancelante, Laura se lève et va regarder l'enfant. Elle lui sourit et le borde.

— Un grand gaillard. Et ces magnifiques cheveux roux. Comment est-il ?

— Super. C'est un gamin extraordinaire. Il commence à parler.

Decca se lève, titube légèrement pour aller se pencher sur son enfant, puis elle se rend aux toilettes. Laura finit son verre, fait mine de prendre congé.

— Bon, j'y vais, dit-elle quand Decca réapparaît.

— Assieds-toi. Bois encore un coup.

Elle sert. Ces verres semblent ridiculement petits, à voir à quelle cadence on les remplit de nouveau.

— Tu n'as pas l'air de saisir la gravité de cette situation. Moi, ça va, j'ai de quoi vivre pour le restant de mes jours. J'ai touché une forte somme au moment du divorce, et j'ai une fortune familiale. De quoi hériteront tes enfants ? Cette fille va tout lui prendre. C'était idiot de ta part de ne pas exiger de pension alimentaire. Complètement idiot.

— Oui. Je me croyais de taille à subvenir à nos besoins. Je n'avais jamais travaillé, avant. Sa consommation quotidienne lui coûtait huit cents dollars, et il bousillait sans arrêt des bagnoles. Donc, j'ai juste demandé de l'argent pour leurs études. Tu veux savoir la vérité vraie ? Je ne croyais pas qu'il survivrait aussi longtemps.

Decca rit et se frappe le genou.

— Je le savais ! L'autre, comment c'est son nom, ne voulait pas de pension alimentaire non plus. Ce vieux notaire, Trebb, m'a appelée après votre divorce. Il voulait savoir pourquoi diable chacune de nous trois bénéficiait d'une méga assurance-vie souscrite par lui.

Decca soupire, allume un gros joint qui traînait sur la table. Il grésille, crépite ; des petites flammes font trois gros trous dans son ravissant kimono. Dont un pile au milieu de la tache de rhum qui a la forme de l'Italie. Elle se donne des tapes, tousse jusqu'à ce que les flammes s'éteignent, passe le joint à Laura. Lorsque Laura inhale, elle aussi provoque une petite pluie d'étincelles qui font des trous dans son pyjama de soie.

— Au moins, il m'a appris à égrainer ma beuh, dit-elle avec une drôle de voix à cause de la fumée.

— Alors, conclut Decca, il sera clean à sa sortie. Vivant et en bonne santé à Acapulco. Je lui ai donné les meilleures années de ma vie, et maintenant regarde : il est vivant et en bonne santé avec une petite serveuse.

Decca bredouille à présent, son nez coule quand elle gémit :

— Les meilleures années de ma vie !

— Merde, Decca, moi je lui ai donné les pires !

Toutes deux trouvent cela désopilant, elles se flanquent des claques, se tiennent les côtes, trépignent et renversent le cendrier à force de rire. Laura se met à boire une gorgée mais la renverse sur son pyjama.

— Sérieusement, Decca, c'est peut-être une bonne chose. J'espère qu'ils sont heureux. Il pourra lui faire découvrir la vie. Elle va l'adorer, prendre soin de lui.

— Elle va le détrousser. C'est une pétasse ou quoi ? Une sordide petite vendeuse.

— On ne dit plus comme ça. Plutôt hôtesse de vente chez Clinique. Tu sais qu'elle a été Miss Redondo Beach ?

— Tu as du style, ma grande. Tu sais mordre, mais avec tact. Tu feras semblant d'admirer les jeunes mariés. Tu jetteras sans doute du riz sur leur passage. Et maintenant, dis-moi : qu'est-ce que ça fait vraiment, de penser à eux à Acapulco ? Imagine. Crépuscule. Le soleil fait un point vert et s'évanouit. On entend « Cuando Calienta el Sol ». Du saxophone lancinant à fond, des maracas.

Non, maintenant c'est « Piel Canela » mais ils sont toujours au pieu. Elle dort, fatiguée par le soleil et le ski nautique. D'avoir fait l'amour furieusement, le corps baigné de sueur. Il s'est couché contre elle tout habillé. Il butine sa nuque, la serre, lui mordille l'oreille, respirant fort.

Laura renverse sur elle encore un peu de rhum.

— Il te faisait pareil, à toi ?

Decca lui passe un torchon.

— Cul de plomb, tu te crois seule à avoir un lobe d'oreille ?

Elle sourit candidement, savourant cet instant.

— Ensuite, sa paume effleurait ton sein, pas vrai ? Tu gémissais et te retournais. Là, il prenait ta tête…

— Stop !

Elles sont l'une et l'autre déprimées, à présent. Elles fument et boivent avec ces gestes ralentis, excessivement prudents, des grands alcooliques. Des chats s'approchent, se faufilent entre leurs jambes, mais elles les chassent distraitement d'un léger coup de pied.

— Au moins, il n'y avait personne avant moi, déclare Decca.

— Elinor. Elle l'appelle toujours, en pleine nuit. Et elle chiale énormément.

— Elle, ça ne compte pas. C'était l'une de ses étudiantes à Brandeis. Un seul week-end de pluie diluvienne à Truro. Sa famille à elle a contacté le doyen. Fin de l'aventure et de sa carrière d'enseignant.

— Et Sarah ?

— Quoi, Sarah ? Sa sœur Sarah ? Tu n'es pas si bête, ma grande. Sarah est notre plus grande rivale. Je ne l'ai jamais dit ouvertement. Tu crois qu'ils ont jamais couché ensemble ?

— Non, bien sûr que non. Mais ils sont très proches. Farouchement proches. Je crois que personne ne pourra jamais l'adorer comme elle.

— J'étais jalouse d'elle. Putain, terriblement jalouse d'elle.

— Decca, écoute ! Oh, une minute ? Faut que j'aille pisser.

Laura se lève, vacille, traverse en tanguant la pièce jusqu'aux toilettes. Decca entend sa chute, le boum d'une tête contre la porcelaine.

— Ça va ?

— Oui, oui.

Laura se traîne à quatre pattes jusqu'à son fauteuil.

— Le monde est semé d'embûches.

Elle pouffe. Il y a déjà un gros œuf de pigeon bleu sur son front.

— Écoute, Decca, tu n'as aucune raison de t'en faire. Il n'épousera jamais Camille. Peut-être qu'il l'a dit, pour la faire venir là-bas. Mais il ne l'épousera pas. Je te fiche mon billet que non. Et tu sais pourquoi ?

— Oui ! J'ai pigé. Sœur Sarah ! Elle n'aura jamais l'aval de cette vieille Sarah.

Comme Decca a ramassé ses cheveux au sommet du crâne avec un élastique, on dirait un palmier tordu. Ceux de Laura se sont détachés du chignon, si bien qu'une grosse mèche pendouille d'un seul côté. Elles se sourient bêtement dans leurs vêtements moites et cramés.

— C'est vrai. Sarah nous apprécie vraiment. Tu sais pourquoi ?

— Parce qu'on est bien élevées.

— Parce que nous sommes des dames.

Elles trinquent, riant à gorge déployée, trépignant d'hilarité.

— C'est vrai, dit Decca. Bien qu'on ne soit pas forcément au top, actuellement. Bon, dis-moi, tu étais jalouse de Sarah, toi aussi ?

— Non. Je n'avais jamais eu de véritable famille. Elle m'a aidée à m'intégrer. Elle m'aide encore, et elle adore les garçons. Non, j'étais jalouse de ses dealers. Juni, Beto, Willy, Nacho.

— Oui, une jolie bande de voyous.

— Ils nous retrouvaient toujours. Il est resté clean pendant un an et demi. Beto nous a retrouvés au Chiapas, au pied de l'église sur la colline. San Cristóbal. La pluie striant ses verres miroir.

— Tu l'as connu, Frankie ?

— Je l'ai connu. Le plus malsain.

— J'ai vu son chien crever, après son arrestation. Il avait même réussi à rendre son toutou accro.

— Un jour, j'ai poignardé un dealer, à Yelapa. Je ne l'ai même pas blessé, en fait. Mais j'ai senti la lame s'enfoncer, je l'ai vu saigner.

À présent, Decca pleure. Des sanglots tristes, comme ceux d'un enfant. Elle met *Charlie Parker with Strings*. « April in Paris ».

— Max et moi, on a passé un mois d'avril à Paris. Il a plu tout le temps. Toi et moi, on a eu beaucoup de chance, Laura, et la drogue a tout gâché. Je veux dire que, pendant une brève période, on a eu tout ce qu'une femme peut désirer. Enfin, moi, je l'ai connu du temps de sa splendeur. Italie, France, Espagne. Majorque. Tout ce qu'il touchait se changeait en or. Il savait écrire, jouer du saxophone, toréer, conduire des voitures de course.

Elle sert encore du rhum.

Laura bute sur les mots.

— Je l'ai connu à l'époque où il était…

— Tu as failli dire « heureux », non ? Jamais il n'a été heureux.

— Si. Nous, on a été heureux. Personne n'a été aussi heureux que nous.

Decca soupire.

— Admettons. Je l'avais cru, en vous voyant ensemble. Mais ça ne lui suffisait pas.

— Un jour, on était à Harlem. Max et un copain musicien sont allés se shooter aux toilettes. Son épouse m'a regardée, par-dessus la table de la cuisine : « Et voilà, nos hommes vont voir la dame du lac », a-t-elle dit. Peut-être qu'on avait tort, Decca. Peut-être qu'on a péché par excès d'orgueil, en voulant être tout pour lui. Peut-être que cette fille, c'est quoi son nom ? Peut-être qu'elle se contentera d'être là.

Decca marmonnait tout bas. À voix haute, elle dit :

— Personne n'aurait pu compter autant pour moi. Tu en connais, des hommes qui lui arrivent à la cheville ? Intellectuellement ? Qui soient aussi spirituels ?

— Non. Et aucun qui soit aussi doux, aussi gentil. Sa façon de pleurer en écoutant de la musique, d'embrasser les enfants quand je les couchais...

Les deux femmes sanglotent désormais, elles se mouchent.

— Je ne supporte plus la solitude. J'essaie de rencontrer des mecs, dit Laura. J'ai même adhéré à l'ACLU [1].

— Tu... quoi ?

— Je suis même allée au Sundowner, à l'heure de l'apéro. Mais tous ces mecs m'ont énervée.

— C'est ça. À côté de lui, les autres craignent. Ils disent « tu vois » trop souvent ou répètent les mêmes histoires, rient trop fort. Max n'était jamais ennuyeux, il ne détonnait jamais.

— Je suis sortie avec un pédiatre. Un mec sympa qui porte des nœuds papillon, s'amuse avec des cerfs-volants. L'homme idéal. Adore les enfants, en bonne santé, beau, riche. Adepte du jogging, de la sangria au rosé.

Toutes deux lèvent les yeux au plafond.

— Donc, tout est en place. Les enfants sont couchés. J'ai ma robe de mousseline blanche. Nous sommes attablés sur la terrasse. Bougies. La bossa nova de Stan

1. American Civil Liberties Union : Union américaine pour la protection des libertés civiles.

Getz et Astrud Gilberto. Homard. Étoiles. Tout à coup, Max se pointe, il roule sur la pelouse au volant d'une Lamborghini. En costume blanc. Il nous salue en passant, va voir les gosses, dit quelque chose de stupide, genre qu'il aime les regarder quand ils dorment. Mes nerfs ont lâché. J'ai balancé la carafe de sangria sur les dalles, balancé le homard, piétiné les assiettes. Et j'ai dit au type de se barrer.

— Ce qu'il a fait, non ?

— Oui.

— Tu vois, Laura, Max ne serait pas parti. Il aurait dit un truc du genre : « Chérie, tu me parais bien énervée », ou il se serait mis à casser la vaisselle lui aussi, jusqu'à ce que ça finisse en rigolade.

— Oui. C'est à peu près ce qu'il a fait en sortant. Il a cassé quelques verres et un vase de freesias, mais il a récupéré le homard et on l'a mangé. C'était un peu granuleux. Tout sourire, il a dit : « Ce pédiatre, ce n'est pas un gros mieux. »

— Il n'y aura plus jamais un homme comme lui. Jamais un vent, un rot.

— Si. Et comment.

— En tout cas, ça ne m'a jamais agacée. Tu es venue juste pour m'embêter. Va-t'en !

— La dernière fois que tu m'as dit de rentrer chez moi, tu étais chez moi.

— Ah bon ? Dans ce cas, c'est moi qui vais rentrer chez moi.

Laura se lève pour partir. Elle va d'un pas incertain chercher son manteau sur le lit, et reste là, un peu désorientée. Decca se matérialise derrière elle, l'étreint, lui baise la nuque. Laura retient son souffle, ne bouge plus. Sonny Rollins joue « In Your Own Sweet Way ». Decca se penche, l'embrasse sur l'oreille.

— Là, sa paume effleure ton sein…

C'est ce qu'elle fait à Laura.

— Là, tu te retournes, il prend ta tête entre ses mains et t'embrasse sur la bouche…

Mais Laura ne bouge pas.

— Allonge-toi, Laura.

Laura trébuche, s'affaisse sur le lit recouvert de vison. Decca souffle la lanterne et s'allonge aussi. Mais elles se tournent le dos. Chacune attend que l'autre la caresse comme autrefois Max. Un long silence. Laura pleure doucement, mais Decca rit aux éclats, lui flanque une bonne claque sur les fesses.

— Bonsoir, gros sac.

Bientôt, Decca s'endort. Laura s'éclipse, arrive à la maison et prend une douche, s'habille avant le réveil des enfants.

Noël, 1974

Très chère Zelda, je suis désolée que tes congés tombent aussi mal pour nous. Noël, l'école, etc. J'enseigne à présent – j'aurai des copies à corriger, et une pièce de théâtre à monter. Notre maison est minuscule. Le proprio croit que je n'ai que deux fils, pour les deux petites chambres, alors quand il vient l'un d'eux doit disparaître. Ben (19 ans, maintenant !) dort dans le garage. Keith (17) sur le divan du living. Joel a une petite chambre, plutôt un cagibi, et moi j'ai l'autre. Je sais bien que tu te contenterais de dormir par terre, comme tu l'affirmes, mais un copain de Ben, du Nouveau-Mexique (Jesse), dort déjà par terre, dans le living. J'aimerais beaucoup te revoir, mais dans les circonstances actuelles ce serait inconfortable pour tout le monde. Bravo pour ton changement de vie. Je t'embrasse,

Maggie.

— C'est assez ferme, comme lettre, non… ?

Maggie la recopia, la glissa dans une enveloppe et alla la poster.

— Qui est tante Zelda, au fait ? demanda Joel.

— La grande sœur de ton père. Sa *grosse* sœur. Je l'ai vue une fois, à une bar mitzvah dans le Rhode Island. Sa fille Mabel est à Berkeley, mais sa communauté a une règle : pas de parents. Je la croise de temps en temps, Mabel, et c'est une fille formidable, mais elle est devenue homo et redoute de le dire à sa mère. Bref, Zelda ne peut pas venir, la question est réglée.

Mais Zelda débarqua quand même, six jours plus tard, avec une plante verte et trois livres de saumon fumé. Mabel était allée la chercher à l'aéroport et l'avait déposée à la maison, lui disant à plus tard. Maggie l'accueillit avec froideur, la présenta à Joel, qui porta ses bagages dans sa chambre à elle. Zelda le suivit à l'étage, pour s'installer.

Ben, Keith et Jesse jouaient au poker dans le garage. « Jumpin' Jack Flash » sur la stéréo.

— Qu'est-ce que je vais faire d'elle ? Et si elle est toujours là à Noël ?

Jesse assouplissait ses bottes sur le lit.

— Tu veux que je m'en aille, Maggie ? Plus tôt… je m'en irai avant Noël.

— Non, bien sûr que non. Toi, tu es invité. Pas elle. Quel culot.

Joel frappa à la porte et entra.

— Courage, maman ! Tu sais ce que tante Zelda est en train de faire ?

— Je redoute de le savoir !

— La vaisselle. On a hérité d'une mère juive.

— Moi qui voulais un domestique japonais.

Riant, elle rentra avec lui à l'intérieur.

Zelda s'était émancipée. Elle avait perdu trente-cinq kilos depuis son divorce, s'était fait percer les oreilles et ligaturer les trompes.

— Je suis parée pour l'aventure ! disait-elle, et Maggie, gloussante, imaginait des parties intimes rasées.

Zelda était déterminée, joyeuse, elle congratulait tout le monde et répétait des trucs comme « Super ! » et « Sensass ! ».

Keith alla s'installer dans la chambre de Joel, Joel sur le canapé, au-dessus du sac de couchage de Jesse. Maggie dormait dans le hamac, dans la salle à manger. Elle n'avait ni le temps ni l'énergie de divertir Zelda. Mabel non plus, étant très prise par ses études et la réparation d'un moteur de Volkswagen. Mais Zelda avait décidé de s'amuser, et elle s'amusa. Elle alla chez Gump's, chez I. Magnin et Cost Plus. Elle prit le ferry de Sausalito, le tramway, déjeuna sur la marina. Le reste du temps, elle lavait la vaisselle, pas juste les plats salis, mais toute la vaisselle et la batterie de cuisine qui se trouvait dans les placards, dont elle retapissa les étagères. Elle dégivra le frigo, repassa. Jesse ne la laissait pas nettoyer le living pendant qu'il s'y trouvait, à composer de la musique, jouer de la guitare. Elle, elle ne le laissait pas entrer dans la cuisine quand le sol venait d'être lessivé. Keith les avait surnommés le Couple improbable. Mais ça roulait, il fallait bien le reconnaître. Quand elle rentrait de l'école, épuisée, du chou farci mijotait. Zelda concoctait des hors-d'œuvre, achetait du fromage et du vin pour l'Apéro, qui avait lieu tous les soirs (son mari avait vendu des mélanges Spécial Apéro).

Ben confectionnait des bijoux qu'il vendait dans Telegraph Avenue après l'école. Ensuite, il ramenait à la maison quatre ou cinq artistes de rue. Greg le verrier, toujours. Lauren, la copine de Keith, se pointait tous les soirs, en général avec d'autres filles, pour voir Jesse, le bel intello dégingandé venu du Nouveau-Mexique. Lee était toujours là, un motard chicano dont la tenue de cuir avait des zips qui tintaient comme des troïkas. Lee jouait de l'harmonica et des bongos, flirtait avec Mabel. Il ne se rendait pas compte qu'elle était homo car elle l'encourageait pour tromper Zelda, tout en faisant du pied à son amie, la grande Mac aux cheveux frisés, sous le touret de chantier converti en table basse. Big Mac chantait ; Mabel et Jesse grattaient de la guitare.

Tante Zelda riait, rutilait, toussait à cause de la marijuana. Keith et Lauren faisaient leurs devoirs à la table de la salle à manger, jouaient aux échecs tandis que Maggie notait ses copies, préparait les cours du lendemain, sirotait du Jim Beam qu'elle ne mélangeait pas avec la bière et le vin de l'Apéro.

Joel et ses copains naviguaient entre le rez-de-chaussée et le premier. Stéréos et radios, télévisions, guitares, bongos, harmonicas, football magnétique. La machine à laver, le sèche-linge, le pachinko. Maggie griffonnait des notes dans les marges, s'inquiétait pour l'argent et le propriétaire. Elle avait englouti tout son salaire dans les cadeaux de Noël, vendu son dernier bijou zuni pour payer le loyer. Elle était tendue, fatiguée et son lit lui manquait, elle avait peur qu'il pue à jamais l'Estée Lauder.

— Extra ! s'exclama Zelda, quand Maggie la rejoignit devant la cheminée.

Elle était écarlate et en larmes d'avoir écouté « Lay, Lady, Lay » chanté par Mabel et Big Mac. Elle se moucha.

— Je ne veux plus jamais rentrer à la maison !

Jesse adressa un grand sourire à Maggie, qui lui fit les gros yeux. Il lui demanda les clés du camion, qui étaient posées sur la cheminée. Lorsqu'il ouvrit la porte d'entrée, l'air était frais, la pluie discrète. Le pick-up double-débraya, sortit de l'allée en marche arrière. Maggie sortit aussi. Elle et Chata, le chien, se promenaient sur le parking désert de la gare, sans éviter ni l'un ni l'autre les flaques. Chata entendit le camion le premier, qui rétrogradait.

— Vous allez dans ma direction, ma p'tite dame ?

— Tiens, Jesse. Pourquoi pas ? Je sortais juste prendre l'air.

— Tu savais que je te ramasserais. Monte. Pas toi, Chata. Le chien, descends de là...

Deux rues avant de parvenir à le semer. Des kilomètres de rues désertes dans le sud-ouest d'Oakland. C'était bon de s'échapper de la maison et elle appréciait son caractère taciturne. Elle commença à se plaindre de Zelda, mais il lui coupa la parole :

— Je ne veux entendre parler ni de Zelda, ni des enfants, ni de ton école.

— Ce qui ne me laisse plus aucun sujet de conversation.

— Parfait.

Il tendit le bras derrière son siège pour attraper une bouteille de Jim Beam, prit une gorgée, la lui tendit.

— Ta consommation m'effraie, Jesse. Dix-sept ans, c'est trop jeune pour être alcoolique.

— Je suis vieux pour mon âge. Trente-cinq ans, c'est trop jeune pour être surmenée.

Ils échouèrent au dépôt postal de West Oakland. Rangées de remorques de camion en stationnement, chacune affichant le nom d'un État de l'Union.

— Comment z'avez fait pour entrer ? demanda l'homme de la Louisiane, qui se replongea aussitôt dans son tri.

Jesse et Maggie se promenèrent d'État en État. Elle voulut d'abord voir New York ; il alla dans le Wyoming et le Mississippi. Le premier mot qu'elle avait appris à orthographier. Oncle John lui avait appris. Le vent soufflait autour de la remorque du Nouveau-Mexique mais il n'y avait pas un bruit, juste le frou-frou d'oiseau des lettres. Ils regardaient le type trier, en silence, comme s'ils étaient derrière une vitre.

— Vous feriez mieux de décamper, dit l'homme du Nouveau-Mexique.

Ils n'avaient pas vu la pancarte DÉFENSE D'ENTRER. Alors qu'ils s'en allaient, un petit gardien sortit de sa guérite et leur fit signe de s'arrêter.

— Descendez de ce camion, dit-il, mais en les voyant si grands, il bredouilla : Remontez !

Il se mit à parler dans sa radio, cherchant son arme à tâtons. Jesse passa une vitesse et fila. Bing, une balle toucha le pare-chocs.

— C'était moins une !

Maggie riait. Une aventure.

À la maison, tout le monde était allé se coucher. Jesse dans son sac de couchage devant le feu, à l'état de braises désormais. Maggie avait toujours des paquets de copies à corriger, et elle carburait au Jim Beam pour ne pas s'assoupir.

Effervescence de Noël. Jesse et Ben vendaient leurs bijoux dans Telegraph Avenue et ils se débrouillaient très bien malgré la pluie. Maggie et Joel restaient tard le soir dans leurs écoles respectives, répétant tous deux un programme de Noël. Maggie avait composé une parodie d'*Un conte de Noël.* Scrooge revendait des voitures d'occasion ; Tiny Tim était un militant de gauche paraplégique. C'était amusant, trépidant.

Tante Zelda fit des emplettes. Le soir, elle aidait Maggie à faire des gâteaux et à emballer les cadeaux, tout en bavardant sur sa nouvelle « image de soi », son envie de trouver un nouveau partenaire. Maggie ne disait rien. Zelda supposait que c'était tout simplement qu'elle avait le cœur brisé, mais que tout s'arrangerait.

— Ça ne va pas durer, mon frère va retrouver ses sens. Vous formiez un couple superbe. Je n'ai jamais oublié votre apparition, à la bar mitzvah de Marvin. Vous étiez si heureux ! Et toi, dans cet ensemble… Norell ?

— B.H. Wragge.

C'était un bel ensemble.

— Et sa façon à lui de toujours allumer deux cigarettes à la fois et de te tendre la tienne.

Maggie se moqua :

— Ça, il l'a piqué à John Garfield.

Seul Shelley Berman [1] faisait mieux – il oubliait de donner à madame sa cigarette et fumait nerveusement les deux. Retrouver ses sens ? Ses sens. Goût odorat ouïe tact.

— Moi, j'ai perdu la tête, affirma Maggie.

Zelda sourit. « Super », comme d'habitude. Ce n'était qu'exceptionnellement qu'une réflexion naturelle fusait. Aucun d'entre vous n'a de pantoufles ? Tu bois dès le matin ? Tu n'as pas de brosse pour la cuvette des W-C ?

Tout le monde alla au spectacle de Joel, à l'école. Zelda et Maggie eurent la larme à l'œil dès l'apparition du premier ange. Jesse et Ben sortirent à plusieurs reprises pour fumer un joint. Keith et Lauren se levaient à tout bout de champ pour aller parler à leurs anciens enseignants, ou avec des copains.

Le hic, ce fut quand des filles de quatrième se présentèrent en minijupe et bois de rennes sur la tête,

1. Humoriste, acteur et professeur américain, à l'université de Californie (1925-2017).

pour une séance de frotti-frotta sur « Let's Get It On » de Marvin Gaye. Soupirs scandalisés au sein du public. Puis, les cinquièmes entamèrent « Et une perdrix dans un poirier ». Ben rit le premier en imaginant le foutoir que tous ces présents représenteraient dans Russell Street. Des poules françaises, des oies, des seigneurs qui sautent.

La classe de Joel donnait le dernier et le plus charmant des sketchs. C'était très simple, comme un ballet. Deux autres garçons et lui étaient changés en statue au cours d'une bataille de boules de neige. Ils restaient gelés tandis que le bonhomme de neige, en réalité Darryl, fondait, devenait de plus en plus petit jusqu'au moment où l'Esprit de Noël les rendait à leur forme première. Joel n'avait même pas bougé un cil, après le premier coup d'œil initial pour repérer la famille.

À l'issue du spectacle, le Père Noël et Mme Beck, la directrice, vinrent sur scène sous les applaudissements. Sur un bruyant « Joie dans le Monde » commença la distribution des cadeaux. Camions Tonka. Poupées Barbie. Des largesses du fonds gouvernemental pour la lutte antipauvreté. En l'espace de quelques secondes la scène fut prise d'assaut, surtout par de jeunes ados mais aussi beaucoup d'adultes. C'était comme au festival d'Altamont. Joel fut projeté par terre, la lèvre fendue, saignant. Ben et Jesse bondirent sur scène. Ben ramassa Joel. Jesse arracha son petit camion des mains du gosse qui s'en était emparé. La perruque de Mme Beck était de travers. Elle criait dans le micro :

— Ces cadeaux sont pour vos gosses ! Seulement pour vos gosses ! Reculez, bordel !

— Cassons-nous.

Maggie ouvrait la marche. Jesse tenait Joel par la main.

— Et si on allait prendre une glace, Maggie ? Tu paies, je conduis.

— Jesse – j'avais bien l'air gelé ?

— Oui – et le dégel a beaucoup tardé. Donne-m'en cinq !

Slap, slap.

La dernière nuit de tante Zelda. Jesse et Joel était allés à Martinez abattre l'arbre. Il était odorant, splendide. Maggie était détendue. Elle avait vendu le tapis navajo de sa chambre, acheté d'autres cadeaux, avait assez d'argent pour voir venir. Zelda et elles bavardaient tout en fourrant des dattes, une tradition familiale à laquelle personne ne goûtait jamais, comme le confit d'écorce de pastèque au repas de Noël.

À la table de la salle à manger, Keith et Lauren confectionnaient des guirlandes d'airelles ; les autres décoraient le sapin en se disputant. Ben et Joel voulaient toujours mettre toutes les décorations ; Keith et Maggie prisaient une certaine sobriété. Jesse ne comprenait pas pourquoi ils n'avaient pas mis les stalactites. Parce que Ben et Joel avaient eu gain de cause l'an précédent.

— J'ai hâte de rentrer chez moi, disait Jesse.

Il partait dans deux jours pour le Nouveau-Mexique, rentrait en stop chez lui où il passerait Noël. Couinement quand il marcha sur la queue d'un chat sous l'arbre. Chata le chien rôdait, tout mouillé, traînait dans leurs jambes. Trois artistes de rue se séchaient au coin du feu, passant boules et décorations aux autres. Dans la cuisine, Mabel et Mac faisaient du fudge et des « divinités ». Des bougies Cost Plus rougeoyaient comme tante Zelda.

— J'ai hâte de parler de mes vacances à ma psy.

Maggie se demandait ce qu'elle dirait. Zelda n'avait pas fait de réflexions sur Mabel.

On frappa à la porte. C'était Linda, la voisine, qui demandait à utiliser la douche. Elle n'aimait pas prendre un bain quand elle avait ses règles. Elle les a souvent, disait Jesse. Non, je crois qu'elle aime juste venir ici, surtout s'il se passe quelque chose. Eh bien, putain, Maggie, pourquoi ne pas l'inviter tout simplement ?

On frappa encore à la porte. C'était John et Ian, deux enseignants de l'établissement où Maggie exerçait. Au moment où elle prenait leur manteau, Lee arriva à fond de train dans l'allée sur sa Harley, sa tenue de cuir dégoulinant comme une combinaison de plongée. Maggie fit les présentations, installa les deux enseignants à la table.

— Vous arrivez juste à temps pour dire au revoir à Zelda.

Zelda arrivait avec un plateau de piroshkis, de cookies, de confiserie, de dattes fourrées. L'un des artistes de rue passa à Ian un joint dans un fume-cigarette en os de baleine.

— Grands dieux, Maggie, tu fumes de l'herbe devant tes enfants ?

— Je ne fume pas, et je le regrette. Pas de gueule de bois, pas de kilos en trop. Je me félicite qu'aucun d'eux ne boive.

— Je ne voulais pas casser l'ambiance…

John parlait bizarrement parce qu'il venait de fumer. Il avait du lait de poule dans la moustache.

— Oh, vous êtes les bienvenus, protesta Zelda. Prenez encore un peu de lait de poule.

Ian et John sirotèrent, se raclèrent la gorge.

— On voulait te parler, Maggie, dit John.

Linda descendit de l'étage après avoir pris sa douche, vêtue d'un peignoir chenille corail, une natte humide dans le dos.

— Des dattes ! J'adore tes dattes, Maggie !

— Prends-en. Tu peux en rapporter chez toi.

— Non, sans rire, dit Keith.

Zelda et Linda allèrent dans la salle à manger.

Ian prit la parole, de sa voix grave de grande personne qui irritait toujours Maggie, la doyenne des professeurs de cette école.

— C'est au sujet de Dave Woods.

— Ah, merde, lâcha Maggie.

Elle était la seule à exiger de l'assiduité et à décerner des notes, pas seulement des « satisfaisant/non satisfaisant ».

— Je lui ai tendu toutes les perches possibles. Il a échoué à la fois en anglais et en espagnol. Je ne changerai pas d'avis, si c'est la raison de votre visite.

— C'est dur, Maggie. Comment peux-tu avoir un mode de vie aussi libertaire et être aussi rigide comme professeur ? Nous sommes censés savoir nous adapter aux cas particuliers.

— Eh bien, ce cas particulier a échoué dans mes deux disciplines.

— C'est comme si tu ne croyais pas à la philosophie de notre école.

— Quelle philosophie ? Trois mille dollars l'année, un beau campus, une bonne dope, pas de devoirs à faire à la maison ?

Keith lui flanqua un coup de pied sous la table.

— Inutile d'être agressive, Maggie. Nous sommes venus dans un esprit de conciliation, déclara Ian.

— Prenez donc des divinités…

Mabel passait avec le plateau, circulant autour de la table. Le regard de John se focalisa sur ses beaux seins sans soutien-gorge. Maggie eût préféré qu'il n'y eût pas autant à manger, à boire, et toutes ces prodigalités. Linda paressait, rayonnante, entre deux artistes, son peignoir bâillant sur ses cuisses dodues.

— Comment ça s'appelle, déjà ? demanda John à Mabel, la friandise lui collant aux doigts.

— Des divinités – avec des noix.

— Les noix du Seigneur sont impénétrables, s'esclaffa Zelda, avec un coup de coude à Maggie.

Toutes deux furent prises d'un fou rire nerveux. Ian piqua une cigarette à Maggie.

Elle aurait préféré qu'il se remette à fumer et achète ses propres clopes. Au moins, les deux profs avaient perdu tout intérêt pour les F de Dave Wood, et ils écoutaient Mabel et Mac. « Lay, Lady, Lay » encore. Maggie alla dans la cuisine, ajouta du Jim Beam à son lait de poule. Ben et Lee regardaient Lauren découper d'autres carrés de divinités.

— T'inquiète – je fous le feu à l'école demain.

Lee souriait. On frappa encore à la porte.

— Cette fois, c'est les flics, dit Jesse.

Pas loin. C'était le propriétaire. Ben et Keith évacuèrent discrètement des personnes dans le garage, mais le mal était fait. Il avait vu que le garage était habité, que des hippies fumaient des joints.

— Nous recevons des amis pour les vacances, argua-t-elle, mais il parlait du jardin détruit.

— Comment ça, « détruit » ? Le plus gros des plantations, c'est moi ; deux années que j'y travaille. Les dégâts, c'est la pluie.

— Je vais vendre la maison. Il n'y a plus que quatre baraques habitées par des Blancs, dans le quartier.

— Pourquoi ne pas le dire, alors – pas besoin de prétexte à la con.

— J'ai certainement plus que des prétextes « à la con » pour dénoncer le bail.

Maggie poussa un soupir. « Je vous prie de partir », dit-elle, et elle lui rouvrit la porte.

Elle but, versa encore un peu de scotch dans son lait de poule, et regagna la salle à manger. Elle s'assit auprès de Ian et John.

— Excusez-moi d'avoir été aussi impolie. Dave est le plus brillant de nos élèves… Je regrette que vous ne l'ayez pas collé en maths et sciences. Pour l'instant, il échouerait à n'importe quel examen d'entrée à l'université. Il sait qu'il peut récolter mieux que des F, et je crois qu'il va s'amender.

— Encore un peu de lait de poule ? proposa Zelda.

— Non, merci. Demain, école. Tout est prêt pour la pièce, Maggie ?

— Non, mais ce sera un succès.

Tout le monde était parti ou avait migré dans la chambre de Ben, au garage. Joel était couché sur le canapé, Jesse dans son sac de couchage. Les lumières étaient éteintes, mais ils discutaient. Zelda et Mabel se disputaient à l'étage, puis Mabel redescendit en courant.

— Voilà, c'est dit !

Et elle partit en claquant la porte. Maggie fit la vaisselle, mit les plats au frais et balaya la cuisine jusqu'à la fin des pleurs, puis elle monta à la salle de bains à pas de loup.

— Maggie !

Zelda était assise dans le lit, des ruisseaux de larmes se superposant à la reluisante couche de crème Elizabeth Arden.

Maggie vint l'embrasser.

— Tu dois être fatiguée. Moi, je suis fatiguée. Allons…

Mais Zelda se cramponnait à elle et sa joue grasse glissait contre les cheveux de Maggie.

— Mabel ! Ma petite fille. Qu'est-ce que je vais faire ?

Maggie se dégagea, alla dans la salle de bains où elle retira la crème de son visage, mouilla deux gants avec de l'eau d'hamamélis.

— Tiens, laisse-moi te mettre ceci sur les yeux. Ne pleure plus.

Elle prit place au bord du lit, gardant l'autre gant sur ses propres yeux.

— Ma petite fille. Tu ne peux pas comprendre.

— C'est fort possible. J'ai l'impression que ça me serait égal, d'avoir un fils homo. D'un autre côté, si l'un d'eux se faisait flic ou disciple de Krishna, je me brûlerais peut-être la cervelle.

Zelda se remit à pleurer.

— Je suis tellement…

— Tu souffres. Mabel est très bien. Tu n'as pas de somnifères ?

— Valium.

Zelda désigna son coffret à bijoux.

Maggie lui tendit les pilules et de l'eau, en prit elle-même. Elle arrangea les oreillers, éteignit la lumière. À la lueur de l'enseigne Bekins, Zelda avait l'air vieille et apeurée.

— Ça va ?

— Non. Je me sens vieille et apeurée.

Maggie la serra dans ses bras, baisa son front gras.

— Je suis contente que tu sois venue, finalement.

Au rez-de-chaussée, elle s'aperçut qu'elle avait oublié de se déshabiller et de se débarbouiller. Trop fatiguée. Elle prit des couvertures dans le placard, se servit un verre de bourbon, grimpa dans le hamac, pensa à ses cigarettes, alla les récupérer, arrangea les couvertures autour de sa personne, le verre et le cendrier par terre, et s'accorda sa propre crise de larmes.

— Doux Jésus, soupira Jesse depuis la salle à manger.

Il se leva, jeta son sac de couchage par-dessus son épaule.

— Où vas-tu ?

— Pioncer dans le camion. Je ne t'avais jamais entendue t'apitoyer sur ton sort, jusqu'à présent.

Une fois seule, elle cessa de pleurer, alluma une cigarette, but le fond du verre. *Phèdre* de Racine, Acte II. Il est parti ! Elle se moqua d'elle-même, alla se débarbouiller dans l'évier de la cuisine, planqua la bouteille de Jim Beam dans la machine à laver pour le lendemain matin.

Merde, déjà le matin. Encore deux jours d'école. Le spectacle. Noël. Je ne vais pas y arriver. Je vais y arriver, faut arrêter de boire. J'ai encore tout gâché, et en un temps record. Demain, le rythme ralentira. Jesse part dans quelques jours. Les choses en seront facilitées. Non, pas du tout. J'achète la radio pour Joel cet après-midi après l'école, ainsi que le livre pour Lauren. Zelda s'en va – Alléluia ! Mon lit ! Je n'ai pas parlé avec Joel depuis des semaines. Je suis une mère indigne. Je dois cesser de boire pour mes fils. Mon Dieu, je suis une loque humaine. Cette maison est un taudis.

Elle remplit de vin son verre, l'emporta ainsi que la bouteille tandis qu'elle époussetait et astiquait le mobilier. Elle balaya, passa la serpillière et lustra les sols. Joel continuait à dormir, même quand elle déplaça le divan. Elle sortit les poubelles sous la pluie, cueillit un gros bouquet des poinsettias roses de Linda. La fenêtre de celle-ci s'ouvrit d'un coup.

— Mais qu'est-ce que tu fous ? Il est quatre heures du matin !

La fenêtre se referma tout aussi brutalement.

Houlà, certains ne sont pas eux-mêmes tant qu'ils n'ont pas eu leur première tasse de café. Rentrée chez elle, Maggie disposa les fleurs dans un vase en laiton. Là, c'est mieux. Elle redressa les tableaux, alluma les guirlandes sur le sapin. Râper du fromage, préparer des macaronis au fromage maintenant, acheter la radio et le livre après l'école.

— Qu'est-ce qui te prend de laver les carreaux ? Il est cinq heures du mat', m'man.

Keith était habillé, les yeux lourds de sommeil.

— Bonjour. Insomnies. Ils ont été noircis par la suie de la cheminée. Déjà réveillé à cette heure-ci ?

— Excursion scolaire. Je te reprends la bouteille. Sinon, tu ne seras pas capable d'aller à l'école. Arrête, m'man. Mange quelque chose avec moi.

Il emporta la bouteille à l'étage. Pour la caser dans le petit espace derrière la cloison de la salle de bains. Elle mit de l'eau à chauffer pour le café, pressa des oranges, fit griller des saucisses et du pain perdu. Keith et elle ne parlaient pas, lisaient le journal. Zelda descendit, blême, avec ses bagages. Maggie lui servit son petit déjeuner. Keith partit après les avoir serrées dans ses bras, juste au moment où Mabel arrivait pour conduire sa mère à l'aéroport. Toutes trois burent leur café sans échanger de civilités.

Il faisait encore nuit quand elles s'en allèrent. Frissonnante, Maggie salua de la main l'autocollant LA SORORITÉ VAINCRA, rentra pour faire encore un peu de pain perdu pour Joel et Ben. Tandis qu'ils mangeaient, elle se rappela la bouteille dans la machine à laver. Jesse arriva, disant :

— Je me fais mon p'tit déj'…

Il y avait tellement de brume sur la voie rapide qu'elle eut peur que l'avion de Zelda ne décolle pas. Elle eut peur d'emboutir des voitures, puis peur de n'être plus sur la voie rapide. Sortie. Colline franchie et rond-point. Le temple mormon rougeoyait miraculeusement comme le château dans *Le Magicien d'Oz*. Cabine téléphonique monolithique, lumière blanche. Elle contacta l'école, annonça qu'elle était en panne. Autant annuler ses cours de l'après-midi également. Non, pas la répétition – on se passerait très bien d'elle. Non, merci. La dépanneuse allait arriver. Elle descendit de la colline jusqu'à MacArthur Boulevard où il n'y avait pas de brouillard, mais sa peur persistait. Elle suivit le bus 53 jusqu'au centre d'Oakland, marquant chaque arrêt où avait lieu le chassé-croisé des passagers. Une fois dans le centre-ville, elle se positionna derrière le 43 sur Telegraph Avenue et le suivit jusqu'à la maison. Elle était trop ivre pour voir clair.

Elle largua son manteau et son cartable juste derrière la porte, grimpa jusqu'à sa chambre. La pièce était dans le noir, rideaux tirés. Jesse dormait dans son lit.

— Hé, à quoi tu joues ? dit-elle, mais il ne bougea pas.

Elle passa par-dessus son corps et s'endormit aussitôt, mais il se réveilla, se tourna vers elle et se délesta de ses bottes.

— Salut, Maggie…

Le Pony Bar, Oakland

Certains bruits bien particuliers touchent à la perfection. Une balle de tennis, de golf, frappée avec justesse. Une balle de base-ball interceptée dans un gant de cuir. L'impact sonore d'un K-O. J'ai des vertiges en entendant le choc de la bille de casse, les autres billes qui s'éparpillent sur le tapis et les cliquetis consécutifs. Les torsions caressantes de la craie sur la queue. Le billard est érotique, vu sous n'importe quel angle. En général, à travers les troubles effets lumineux d'un juke-box.

Cricket à Santiago. Parasols rouges, herbe verte, Andes blanches. Transats rouge et blanc au Prince de Galles Country Club. Je signais des notes pour mes limonades, gratifiais les serveurs en smoking d'un pourboire, applaudissais John Wells. Claquement parfait de la batte de cricket. J'étais vêtue de blanc, je redoutais les taches de chlorophylle, flirtais avec des garçons arborant les pantalons de flanelle gris de l'école Grange, des blazers bleus en été. Canapés au concombre à l'heure du thé, projets pour le dimanche à Viña del Mar.

Au Pony Bar, je me suis souvenue de cette sensation d'étrangeté, la même que sur ce tabouret de bar, à côté du motard. Il avait des charnières tatouées sur les poignets, au creux du coude, derrière les genoux.

Moi :

— Il vous manque une charnière au cou.

— Il te manque une tringle dans le cul.

Filles

Le courage de mes convictions ? Je n'arrive même pas à garder une impression au-delà de cinq minutes. C'est comme la radio à bord d'un pick-up. Je roule à fond de train… Waylon Jennings, Stevie Wonder… passe sur une grille antibétail et paf ! C'est un évangéliste de Clint, Texas. Votre vie n'est qu'un échec. Avec l'accent chuintant. D'un jour à l'autre, le bus 40 varie. Certains jours, il y a des passagers sortis de l'œuvre de Chaucer, Damon Runyon. Une noce paysanne chez Brueghel. Je me sens proche de tous ces gens, en communion avec eux. Nous sommes une tapisserie vivante de passagers, et soudain le syndrome de Gilles de la Tourette frappe et nous en sommes tous les victimes, prisonniers de cette bulle de chaleur, maintenant et à jamais. Parfois, tout le monde est fatigué. Tout le bus, laminé. Lourds cabas. Encombrants chariots, poussettes. Essoufflés en montant à bord, laissant passer leur arrêt parce qu'ils dormaient, les gens s'écroulent, ils oscillent mollement, accrochés aux poteaux comme des algues langoureuses. Ou alors, chacun a une excroissance sur la tête. Rangée après rangée, ou debout, pressés comme des sardines, ils ont tous une capillarité débordante. Pas du type saule pleureur ou eucalyptus, voire mousse, mais des millions de brins, de filaments de cheveux. Crête iroquoise, permanente bleutée, afro mouillée. Arrrgh, l'homme en face de moi n'a pas de cheveux du tout. Même pas de petits trous sur le crâne pour cela. Je me sens mal. Une fillette monte dans le bus, vêtue de l'uniforme de saint Ignatius. Quelqu'un, une grand-mère *tiens-toi tranquille, petite*, a tellement serré ses tresses qu'elle en a les yeux bridés. Ces nattes se terminent par des faveurs blanches, de vrais rubans en satin. Elle s'assoit derrière le chauffeur. Le soleil matinal brille sur sa raie parfaitement rectiligne, la nimbe d'une auréole. J'adore les cheveux de cette enfant. Je touche les miens, palpe mes propres tifs, qui sont courts et rêches comme le poil d'un samoyède ou d'un chow-chow. Bon chien. Tue-le, Croc-Blanc.

J'aurais dû prendre ce boulot où l'on enfile des perles graduées. Bosser pour un médecin, euh, c'est la vie ou la mort toute la journée. Moi, je plane dans les couloirs, un véritable ange de miséricorde. Ou un vampire. Mmm, docteur B… intéressant, ce bilan de la moelle osseuse de M. Morbido. C'est son nom, juré. La vérité est encore plus tordue que mon imagination, qui s'emballe vraiment avec les machines à dialyse. Innovation de la médecine moderne. Ces engins qui sauvent la vie se transforment en fin d'après-midi en vampires de plastique sans tête, qui vous sucent le sang. Les patients sont de plus en plus pâles. Les machines produisent un ronronnant bruit de succion avec parfois un slurp qui sonne comme un rire.

En fin d'après-midi, je suis prête à étrangler la fille de Riva Chirenko. Je ne connais pas son nom. Personne ne l'appelle Mme Tomanovich. C'est l'épouse de M. Tomanovich. Elle a ce qui cloche chez nous autres, les femmes, cette crétine de la steppe. Mais à d'autres moments, c'est cette même femme, la fille de Riva Chirenko, que je respecte, révère. Si seulement je pouvais accepter comme elle l'a fait, juste accepter. Accepter, c'est avoir la foi, a dit Henry Miller. Lui aussi, je l'étranglerais bien.

Hier, on a fêté Noël au centre de dialyse. Malgré mon mauvais esprit, ce fut une belle fête, une célébration. Tous les patients et leurs familles. Rocky Robinson est venu. Personne ne l'avait revu depuis qu'il a reçu l'organe d'un cadavre, mais il avait bonne mine. Il y a un lien entre les patients dialysés, comme chez les Alcooliques Anonymes ou les rescapés d'un tremblement de terre. Ils ont conscience de bénéficier d'une grâce, se traitent avec plus de respect et de tendresse que la plupart des gens.

J'étais occupée au buffet et au bol à punch. C'était bien, des tonnes de nourriture. Sans sel ajouté. M. Tomanovich, le gendre de Riva Chirenko, me donnait un coup de main. Debout à un coin de la table, il hélait les invités. Bon manger ! Bon boire !

C'était bien plus sain quand je voyais les gens sous une forme animale. M. Tomanovich, un lamantin en nage. Aujourd'hui, ce sont tous des maladies. Zona ou choc toxique. M. Tomanovich est hypertendu, c'est sûr, avec son visage rougeaud et ses ganglions au niveau des aisselles bleu ciel. Glomérulosclérose et insuffisance rénale potentielles. Son épouse, la fille de Riva Chirenko, l'éléphant… une hystérectomie en réserve pour elle, c'est dans l'utérus que réside son mal.

Riva Chirenko elle-même est au-delà de la maladie. On entend toujours parler des petites dames âgées. Les grosses dames âgées, elles sont déjà mortes, sauf Riva, qui pèse cent quarante kilos et a quatre-vingts ans. Des flots de velours rouge débordent sur le plastique de sa civière. Ronron du sang rouge. La perfusion lâche régulièrement ses gouttes dans les *mesas* de ses bras. On dirait le Père Noël. Cheveux et sourcils blancs, joues roses, poils blancs au menton. Elle aboie en russe sur sa fille, qui l'évente, éponge son front avec un linge frais, lui chante des chansons en russe d'une voix plaintive. Allers-retours au réfectoire, pour remplir à chaque fois son assiette rouge avec des bouchées pour sa mère. Boulettes de viande à la suédoise, croissants au jambon, rosbif, œufs à la diable, asperges, quiche, brie, olives, trempette à l'oignon, tarte à la citrouille, champagne, jus d'airelles, café. Tout disparaît dans la mignonne et étonnamment petite bouche de Riva Chirenko.

— Où est le docteur B. ? demande sans arrêt M. Tomanovich.

Deux ans que je travaille pour lui et je ne sais jamais où il est. En train de décoaguler un shunt de Scribner ? De piquer un roupillon ? De se couvrir la tête de cendres ?

— Il est au bloc opératoire, dis-je.

La fille de Riva Chirenko, chaque fois qu'elle remplit l'assiette de sa mère, effleure celle d'Irena, sa propre fille, et l'encourage à manger. Elle dit, en russe : « *Kushai, dochka.* » Le père, lui aussi, arrive de temps en temps et dit : « *Tebe ne khorosho ?* »

Ça veut dire : « Bouffe donc, petite conne ! » Non, sûrement pas. Ça veut dire : « Mange, ma petite princesse. »

Leur fille, Irena, est assise sur la seule chaise du réfectoire. Une chaise en plastique hideuse, bancale. J'ai envie de la jeter à la poubelle, d'aller lui en louer, lui en acheter une autre, et vite. Son profil, avec un long cou, est courbé comme celui d'un dinosaure albinos, d'un cobra de marbre, d'un lévrier anorexique. Voyez comme je suis pervertie. À m'entendre, on croirait qu'elle est ridicule. Je n'ai jamais vu un être aussi ravissant. Yeux vert pâle, une chevelure claire comme du miel, l'intérieur d'une poire. Elle a quatorze ans, s'habille de blanc, avec ces mitaines de dentelle qui sont aujourd'hui à la mode. Ses mains osseuses reposent sur ses genoux comme ces petits oiseaux blancs qu'on mange tout entiers à Guadalajara… trop de cannelle. Elle porte des bas blancs sans pieds en dentelle. Nervures bleues palpitantes sur ses chevilles. Sa mère effleure ses cheveux pâles. Irena se crispe, ne lui adresse pas un regard. Quand son père en fait autant, elle ne lui parle pas, mais montre ses exquises dents blanches.

Le docteur B. arrive enfin. C'est l'émeute. Les patients et leurs familles s'agglutinent autour de lui. Ils le vénèrent. Il a l'air fatigué. M. Tomanovich fait traduire par sa femme. Il attendait de montrer au docteur B. des photos d'Irena à Hawaï. Irena a gagné le concours organisé pour la fête des pères par Skagg's Drugstore. Une rédaction : « Mon papa, c'est le meilleur ! » Un voyage à Hawaï pour elle et ses parents. Bien entendu, sa mère ne pouvait pas quitter Riva Chirenko. Irena a aussi participé au concours pour la fête des mères, mais elle n'a décroché qu'une mention honorable et le Polaroïd qui a pris toutes ces photos. Irena près d'un oiseau de paradis. Irena avec un collier de fleurs, dans un champ de canne à sucre, sur la terrasse. Pas sur la plage. Elle déteste le soleil.

Le docteur B. sourit.

— Vous en avez de la chance d'avoir une enfant aussi belle et talentueuse.

— Dieu est bon !

La fille de Riva Chirenko dit toujours cela. Dieu les a fait sortir de Russie. Dieu a donné à sa mère la machine à dialyse.

Le docteur B. regarde Irena, plantée sur sa chaise, la tête droite, dédaigneuse. Des flocons de neige tombent doucement. Elle soulève sa petite main blanche, à serrer, à baiser ? Celle-ci s'arrondit dans les airs, en suspens, recroquevillée. La voilà qui se métamorphose en bas-relief égyptien. Le docteur B. la contemple. Il est médusé.

— Tu as mangé ? dit-il.

Ça, c'est la meilleure. Cette gamine n'a rien mangé depuis des années. Le docteur B. va saluer patients et invités. La main tendue d'Irena se change en un point qui désigne le vestiaire. M. Tomanovich s'empresse d'aller lui chercher son manteau orné de fourrure, l'aide à l'enfiler. Sa mère arrive, boutonne le manteau, libère ses cheveux pris dans la fourrure, les caresse. Irena ne bronche pas, ne parle pas. Elle tourne les talons. Son père touche le creux de son dos. Elle s'arrête et se fige. Il ôte sa main et ouvre la porte, la suit à l'extérieur.

Je nettoie le réfectoire. La plupart des invités sont partis, ou sur le départ. Les dialysés ont encore une heure à tirer. Certains vomissent, d'autres dorment. La cassette joue « Là-bas dans une étable, pas de berceau pour Lui », la chanson de Noël préférée de ma grand-mère, mais qui me fichait la trouille parce qu'elle me disait toujours de ne pas faire le ravi de la crèche. Je croyais que le ravi avait ravi le Petit Jésus.

La bouffe, c'était parfait. Rien ne reste sauf les deux grands Tupperware qu'Anna Ferraza avait apportés. Le bide absolu. Jell-O à la fraise et aux airelles, affreusement amer. Je laisse ça là. À côté des assiettes rouges, du poinsettia, la couleur est jolie.

Il n'y a plus que quelques infirmières et techniciens. Le docteur B. est au téléphone dans son bureau. Le sapin au milieu de la grande salle a des centaines de boules lumineuses qui gargouillent et pétillent encore plus que les machines COBE II, et c'est comme si le sapin subissait une transfusion. On sent les aiguilles de pin. La fille de Riva Chirenko évente toujours sa mère, bien qu'elle se soit endormie. Enfin, elle s'arrête, se lève. Elle est raide et endolorie. Ostéoporose. Perte de substance osseuse post-ménopause. Elle recouvre Riva d'une étole moelleuse, vient dans le réfectoire au moment où je m'en vais avec un sac-poubelle. Je réalise que la fille de Riva Chirenko n'a pas mangé ce soir. Elle me fait la bise.

— Merci pour cette fête ! Joyeux Noël !

Ses yeux sont verts comme ceux de sa fille. Des yeux gais. Pas le sourire mièvre des enfants maltraités ou des fanatiques religieux. Gais.

Je jette la poubelle et discute un moment avec l'un des techniciens, de solution saline, où acheter un chandail à sa femme. Je consulte le service téléphonique pour voir s'il y aurait des messages. Commande d'alimentation en intraveineuse pour Ruttle, et c'est tout. Maisie, l'opératrice, me demande si demain, j'ai congé. Oui ! Dieu est bon, Maisie. Cela l'amuse. Non, pas avec moi, en tout cas.

Je vais chercher mon manteau, me rappelle le Jell-O aux airelles, réalise que la fille de Riva Chirenko le mangera, de bon appétit.

Jour de pluie

Mon vieux, ce centre de désintox fait le plein quand il pleut. Marre d'être à la rue, tu comprends ? Ma vieille et moi, on est allés au stade… c'est sympa – bien calme et plein de place. Mais il se met à pleuvoir et la voilà qui chiale. J'arrêtais pas de lui demander : Qu'est-ce que t'as, chérie ? Qu'est-ce que t'as ? Tu sais ce qu'elle dit, finalement ? « Tous les mégots vont moisir. » Là, je l'ai cognée. Elle est devenue dingue, des flics l'ont collée en cellule et moi, ils m'ont emmené ici. Rester sans boire, je peux. Le hic, c'est que si je bois pas, je commence à cogiter. Les alcooliques pensent plus que la majorité, voilà la vérité. Moi, je bois juste pour arrêter la parlotte. Putain, et si je faisais percussionniste ? La dernière fois que j'étais là, y avait un *Psychology Today*, qui parlait des clodos. C'est prouvé que les ivrognes pensent plus. Paraît qu'ils ont des résultats supérieurs aux tests rapport aux gens normaux, et plus de mémoire. Y avait juste un truc où ils étaient pas bons, pas bons du tout, mais j'me rappelle plus quoi.

Le gardien de mon frère

Quand certains meurent, ils disparaissent entièrement, comme des cailloux jetés dans l'eau. La vie se recompose et reprend comme avant. D'autres restent parmi nous longtemps, soit qu'ils aient passionné les foules, tel James Dean, soit que leur esprit ne veuille pas lâcher prise, tel celui de notre amie Sara.

Dix ans que Sara est morte et pourtant, toutes les fois où ses petits-enfants font une remarque lumineuse ou tranchante, tout le monde s'écrie: « C'est Sara tout craché ! » Lorsque je vois deux femmes passer en voiture, et qui rient, ce qui s'appelle rire, je pense toujours à elle. Et bien sûr, au printemps, quand je plante, je me rappelle ce figuier que nous avions récupéré dans la benne à ordures de PayLess, notre grosse dispute autour du rosier corail miniature à East Bay.

Notre pays vient d'entrer en guerre et c'est la raison pour laquelle je songe à elle aujourd'hui. Elle pouvait être plus critique à l'égard de nos hommes politiques et plus loquace à ce sujet que n'importe lesquelles de mes connaissances. Je voudrais lui passer un coup de fil, elle vous donnait toujours une tâche, vous donnait l'impression qu'on pouvait agir.

Même si chacun de nous continue à évoquer ses souvenirs à son propos, nous avons cessé de parler de la façon dont elle est morte très vite après les faits. Elle a été assassinée, brutalement, la tête fracassée par un « instrument contondant ». Un amant l'avait à plusieurs reprises menacée de mort. Elle avait contacté la police à chaque fois, mais on lui répondait qu'il n'y avait rien à faire. Ce type était dentiste, alcoolique, plus jeune qu'elle d'une quinzaine d'années. En dépit de ses menaces, et de certains actes de violence, on n'avait pas retrouvé l'arme du crime, rien pour l'incriminer. Il n'a jamais été inculpé.

Vous savez ce qui se passe, quand une amie est amoureuse. Enfin, je suppose que je m'adresse à des femmes, des femmes fortes, des femmes mûres. (Sara avait soixante ans.) Nous prétendons que c'est formidable d'être autonomes, que nos existences sont bien remplies. Mais nous la désirons toujours, la recherchons. La passion. Lorsque Sara avait valsé dans ma cuisine en riant – « Je suis amoureuse, tu te rends compte ? » – j'avais été contente pour elle. Nous l'étions tous. Leon était séduisant. Instruit, sexy, structuré. Il la rendait heureuse. Plus tard, comme elle, nous lui avons pardonné. Des rendez-vous manqués, des mots désobligeants, un peu de désinvolture, une gifle. Nous voulions que tout soit pour le mieux. Nous voulions encore croire à l'amour.

Après son décès, son fils Eddie a emménagé dans la maison. Comme je faisais déjà le ménage avant, chez lui, je me suis retrouvée à nettoyer chez Sara. Au début, c'était dur d'être dans sa cuisine ensoleillée d'où toutes les plantes avaient disparu, alors que les souvenirs persistaient. Potins, conversations sur Dieu, nos enfants. Le living était plein des CDs, radios et ordinateurs d'Eddie, deux téléviseurs, trois téléphones. (Tellement d'électronique qu'un jour j'ai répondu au téléphone avec la télécommande des téléviseurs.) Le mobilier dépareillé d'Eddie avait pris la place de l'énorme divan tendu de lin où on s'allongeait, face à face, un édredon sur les genoux, à parler, parler. Un dimanche pluvieux, on était si cafardeuses qu'on a regardé du bowling et *Lassie, chien fidèle* à la télé.

La première fois que j'ai nettoyé sa chambre, ce fut l'horreur. Le mur près de l'endroit où avait été son lit était encore éclaboussé et souillé de son sang. J'avais envie de vomir. Ensuite, je suis allée dans le jardin, souriant de voir les azalées, les jonquilles et les renoncules que nous avions plantées. Pour les renoncules, comme on ne savait pas de quel côté planter les bulbes, on avait décidé d'en mettre une moitié pointe en bas, l'autre moitié pointe en l'air. À ce jour, je ne sais toujours pas lesquelles ont poussé.

En y retournant, pour passer l'aspirateur et faire le lit, j'ai vu, sous celui d'Eddie, un pistolet et un fusil. J'étais pétrifiée. Et si Leon revenait ? Il est fou. Il pourrait me tuer aussi. J'ai sorti les armes l'une après l'autre. Les mains tremblantes, j'ai tenté d'imaginer comment on s'y prenait. J'aurais voulu qu'il vienne, pour l'abattre.

J'ai passé l'aspirateur sous le lit et remis les armes à leur place. J'étais écœurée par ce que je ressentais et m'efforçais de penser à autre chose.

Je me suis imaginée dans une série télévisée. Une femme de ménage détective, sorte de Columbo au féminin. Un peu timbrée, mâchonnant du chewing-gum… mais tout en agitant son plumeau, elle cherche en réalité des indices. C'est un hasard si elle fait le ménage dans des foyers où un crime vient d'être commis. Invisible, elle passe la serpillière dans la cuisine tandis qu'à deux pas, le suspect tient des propos compromettants au téléphone. Elle écoute aux portes, découvre des couteaux ensanglantés dans le placard à linge, veille à ne pas épousseter le tisonnier, pour préserver les empreintes…

Leon l'a sûrement tuée avec un club de golf. C'est là qu'ils s'étaient rencontrés, au Claremont Golf Club. Je récurais la baignoire quand j'ai entendu le grincement du portillon, un siège traîné sur la terrasse en bois. Quelqu'un dans le jardin. Leon ! Mon cœur s'est emballé. Comme je ne pouvais rien voir à travers le vitrail, je me suis glissée dans la chambre pour m'emparer du revolver et m'approcher des portes-fenêtres à pas de loup. J'ai jeté un coup d'œil à l'extérieur, l'arme au poing, même si ma main tremblait si fort que je n'aurais pas pu tirer.

C'était Alexander. Mince. Ce bon vieil Alexander, assis sur une chaise Adirondack. J'ai lancé un : Bonjour, Al ! Et je suis allée planquer le flingue.

Il tenait un freesia rose dans son pot en terre cuite qu'il avait destiné à Sara. Il avait eu envie de passer un moment dans le jardin. Je suis allée lui servir un café. Sara en gardait au chaud toute la journée. Avec de bonnes choses à manger. Soupes ou gumbos, pain de qualité, fromage et pâtisseries. Pas de ces beignets industriels et autres macaronis surgelés, comme son fils.

Alexander était professeur de lettres. Il pouvait pérorer pendant des heures, Gerard Manley Hopkins et sa balafre d'or vermillon[1]. Sara et lui se connaissaient depuis quarante ans, avaient été de jeunes socialistes idéalistes autrefois. Il était resté amoureux d'elle, la suppliait de l'épouser. Lorena et moi, on l'implorait aussi. « Allons, Sara... Laisse-le prendre soin de toi. » Il était bon. Bon et digne de confiance. Mais si une femme dit d'un homme qu'il est sympa, ça signifie en général qu'elle le trouve ennuyeux. Et, comme disait ma mère : « Déjà essayé d'être l'épouse d'un saint ? »

Et c'était justement ce dont parlait Alexander...

— J'étais trop ennuyeux pour elle, prévisible. Ce type ne me disait rien qui vaille, mais j'espérais seulement être là quand il s'en irait, pour recoller les morceaux.

Ses yeux se mouillaient de larmes.

— Je me sens responsable de sa mort. Je savais qu'il lui avait déjà fait du mal, et qu'il recommencerait. J'aurais dû intervenir. Mais tout ce que je voyais, c'était ma propre rancune et ma jalousie. Je suis coupable.

1. Vers tiré du célèbre poème « Le Faucon » (1877) de Gerard Manley Hopkins, poète victorien.

Je lui ai tenu la main et j'ai tenté de lui remonter le moral. On a passé un moment à bavarder, à évoquer Sara.

Ensuite, je suis allée nettoyer la cuisine. Au fait, et si Alexander était réellement coupable ? Et s'il était venu cette nuit-là, avec le freesia en pot, ou pour voir si elle avait envie de jouer au Scrabble ? Il avait peut-être regardé à travers les rideaux et les avait vus faire l'amour ? Il avait attendu le départ de Leon pour s'introduire à l'intérieur, fou de jalousie, et la tuer. Un suspect, c'est sûr.

Le jeudi suivant, comme la maison n'était pas aussi en désordre qu'à l'ordinaire, j'ai passé la dernière heure à désherber et replanter dans le jardin. J'étais dans la cabane, quand j'ai entendu les clochettes et le tambourin. Haré Haré Haré. Rebecca, la fille cadette de Sara, dansait et psalmodiait autour de la piscine.

Lorsqu'elle avait adhéré à la secte, Sara en avait été contrariée, mais un jour qu'on roulait sur Telegraph Avenue, on l'avait aperçue parmi tout un groupe. Elle était si belle, à chanter et à sautiller, dans sa toge jaune safran. Sara s'était garée le long du trottoir, juste pour la regarder. Elle avait allumé une cigarette et dit : « Tu sais quoi ? Elle est à l'abri. »

J'ai tenté de lui parler, de la faire asseoir pour prendre un thé ou autre, mais elle tournait, tournait comme un derviche, en se lamentant. Tout à coup, la voilà qui saute et tournoie sur le plongeoir, parsemant ses litanies de violentes explosions : « Le mal engendre le mal ! » Elle délire sur le fait que sa mère fumait et buvait du café, mangeait de la viande rouge, et des fromages avec de la pressure ou autre. Et la fornication. Elle était tout au bout du plongeoir, et chaque fois qu'elle beuglait : « Fornication ! », elle décollait d'un mètre.

Suspect numéro deux.

Je ne faisais le ménage chez Eddie qu'une fois par semaine, mais invariablement il y avait une personne au moins pour entrer dans le jardin. Je suis sûre qu'il en venait les autres jours aussi. Parce qu'elle était comme ça, Sara, le cœur et la porte ouverts à tout le monde. Au sein de la collectivité, elle aidait dans les grandes choses, politiquement, mais aussi dans les petites – tous ceux qui avaient besoin d'elle. Elle répondait toujours au téléphone, ne fermait jamais la porte à clé. Elle avait toujours été là pour moi.

Un jeudi, sans crier gare, la plus suspecte d'entre tous, la pire, s'est pointée. Clarissa. L'ex-petite amie d'Eddie. Mazette. Ce devait être la première fois qu'elle s'approchait de la maison de Sara, elle la détestait tellement. Elle avait tenté de convaincre Eddie de quitter le cabinet juridique de sa mère, afin de vivre avec elle à Mendocino et d'être écrivain à plein temps. Elle avait écrit des lettres à Sara, l'accusant d'être dominatrice et possessive, et se disputait avec Eddie tout le temps à propos de sa carrière d'avocat et de sa mère. Clarissa et moi, nous étions amies jusqu'au jour où j'avais dû choisir. Mais je l'avais souvent entendue dire : « Oh, je l'assassinerais avec joie. » Et elle était là, debout sous la glycine mauve qui recouvrait le portillon, à mordiller une branche de ses lunettes noires.

— Bonjour, Clarissa.

Elle accusa le coup.

— Bonjour. Je ne m'attendais pas à voir quelqu'un. Qu'est-ce que tu fais là ?

(Typique de sa part... dans le doute, attaquer.)

— Je fais le ménage chez Eddie.

— Tu fais encore la femme de ménage ? C'est dingue.

— J'espère que tu ne parles pas ainsi à tes patients.

(Clarissa est psychiatre, tout de même...) Je me suis efforcée de songer aux questions que ma détective-femme de ménage lui poserait. Je ne savais pas quoi dire, elle était trop intimidante. Elle était vraiment *capable de tout*[1]. Mais comment le prouver ?

— Où étais-tu la nuit où Sara a été tuée ? dis-je à brûle-pourpoint.

Elle rigola.

— C'est la meilleure... tu insinues que je serais l'assassin ? Non. Trop tard, dit-elle et elle tourna les talons.

Au fil des semaines, ma liste de suspects continua à s'allonger, englobant tout le monde, des juges aux policiers en passant par le laveur de carreaux.

Le seul truc pour le laveur de carreaux, c'était l'arme du crime, cette perche qu'il balade avec lui en même temps que son seau. C'était effrayant, cette silhouette aperçue à travers les rideaux. Un grand gaillard, trimbalant une perche. Je m'interroge sur son compte depuis des années. C'est un jeune Noir SDF qui passe la nuit

1. En français dans le texte.

dans des bus ou parfois dans le hall des urgences d'Alta Bates. Dans la journée, il fait du porte à porte, propose ses services. Il a toujours un livre sur lui. Nathaniel Hawthorne. Jim Thompson. Karl Marx. Il a une voix agréable et s'habille très bien, pulls tennis, T-shirts Ralph Lauren.

Après l'avoir payé pour son travail, Sara lui donnait toujours l'une des horribles frusques d'Eddie. Il disait toujours : Merci, madame, poliment, mais j'étais certaine qu'il les flanquait à la poubelle en sortant. Elle symbolisait peut-être quelque chose pour lui. Une salopette au zip cassé – la goutte qui fait déborder le vase ?

— Hello, Emory, comment ça va ?

— Très bien, et vous-même ? J'ai vu que le fils de Miss Sara vivait ici, désormais... je me demandais s'il avait besoin qu'on lave ses vitres ?

— Non, c'est moi qui fais le ménage pour lui, et je fais aussi les vitres. Et si vous alliez à son bureau, dans Prince Street ?

— Bonne idée. Merci.

Il sourit et s'en va.

Bon, reprends-toi et arrête de voir partout des suspects.

Je suis allée faire du café, avant de m'asseoir dans le jardin. Oh, les iris japonais étaient en fleurs. Sara, si seulement tu pouvais les voir.

Elle m'avait appelée à plusieurs reprises ce jour-là, me rapportant ses menaces. À ce moment-là, cette histoire m'agaçait... pourquoi ne rompait-elle pas, tout simplement ? Je l'écoutais, et je disais des choses comme : « Appelle la police. Ne réponds plus au téléphone. »

Pourquoi n'ai-je pas dit : « Viens tout de suite chez moi » ? Pourquoi n'ai-je pas dit : « Sara, fais ton sac… Quittons la ville. »

Je n'ai pas d'alibi pour le soir du crime.

Perdue au Louvre

Quand j'étais enfant, j'essayais de saisir l'instant précis où le sommeil m'emporterait. Immobile dans mon lit, j'attendais, mais l'instant d'après c'était le matin. En vieillissant, j'ai réessayé par intermittence. Parfois, je demande à des personnes si elles ont jamais tenté la même chose, mais on ne me comprend jamais. J'avais plus de quarante ans quand j'ai réussi, et je ne l'avais même pas fait exprès. Par une chaude nuit d'été. Les phares des voitures balayaient le plafond. Ronron des tourniquets d'arrosage d'un voisin. J'ai surpris le sommeil. Au moment où il venait gentiment me recouvrir comme un drap frais, légère caresse sur mes paupières. J'ai senti le sommeil m'emporter. Le lendemain matin, j'étais heureuse en me réveillant et je n'ai jamais eu à recommencer.

L'idée ne m'était jamais venue de surprendre la mort, bien que ce soit à Paris que cela m'est arrivé. Que j'ai vu comment elle fond sur vous.

Cela doit sembler bien mélodramatique. J'étais très heureuse à Paris, mais triste aussi. Mon amant et mon père étaient morts l'année précédente. Le décès de ma mère était très récent. Je songeais à eux en marchant par les rues ou installée dans les cafés. En particulier à Bruno, à qui je parlais dans ma tête, riant avec lui. Mes amies d'enfance, fillettes couchées dans l'herbe, sur la plage, parlant d'aller un jour à Paris. Mortes elles aussi. Tout comme Andrés, qui m'avait offert *À la recherche du temps perdu.*

Les premières semaines, j'explorai tous les lieux touristiques. L'Orangerie, la splendide Sainte-Chapelle par une journée ensoleillée. La maison de Balzac, le musée Victor Hugo. Je me suis assise à l'étage, aux Deux Magots, où tout le monde ressemblait à un Californien ou à Camus. Je suis allée sur la tombe de Baudelaire à Montparnasse et je me suis amusée de voir que la féministe Simone de Beauvoir était inhumée auprès de Sartre. Je suis même allée dans un musée renfermant des instruments de chirurgie et au musée de La Poste. J'ai flâné rue de Courcelles et marché sur les Champs-Élysées. Le tombeau de Napoléon, le marché aux oiseaux du dimanche. La rue Serpente. Certains jours, je prenais le métro au hasard et marchais, marchais dans chaque nouveau quartier. Je me suis assise dans le square sous l'appartement de Colette et j'ai marché au Luxembourg avec tout le monde, de Flaubert à Gertrude Stein. Je suis allée boulevard Haussmann et au bois de Boulogne avec Albertine.

Tout cela, il me semblait l'avoir déjà vu, mais je voyais en fait mes lectures.

J'ai pris le train pour Illiers, voir la maison de la tante et le village qui a inspiré le Combray de Proust. De bon matin j'ai pris le train et je suis descendue à Chartres. Une journée orageuse, si sombre qu'aucune lumière ne filtrait par les vitraux de la cathédrale. Une dame âgée priait dans une chapelle latérale et un enfant jouait de l'orgue. Il n'y avait personne d'autre. On ne pouvait pas distinguer le sol en pierre, mais c'était lisse comme du satin. Une lueur trouble passant par des carreaux sales mettait nettement en relief les sculptures finement ouvragées. Les exquises figures de pierre ressortaient de façon particulièrement frappante dans ce contexte dénué de couleur, tout comme un film en noir et blanc semble être la vérité.

Le petit train pour Illiers était exactement tel que je l'avais imaginé. Le paysage plat et monotone, les ouvriers et les femmes de la campagne, les sièges cannés. La flèche de l'église ! Le train s'arrêta assez longtemps pour me laisser descendre. Étrangement, pas de voitures en vue, juste une bicyclette calée contre le mur de la gare. Je savais où aller, descendre l'avenue de la gare sous les tilleuls, presque entièrement dépouillés en ce mois d'octobre, les feuilles mortes étouffant mes pas. Prendre à droite rue de Chartres, Florent d'Illiers jusqu'à la place. Pas un chat.

Je me suis promenée dans le village en attendant la visite guidée, qui commençait à dix heures. Enfin, j'ai aperçu des gens, vêtus de façon si démodée que j'aurais pu avoir remonté le cours du temps.

À l'entrée de la maison de Tante Amiot, il y avait un couple d'Allemands d'un certain âge. Ils sonnèrent en souriant et j'en fis autant, souriant moi aussi. Le timbre était exactement comme il se devait. Bougonnant, cigarette au bec, un petit vieux vint nous ouvrir. Il parlait trop vite pour nous, mais aucune importance. Nous le suivions à travers la petite maison. Si peu de marches à grimper pour la mère de Marcel ! Un bégonia sur le palier ne semblait pas à sa place. La cuisine sans fenêtre, minable, pas du tout « un petit temple de Vénus ».

Nous sommes restés longtemps dans la chambre de Marcel, muets. Nous avions beau nous sourire mutuellement, je devinais qu'eux aussi ressentaient une profonde tristesse. La cruche, la lanterne magique, le petit lit.

Dans le jardin cimenté, j'essayais de voir la maison comme un endroit morne et vulgaire, et la ville comme un village quelconque, mais ils ne cessaient de redevenir le jardin, la maison, le village de Combray, et ils m'étaient chers.

La salle à manger était vraiment affreuse. Papier floqué vert et mobilier massif. C'était désormais un musée, avec des livres et des cartes postales. Dans une vitrine, une page d'un manuscrit original couverte de pattes de mouche, l'encre d'un jaune sépia, le papier ambré. La « page » avait plusieurs centimètres d'épaisseur car sur chaque phrase étaient collées d'autres phrases, comme les volants d'un jabot, avec encore d'autres ajouts superposés et, çà et là, un mot collé sur une phrase. Ces appendices étaient soigneusement repliés en accordéon, mais si épais qu'ils se dépliaient. La vitrine était cadenassée, mais ces papiers collés s'ouvraient et se refermaient légèrement, comme si la page avait respiré.

— Fini, dit le vieil homme en nous indiquant la sortie.

J'ai compris que l'Allemande m'invitait à les accompagner « du côté de Méréglise ». Je les ai remerciés en disant que je n'avais pas beaucoup de temps avant mon train, ce qu'ils n'ont pas compris, mais quand j'ai dit l'église Saint-Jacques, ils ont acquiescé. On s'est serré la main, chaleureusement, sous le crachin glacial, et peu après on s'est retournés pour se saluer de loin.

Il pleuvait très fort quand je suis arrivée à l'église et j'ai été déçue de constater que c'était fermé. J'avais commencé à chercher un café quand une vieille dame cacochyme m'a lancé un « J'arrive » en agitant sa canne. Elle ouvrit une petite porte grinçante et me fit entrer. L'église était sombre, éclairée seulement par des bougies. Elle se signa et sortit un plumeau qui se trouvait derrière l'autel, le promena partout où elle m'emmenait en parlant doucement de sa bouche édentée. Elle s'appelait Mathilde et avait quatre-vingt-neuf ans. C'était la gardienne de l'église, elle la balayait, l'époussetait, fleurissait l'autel. Ses yeux gris pâle me distinguaient à peine et, heureusement, ne voyaient ni les toiles d'araignée sur la croix ni les amarantes fanées. Elle me parla de l'église tout en déambulant. Je saisis « onzième siècle, reconstruite au quinzième», glissai des pièces de monnaie dans le tronc et allumai trois cierges. Puis, j'en allumai encore un autre, pour moi ou pour elle, et je dis un «Je vous salue Marie» à genoux sur le bois glacé. À présent, j'étais épuisée et j'avais faim. Mais voilà, il y avait le banc clos de la duchesse de Guermantes. J'aurais voulu m'asseoir tranquillement ici, me sentir, euh, *perdue*, au lieu de quoi c'est la boule que j'ai perdue avec Mathilde. S'étant de nouveau signée, cette dernière avait fait une génuflexion devant l'autel et s'était agenouillée à mon côté. Soudain, elle m'agrippe le bras et croasse: «*Bérénice! Ma petite Bérénice!*» Elle me serre alors dans ses bras et m'embrasse sur les deux joues, heureuse de me revoir, et comment se porte ma mère, Antoinette? Elle ne m'avait pas vue depuis de nombreuses années. Elle croyait que je vivais à Tansonville, où elle était née. Elle n'arrêtait pas de me parler d'Illiers (ma mère était d'Illiers), de m'interroger sur ma famille, sans attendre de réponse. Sa surdité était telle qu'elle ne remarquait pas la médiocrité de mon français. Elle me demanda si je m'étais mariée. «*Oui, mais il est mort!*» Elle était désolée d'apprendre cela, ses yeux étaient pleins de larmes. Comprenant que je devais m'en aller pour attraper mon train, que je vivais à Paris désormais, elle me fit de nouveau la bise. Sans pleurer, elle déclara d'un ton neutre qu'elle ne me reverrait sans doute plus jamais, qu'elle serait morte, probablement.

Sur le chemin de la gare, j'ai pleuré exagérément. Et j'ai très mal déjeuné à l'unique auberge de la ville.

Dans le train pour Paris, j'ai tenté de me rappeler les lits de ma propre enfance, mais en vain. Mes propres lits d'enfant, je ne pouvais même pas m'en souvenir. Tous ces berceaux, couffins, lits superposés, lits gigognes, convertibles, matelas gonflables. Aucun ne me semblait aussi réel que le petit lit à Illiers.

Le lendemain, je suis allée voir la tombe de Proust au Père-Lachaise. C'était une magnifique journée et les sépultures anciennes étaient agglutinées comme des sculptures de Louise Nevelson. Des vieilles dames tricotaient sur des bancs et il y avait des chats partout. Peut-être en raison de l'heure matinale, peu de monde, seulement des gardiens et des tricoteuses, un homme trapu avec un anorak bleu. J'avais un plan, et c'était amusant de chercher Chopin et Sarah Bernhardt, Victor Hugo et Antonin Artaud, Oscar Wilde. Proust était inhumé avec ses parents et son frère. Pauvre frère, quand on y pense. Il y avait beaucoup de bouquets de violettes sur le marbre noir. Cette dalle polie avait quelque chose de vulgaire à côté de la pierre claire et usée, omniprésente. Il faut certainement une centaine d'années pour acquérir ce chic de la vieillesse, comme le monument d'Héloïse et Abélard ou cette sépulture qui dit : IL A FROID.

J'ai commencé à parcourir rapidement les allées bordées d'arbres, en partie parce que le temps se gâtait, mais aussi parce que le type à l'anorak n'était jamais très loin. Le vent m'a arraché le plan des mains juste au moment où il tombait des cordes. J'ai couru vers ce que je prenais pour la sortie, mais dus finalement enjamber une balustrade pour trouver refuge dans une crypte moussue. Malgré le froid, c'était merveilleux de voir les feuilles rouges et jaunes s'envoler des arbres dans un tourbillon, les rideaux de pluie argentée noircir les pierres tombales. Mais il faisait de plus en plus sombre et froid, et je n'entendais pas seulement les ululements du vent mais des pleurs, des gémissements déchirants. Des chansons lugubres, funèbres, un rire diabolique. J'avais beau me dire que j'étais folle, j'avais très peur et j'ai fini par me convaincre que l'homme à l'anorak était la Mort, venue me chercher. Puis, la bande des fans de Jim Morrison est passée en courant, avec leur radiocassette. « *This is the end, my friend!* » Je me sentais bien sotte. Quittant la crypte, j'ai essayé de suivre le son de leurs voix, désormais désespérément perdue. Il aurait été logique d'attraper la mort au cours de cette heure passée au Père-Lachaise à courir, courir, sans trouver la sortie. J'entendais des bruits de circulation, des coups de klaxon au loin, mais il n'y avait pas âme qui vive, ni chats ni oiseaux, pas même l'homme à l'anorak.

Non, ce n'est pas là que j'ai attrapé la mort, même si, quand j'ai fait une pause, j'ai bel et bien douté. Et si je mourais de froid ? Je n'avais pas de papiers, pas de pièce d'identité. Devrais-je noter mon nom quelque part et ajouter : « S'il vous plaît, enterrez-moi ici, au Père-Lachaise ? » Mais je n'avais pas de stylo. J'ai décidé de marcher en ligne droite, sur une seule et même allée. Je finirais bien par tomber sur un mur, et avec un peu de chance par choisir la direction qui menait à la sortie. J'avais tellement faim que j'en défaillais, mes belles chaussures italiennes s'étaient distendues sous la pluie et me valaient des ampoules. Comme j'apercevais un mur, c'est là aussi que j'ai vu une sépulture tristement familière et mal entretenue au milieu des autres, soignées, ornées de fleurs fraîches. Mon errance s'était déroulée près de Colette, qui était à proximité de la sortie et des vendeurs de fleurs. Chère Colette, toujours là. Les portes étaient fermées et de nouveau l'idée de la mort m'a traversée, mais un type est sorti de sa guérite pour m'aider. Les vendeurs de fleurs n'étaient plus là, mais un taxi stationnait le long du trottoir.

J'ai mangé dans un restaurant grec près de mon hôtel, pris un espresso et une pâtisserie, deux espressos et des pâtisseries. J'ai fumé, regardé les passants, et c'est alors que je me suis demandé, pour la première fois, si je pourrais attraper la mort comme j'avais attrapé le sommeil. Lorsque les gens meurent, sont-ils conscients de cela, de l'instant où la mort apparaît ? À l'agonie, Stephen Crane a dit à son ami Robert Barr : « Ce n'est pas si mal. On a sommeil – et on s'en fiche. On a juste une petite anxiété rêveuse à se demander dans quel monde on est réellement, voilà tout. »

Croissant et café crème le lendemain matin, et ensuite le Louvre. Comme la pyramide était en cours de construction, j'ai eu autant de mal à entrer au musée qu'à sortir du cimetière. Au moins, je l'aurai vu, le Louvre. Le simple fait de parcourir des kilomètres à pied pour tâcher d'y entrer, c'était exaltant. L'endroit est monumental. Je n'avais jamais vu rien d'aussi vaste. Peut-être la première fois que j'ai traversé le Mississippi.

L'intérieur était aussi grandiose et somptueux que je l'avais imaginé. J'avais vu de très belles photos de la *Victoire de Samothrace*. Et bien sûr, je l'aimais, à cause de Mrs Bridge[1]. Mais rien ne m'avait préparée à l'énormité du hall d'accueil. La façon dont elle se dresse, si majestueuse, si, euh, victorieuse, au-dessus de la foule dans cet espace-là.

Le premier jour, j'allais très lentement, avec révérence. Pas à cause des œuvres d'art, même si la *Victoire* et Ingres me donnaient le frisson, beaucoup de choses me donnaient le frisson, mais en raison de la splendeur du lieu, de son histoire. Malgré les momies, les cercueils et Anubis, je ne songeais pas à la mort. En fait, un couple enlacé sur un sarcophage étrusque était si magnifique que j'en fus réconciliée avec Jean-Paul et Simone.

J'allais de salle en salle, montant et descendant, et montant de nouveau, marchant les mains dans le dos comme Henry James avait pu le faire. Je songeais à Baudelaire, qui avait vu ici Delacroix en personne, montrant le musée à une vieille dame. Je n'ai pas vu *La Joconde*. Il y avait toujours une file d'attente et elle était placée dans une vitrine dans le genre de celles des cavistes à Oakland.

1. Héroïne du roman du même nom d'Evan S. Connell (1924-2013).

Je me suis assise à la terrasse d'un café aux Tuileries. Le garçon m'a apporté un croque-monsieur et un café crème, disant qu'il serait à l'intérieur, si j'avais besoin de lui ; il faisait trop froid pour rester dehors. J'aurais volontiers parlé à quelqu'un de tout ce que j'avais vu. C'était dur de ne pas pouvoir avoir une véritable conversation en français. Mes fils me manquaient. J'étais triste au sujet de Bruno et de mes parents. Pas triste parce qu'ils me manquaient, mais parce qu'ils ne me manquaient pas. Et à ma mort, ce serait pareil. Mourir, c'est comme du mercure qui s'éparpille. Instantanément, les gouttelettes se rassemblent, reforment une frémissante masse de vie. Je me suis efforcée de me dérider. J'étais seule depuis trop longtemps. Mais je suis restée quand même là, à réfléchir à ma vie, une vie pleine de beauté et d'amour, en définitive. Il me semblait l'avoir traversée comme j'avais traversé le Louvre, en observatrice invisible.

Je suis allée payer, disant au garçon qu'il avait raison, dehors il faisait trop froid. Sur le chemin de l'hôtel, je me suis arrêtée à un salon de coiffure pour me faire laver les cheveux. J'ai demandé à la coiffeuse de les rincer une nouvelle fois, tant j'avais besoin d'un contact.

Pour ma deuxième journée au Louvre, j'ai pris plaisir à revoir les œuvres que j'aimais vraiment. Le sculpteur de Bronzino. Les chevaux de Géricault ! *Le Derby d'Epsom*. Quand on songe qu'il est mort d'une chute de cheval, à seulement trente-trois ans. Je suis passée par la peinture flamande, me retrouvant Dieu sait comment de nouveau chez Rembrandt, et en bas de l'escalier c'était la salle des momies. Là, je me suis réellement paumée, comme au cimetière, même s'il y avait des milliers de gens autour de moi. J'ai pris des escaliers que je n'avais pas vus jusque-là. Je me suis assise sur le palier pour me reposer. Le plus étrange, c'était que je savais qu'il y avait du monde dans les rues. Peut-être cinq ou six tables avec des buveurs de café au bistro des Tuileries. Mais entre les murs du Louvre, c'étaient des hordes. Des milliers et des milliers de visiteurs montant ou descendant, filant à toute allure devant les pharaons, les apollons et le Salon de Napoléon.

Peut-être étions-nous tous prisonniers d'un microcosme. Quel mot risible, à propos du Louvre. Peut-être participions-nous tous à une performance scénique placée avec amour dans le mausolée de quelqu'un, avec ses bijoux et ses esclaves, tous momifiés mais circulant habilement par-ci, par-là, passant devant toutes ces œuvres d'art dont les auteurs étaient morts depuis longtemps. Devant les Rembrandt et *Le Verrou* de Fragonard, dont les pauvres amants étaient eux aussi morts depuis longtemps. Probablement n'étaient-ce que des modèles, obligés de tenir cette pose inconfortable pendant des heures, voire des jours, afin de gagner leur pain. Coincés ainsi pour l'éternité ! Je ne savais pas du tout où me menait cet escalier. Ah, chouette, les Étrusques. Comme personne ne me parlait, ni même ne me regardait, cela ajoutait à l'illusion que nous étions tous des figurants jouant pour l'éternité dans la pièce de l'Immortalité ; aussi les ignorais-je moi aussi, prenant des détours et des escaliers au hasard au point d'être plongée dans une transe quasi hypnotique et de ne faire plus qu'une avec la déesse Hathor ou l'Odalisque.

Enfin, je me suis forcée à partir, et après avoir pris des huîtres et du foie gras à L'Apollinaire, je me suis écroulée dans mon lit et j'ai dormi sans avoir ni lu ni réfléchi. Je suis retournée au Louvre trois ou quatre fois, voyant d'autres sculptures, tapisseries ou bijoux, mais me perdant également au point d'avoir l'impression de voler hors du temps.

Un phénomène intéressant : si je me trompais de direction et retombais sur la *Victoire de Samothrace*, j'étais aussitôt rendue à la réalité. Le dernier jour, soupçonnant que l'escalier allait m'y conduire, j'ai préféré traverser la salle pour emprunter un couloir étroit, descendre quelques marches qui ne m'étaient pas familières.

Mon cœur battait très fort. J'étais émue, sans trop savoir pourquoi. Je me suis retrouvée dans un nouvel espace. Une aile qui m'était totalement inconnue. Je n'avais rien lu à son sujet, n'avait vu aucune photo. C'était une curieuse et charmante collection d'objets quotidiens de diverses époques. Tapisseries et services à thé, couteaux et fourchettes. Pots de chambre et vaisselle ! Tabatières, pendules, secrétaires, candélabres. Chaque petite salle contenait de ravissants objets ordinaires. Un repose-pied. Une montre. Une paire de ciseaux. Comme la mort, cette section n'avait rien d'extraordinaire. Quelle surprise.

Sombra

Le serveur récupéra sa serviette par terre, la remit sur ses genoux, tourna devant elle une assiette de fruits couleur pastel d'un geste preste. La musique venait d'un peu partout ; ce n'étaient pas des transistors trimbalés par des passants, mais des mariachis au loin, un boléro diffusé par une radio dans la cuisine, le sifflet du rémouleur, un joueur d'orgue de Barbarie, des ouvriers chantant du haut d'un échafaudage.

Jane était une enseignante à la retraite, divorcée, avec de grands enfants. Elle n'était pas venue au Mexique depuis vingt ans, époque où elle y avait vécu avec Sebastian et leurs fils, à Oaxaca.

Elle avait toujours aimé voyager seule. Mais hier, à Teotihuacan, c'était si magnifique qu'elle avait eu envie de parler bien fort, pour confirmer la couleur de la *maguey*.

Elle avait apprécié d'être seule en France, libre de vagabonder à sa guise, de parler aux gens. Le Mexique, c'était dur. La chaleur des Mexicains accentuait sa sensation de solitude, du temps qui passe.

Ce matin-là, elle s'était arrêtée au guichet du Majestic pour se joindre à un groupe qui allait assister à la corrida dominicale avec un guide. L'immense arène, les aficionados, c'était trop intimidant pour être affronté seule. *Fanático*, le mot espagnol pour « fan ». Imaginez cinquante mille Mexicains arrivant tous ensemble, bien avant quatre heures de l'après-midi, alors que les portes sont encore fermées. Par respect pour les taureaux, dixit son chauffeur de taxi.

Le groupe se rassembla dans le hall à deux heures trente. Il y avait deux couples d'Américains. Les Jordan et les McIntyre. Les messieurs étaient des chirurgiens, venus assister à une convention à Mexico. Physique de tennisman, bronzés. Les épouses étaient vêtues coûteusement, mais dans ce style vieillot propre aux femmes de médecin, arborant ces tailleurs-pantalons qui étaient à la mode à l'époque où elles avaient payé les études de leurs époux. Elles portaient ces sombreros de feutre noir de pacotille, agrémentés d'une rose rouge, qui se vendaient dans les rues comme souvenirs. Elles les jugeaient « folkloriques », sans réaliser à quel point elles étaient jolies et coquettes ainsi parées.

Il y avait quatre touristes japonais. Les Yamato, un vieux couple en tenue noire traditionnelle. Leur fils, Jerry, grand et bel homme d'une quarantaine d'années, et sa jeune épouse japonaise, Deedee, qui portait un jean et un sweat-shirt américains. Jerry et elle parlaient anglais entre eux, japonais avec ses parents. Elle rougissait quand il l'embrassait dans le cou ou attrapait ses doigts entre ses dents.

En réalité, Jerry aussi était californien, architecte, Deedee, étudiante en chimie à San Francisco. Ils passeraient encore deux jours à Mexico. Ses parents à lui étaient venus de Tokyo pour se joindre à eux. Non, ils n'avaient jamais assisté à une corrida, mais Jerry estimait que cela leur semblerait très japonais, cette combinaison d'élégance et de brutalité qui, d'après Mishima, caractérise la culture japonaise.

Jane fut contente de l'entendre faire une telle remarque à elle, une quasi-inconnue, et il lui fut aussitôt sympathique.

Tous trois parlèrent de Mishima, et du Mexique, installés sur des canapés de cuir en attendant leur guide. Jane déclara au jeune couple qu'elle avait passé sa propre lune de miel à Mexico, elle aussi.

— C'était merveilleux. Magique. On pouvait voir les volcans, alors.

Pourquoi je pense tout le temps à Sebastian ? Je l'appellerai ce soir, et je lui raconterai que je suis allée aux arènes de Mexico.

Le Señor Errazuriz avait lui-même l'air d'un ancien torero svelte, aristocratique. Ses trop longs cheveux gras bouclaient, formant une *colita* peut-être involontaire. Il se présenta, leur demanda de se détendre, de prendre une sangria tandis qu'il leur disait quelques mots sur la corrida, leur donnait un bref historique et aperçu de ce qui les attendait. « La forme de chaque corrida est aussi intemporelle et précise qu'une partition musicale. Mais chaque taureau, l'élément de surprise. »

Il leur recommanda de prendre un vêtement chaud, même si c'était une journée torride. Docilement, ils allèrent tous chercher des pulls, montant dans un ascenseur déjà bondé. *Buenas tardes.* C'est la coutume au Mexique de saluer en entrant dans un ascenseur, quand on fait la queue à la poste, dans une salle d'attente. L'attente en est facilitée, en fait, et dans l'ascenseur pas besoin de regarder droit devant soi parce que le contact est établi.

Ils montèrent tous dans un minibus de l'hôtel. Les deux femmes poursuivaient une conversation sur une certaine Sabrina, maniaco-dépressive, commencée à Petaluma ou Sausalito. Les médecins américains semblaient mal à l'aise. Les parents Yamato se parlaient doucement en japonais, les yeux baissés. Jerry et Deedee se regardaient, ou souriaient pour les photos qu'ils avaient demandé à Jane de prendre, à l'hôtel, dans le minibus, devant la fontaine. Les deux médecins freinaient et se crispaient tandis que le minibus fonçait dans Insurgentes en direction des arènes.

Jane était assise à l'avant avec le Señor Errazuriz. Ils parlaient espagnol. Il lui annonça qu'ils auraient la chance de voir Jorge Gutierrez aujourd'hui, le meilleur matador du Mexique. Il y aurait aussi un talentueux Espagnol, Roberto Dominguez, et un jeune Mexicain qui faisait ses débuts, son *alternativa*, Alberto Giglio. Pas des noms très romantiques, commenta Jane, Gutierrez et Dominguez.

— Ils n'ont pas gagné d'*apodo*, comme « El Litri », répondit-il.

Jerry surprit le regard de Jane posé sur lui et sa femme au moment où ils s'embrassaient. Il lui sourit.

— Excusez-moi, je ne voulais pas être impolie, dit-elle, mais elle rougissait aussi, comme la jeune femme.

— Vous devez penser à votre propre lune de miel !

Il souriait béatement.

Le minibus fut garé près du stade et un gamin se mit à laver les vitres avec un chiffon. Autrefois, il y avait des parcmètres au Mexique, mais personne ne venait collecter l'argent ou mettre des contraventions. Les gens glissaient de fausses pièces, ou les démolissaient tout simplement, comme ils démolissaient les téléphones payants. Donc, aujourd'hui les téléphones payants sont gratuits et il n'y a plus de parcmètres. Mais il semble que chaque place de parking ait son propre préposé, qui surveillera votre véhicule, un gamin surgissant de nulle part.

Électrique, exaltante, l'effervescence de la foule à l'extérieur de l'arène. « On se croirait à une finale du championnat de base-ball ! » s'exclama l'un des médecins. On vendait des tacos, des posters, des cornes de taureau, des capes, des photos de Dominguín, Juan Belmonte, Manolete. Une énorme statue en bronze d'El Armillita se dressait devant le bâtiment. Certains aficionados déposaient des œillets à ses pieds. Comme il fallait se pencher, ils donnaient l'impression de faire une génuflexion devant lui.

Les sacs furent fouillés par des agents de sécurité lourdement armés. Exclusivement des femmes, comme l'étaient la plupart des agents dans tout le Mexique. Toute la police de Cuernavaca est féminine, dit le Señor Errazuriz à Jane. Stups, police de la route, chef de la police. Les femmes sont moins sensibles aux pots-de-vin et à la corruption. Jerry déclara qu'il avait remarqué leur nombre dans l'administration, plus élevé qu'aux États-Unis.

— Bien sûr. Tout le pays est protégé par Notre-Dame de Guadalupe !

— Elles sont beaucoup moins à toréer, en revanche ?

— Il y en a quelques-unes. Et elles sont douées. Mais fondamentalement, c'est une affaire d'hommes.

En bas, des *monosabios* en costume rouge et blanc ratissaient le sable. Des tourbillons pointillistes de couleur formés par des spectateurs qui grimpaient dans les gradins, là-haut, vers le cercle bleu du ciel. Des petits vendeurs ambulants chargés de lourds seaux de bière et de Coca trottaient le long des bordures métalliques au-dessus des sièges en béton, montaient et descendaient en vitesse des escaliers aussi étroits que sur la pyramide de Teotihuacan. Le groupe parcourait le programme, les photos et les statistiques des toreros, des taureaux issus de l'élevage de Santiago.

Des hommes en costume de cuir noir, fumant le cigare, *charros* aux grands sombreros et boléros brodés d'argent, se rassemblaient autour de la *barrera*. Exception faite des deux sombreros de fantaisie, le groupe de touristes était indéniablement mal habillé pour la circonstance. Ils étaient vêtus comme pour aller au stade. La plupart des Mexicaines et des Espagnoles arboraient une toilette décontractée mais aussi élégante que possible, avec beaucoup de maquillage et de bijoux.

Leurs places étaient à l'ombre. L'arène était également divisée entre *sol y ombra*. Le soleil était éclatant.

À quatre heures moins cinq, six *monosabios* firent le tour de la piste, brandissant une banderole avec cet avertissement : « Tout individu surpris à jeter des coussins écopera d'une amende. »

À quatre heures, les clairons entonnèrent l'excitant *paso doble* d'ouverture. « Carmen ! » s'écria Mme Jordan. Les portes s'ouvrirent et la procession débuta. D'abord, les *alguaciles*, deux hommes à barbe noire montés sur des chevaux arabes, vêtus de noir, fraise blanche empesée, chapeau empanaché. Leurs montures racées caracolaient, se pavanaient, ruaient en traversant la piste. Juste derrière eux, venaient les trois matadors en habits de lumière, cape brodée par-dessus l'épaule gauche. Dominguez en noir, Gutierrez en bleu turquoise et Giglio en blanc. Derrière chaque matador suivait sa *cuadrilla* composée de trois hommes, eux aussi avec des capes raffinées. Puis, les volumineux picadors sur leurs chevaux aux yeux bandés et protégés par un caparaçon, puis les *monosabios* et *areneros*, en rouge et blanc. Ceux qui retiraient effectivement les taureaux morts étaient vêtus de bleu. Au siècle dernier, à Madrid, il existait une troupe de singes savants qui se produisaient dans un cirque et dont les costumes ressemblaient à ceux des hommes qui travaillaient dans l'arène. Les Singes savants – *monosabios*. Le nom leur est resté.

Les toreros portaient des bas rose saumon, des ballerines qui paraissaient d'une légèreté incongrue. Non, ils doivent sentir le sable. Les pieds, c'est le plus important, précisa le Señor Errazuriz. Il remarqua que Jane appréciait les couleurs et les costumes, la housse rembourrée, capitonnée recouvrant les chevaux des picadors. Il lui indiqua qu'en Espagne, les matadors commençaient à porter des bas blancs, mais la plupart des véritables aficionados désapprouvaient cela.

Un *monosabio* sortit du *toril*, tenant en l'air un écriteau en bois avec cette inscription CHIRUSIN 499 KILOS. Les clairons retentirent et le taureau déboula dans l'arène.

Le premier *tercio* fut magnifique. Giglio effectuait de gracieuses passes. Son habit de lumière miroitait au soleil, formant comme une auréole. Excepté les *olé* scandés durant ces passes, le public se taisait. On pouvait entendre les sabots de Chirusin, son souffle, les bruissements de la cape rose. « *Torero !* » hurla la foule, et le jeune homme sourit, un sourire candide exprimant une joie pure. C'étaient ses débuts et il était chaleureusement accueilli par les aficionados. Il y avait aussi de nombreux sifflets, parce que le taureau n'était pas courageux, d'après le Señor Errazuriz. La trompette salua l'entrée des picadors, et les *peones* dirigèrent le fauve vers les chevaux. C'était d'une beauté indéniable.

Les Américains, jusque-là sous le charme, furent surpris et dégoûtés quand le picador se mit à planter et replanter le long hameçon à l'arrière du *morillo* du taureau. Le sang gicla, épais et d'un rouge reluisant. Les spectateurs sifflèrent, toute l'arène sifflait. C'est toujours ainsi, commenta le Señor Errazuriz, mais il n'arrête que sur demande du matador. Giglio opina et les clairons sonnèrent, signalant le *tercio* suivant. Giglio plaça les trois paires de banderillas lui-même, s'élançant avec légèreté vers Chirusin, dansant, virevoltant au milieu de la piste, évitant de justesse les cornes lorsqu'il les logeait, parfaitement, symétriquement, à chaque fois. Il y avait désormais six flèches enrubannées au-dessus des flots de sang. Les Yamato souriaient.

Giglio était si charmant, si heureux que tous les spectateurs étaient enchantés. Pourtant, c'est un mauvais taureau, dangereux, affirma le Señor Errazuriz. La foule lui prodiguait tous ses encouragements, il avait une telle maestria, du style. Mais il n'arrivait pas à tuer le taureau. Une fois, deux fois, encore et encore. Chirusin vomissait son sang, mais ne s'écroulait pas. Les banderilleros le faisaient courir en rond pour hâter son trépas, tandis que Giglio enfonçait sa lame une fois de plus.

— Barbare, maugréa le docteur McIntyre.

Les deux chirurgiens américains se levèrent comme un seul homme en emmenant leurs épouses. Les femmes aux jolis sombreros ne cessaient de s'arrêter sur l'escalier raide pour regarder en arrière. Le Señor Errazuriz déclara qu'il les mettait dans un taxi, en payant la course bien entendu. Il reviendrait tout de suite.

Les vieux Yamato assistèrent poliment à l'agonie de Chirusin. Le jeune couple était enthousiasmé. À leurs yeux, la corrida était un spectacle puissant, majestueux. Enfin, l'animal se coucha et mourut, et Giglio retira l'épée sanglante. Des mules traînèrent son cadavre hors de l'arène, sous les sifflets et les quolibets de la foule. On blâmait le taureau pour cette mise à mort ratée, pas le jeune matador. Jorge Gutierrez, son *padrino*, le congratula.

Avant la corrida suivante, une frénésie d'activité. Des gens naviguaient dans les escaliers pour dire bonjour, fumer, boire de la bière, ou du vin en *bota* à la régalade. Des petits vendeurs proposaient des *alegrías* et des pâtisseries ovales, vert vif, des pistaches, de la peau de cochon grillée, des pizzas Domino's.

Une brise tiède soufflait et Jane frissonna. Une grande peur l'envahit, la conscience de l'éphémère. L'arène tout entière pouvait disparaître.

— Vous avez froid, déclara Jerry. Tenez, enfilez votre pull.

— Merci.

Deedee se pencha par-dessus les genoux de son mari et toucha le bras de Jane.

— On peut vous raccompagner, si vous voulez y aller.

— Non, merci. Ce doit être l'altitude.

— Ça arrive à Jerry, aussi. Il a un pacemaker. Parfois, il a du mal à respirer.

— Vous tremblez encore. Vous êtes sûre que ça va ?

Le couple lui souriait avec gentillesse. Elle sourit en retour, toujours ébranlée par la conscience de notre insignifiance. On ne savait même pas où elle se trouvait.

— Ah, heureusement, vous arrivez à temps, dit-elle en voyant réapparaître le Señor Errazuriz.

— Je ne comprends pas, dit-il. Moi-même, je n'arrive pas à regarder des films américains. *Les Affranchis*, *Miami Blues*. Pour moi, c'est de la cruauté.

Il haussa les épaules. Auprès des Yamato, il s'excusa pour les taureaux de Santiago, comme si c'était une honte nationale. Tout aussi poli, le Japonais lui assura qu'au contraire, ils étaient très heureux d'être là. La corrida était un art raffiné, exquis. C'est un rituel, songea Jane au moment où la trompette sonnait. Pas un spectacle, un sacrifice.

Toute la plaza palpitait, vibrait aux cris de Jorge, Jorge. Sifflets et quolibets adressés au président. *Culero !* Connard ! Parce qu'il ne se débarrassait pas du taureau, Platero. *No se presta*, il ne se prête pas, expliqua le Señor Errazuriz. Dans le second *tercio*, le taureau trébucha et tomba, et resta prostré là, comme s'il n'avait plus envie de se lever. « *La Golondrina ! La Golondrina !* » chantait un groupe dans la partie de l'arène au soleil.

Le Señor Errazuriz expliqua que c'était une chanson qui parlait du départ des hirondelles, une chanson d'adieu. « Ils disent : Adieu, *pinche toro !* » Jorge, visiblement écœuré, décida de tuer Platero au plus vite. Mais il n'y parvint pas. Comme Giglio avant lui, son épée dérapait, il visait trop haut, trop loin. Enfin, l'animal mourut. Le torero quitta la piste déprimé, humilié. Les « *torero* » scandés par ses fidèles supporters devaient avoir sonné comme des railleries à ses oreilles. Les *monosabios* et des mules vinrent chercher Platero, qui fut traîné sous des sifflets et des malédictions, des milliers de coussins volants.

Là où Giglio avait été lyrique et Gutierrez formel, autoritaire, le jeune Espagnol, Dominguez, était fougueux et provocateur, entraînant le taureau Centenario derrière lui sur le sable, déployant sa cape tel un paon ses ailes. Il se dressait, bassin cambré à quelques centimètres du taureau. *Olé, olé.* Matador et taureau virevoltaient comme des tourniquets d'arrosage. Les picadors entrèrent en scène, les banderilleros se relayèrent. Agitant leurs capes, ils attiraient le taureau vers le cheval. Le taureau attaqua le ventre de la monture. De façon répétée, le picador lui enfonçait sa pique. Rendu furieux, celui-ci piaffa, tête basse, puis se rua sur le banderillero le plus proche.

C'est alors qu'un individu bondit sur la piste. Il était jeune, en jean et chemise blanche, avec un châle rouge. Il passa en courant devant les subalternes, affronta le taureau et exécuta une superbe passe. *Olé.* Vive émotion parmi le public, qui sifflait et l'acclamait, jetait des chapeaux en l'air. « *Un espontáneo !* » Deux policiers en uniforme de flanelle grise sautèrent dans l'arène et le poursuivirent, courant maladroitement sur le sable avec leurs bottes à talons hauts. Dominguez combattait avec élégance le taureau chaque fois que celui-ci allait de son côté. Croyant à un jeu, Centenario sautait de joie comme un labrador espiègle, chargeant d'abord un *subalterno*, puis un agent de sécurité, puis un cheval, puis le châle rouge. Vlan ! il tenta de renverser un picador, puis se précipita vers les deux policiers, les jetant tous deux à terre, en blessant un, qui eut le pied écrasé. Les trois subalternes pourchassaient le jeune type, mais s'arrêtaient et patientaient chaque fois qu'il se mesurait au taureau.

— *El Espontáneo ! El Espontáneo !* criait la foule, mais d'autres policiers arrivèrent pour le projeter par-dessus la *barrera* où l'attendaient des menottes.

On l'emmenait en cellule. Une peine de prison sévère et une lourde amende sanctionnaient ces comportements, expliqua le Señor Errazuriz, sinon ça n'arrêterait pas. Mais la foule continuait à l'ovationner tandis que le garde blessé était évacué et que les picadors se retiraient, en musique.

Dominguez allait procéder à l'hommage. Il demanda au président la permission de dédier son combat avec le taureau à l'*espontáneo*, et sollicita le pardon pour ce dernier. Sa requête fut exaucée. Les menottes furent retirées. Le jeune homme franchit de nouveau la *barrera* d'un bond, cette fois pour accepter la *montera* du maître, et pour le serrer dans ses bras. Chapeaux et vestes furent lancés des gradins pour atterrir à ses pieds. Il s'inclina avec la grâce d'un torero, sauta par-dessus la clôture et grimpa, grimpa dans les gradins ensoleillés, jusqu'à l'horloge. Pendant ce temps, les banderilleros distrayaient le taureau, qui était complètement en folie à présent, tel un enfant hyperactif. Il fonçait autour de la piste, percutait de ses cornes la barrière en bois et les *burladeros* derrière lesquels se cachait la *cuadrilla.* Pourtant, tout le monde scandait avec entrain « *El Espontáneo !* ». Même les vieux Japonais ! Le jeune couple riait, s'embrassait. Quelle merveilleuse, éclatante confusion !

Dominguez se vit refuser un changement de taureau, mais il réussit à combattre l'animal nerveux avec courage et beaucoup d'audace, étant donné que Centenario était devenu imprévisible et très agressif. Chaque fois qu'il tentait de tuer le taureau, ce dernier prenait peur et déguerpissait. Attrape-moi si tu peux ! Donc, de nouveau, il y eut des coups de pique répétés et sanglants aux mauvais endroits.

Jane crut que Jerry engueulait le matador, mais il avait tout simplement poussé un cri, tenté de se lever, avant de s'écrouler sur les marches en ciment, se fendant le crâne. Du sang coulait dans ses cheveux noirs. Deedee s'agenouilla auprès de lui.

— C'est trop tôt, dit-elle.

Jane envoya un agent de sécurité chercher un médecin. Les parents de Jerry s'agenouillèrent côte à côte sur la marche supérieure tandis que des vendeurs ambulants passaient devant eux, se hâtant de monter ou de descendre. Avec un rire hystérique, Jane nota qu'alors qu'aux États-Unis un attroupement se serait formé, personne ici ne détachait les yeux de la piste, où Giglio affrontait un nouveau taureau, Navegante.

Le médecin arriva au moment où, en contrebas, le picador piquait le taureau sous de féroces sifflets et protestations. En nage, le petit homme attendit que le bruit diminue, tout en tenant distraitement la main de Jerry. Une fois les picadors partis, il dit à la jeune épouse : « Il est mort », mais elle le savait déjà, les parents aussi. Le vieil homme tenait la main de sa femme, les yeux baissés. Ils contemplaient leur fils avec tristesse. Deedee l'avait retourné. Il avait une expression amusée, les yeux mi-clos. Deedee lui souriait. Un vendeur d'impers le recouvrit d'un plastique bleu.

— Merci, dit-elle.

— Cinq mille pesos, *por favor.*

Olé, olé. Giglio virevoltait sur la piste, dardant les banderillas au-dessus de sa tête. Ondulant en zigzag, il dansa en direction du taureau. Deux gardes arrivèrent. Impossible de descendre une civière par les marches, déclara l'une d'elles à Jane. Il faudrait attendre que la corrida se termine pour en amener une dans le *callejón,* et faire passer le corps par-dessus la *barrera.* Pas de problème. On viendrait dès que la voie serait libre. Sa collègue pria les parents d'aller se rasseoir, sous peine d'être blessés. Docilement, le vieux couple reprit sa place. Ils attendaient en chuchotant. Le Señor Errazuriz leur parlait doucement et ils acquiesçaient, même s'ils ne comprenaient pas. Deedee tenait la tête de son époux sur ses genoux. Elle agrippait la main de Jane, regardait sans voir dans l'arène où Giglio changeait d'épée pour l'estocade. Jane parla avec le conducteur de l'ambulance, traduisit pour Deedee, prit la carte American Express dans le portefeuille de Jerry.

— Il était très malade ? demanda-t-elle à Deedee.

— Oui, chuchota celle-ci. Mais on croyait avoir un peu plus de temps.

Elles s'étreignirent ; l'accoudoir s'enfonçait en elles comme une tristesse.

— C'est trop tôt, répéta Deedee.

Tout le public était debout. Jorge avait donné à Giglio un taureau supplémentaire, Genovés, cadeau pour son *alternativa*. Avant la corrida suivante, des *areneros* en bleu, avec des brouettes, vinrent couvrir le sang de sable, que d'autres ratissèrent soigneusement. La piste était vide quand le brancard roula jusque sous la *barrera*. Retrouvez-nous devant l'entrée, dirent les ambulanciers, mais Deedee refusa de le quitter. Il fallut beaucoup de temps pour déplacer le corps de Jerry, le descendre à travers la foule en délire et le déposer sur le brancard. Une fois dans le *callejón*, le couloir qui borde la piste, il fallut encore attendre, s'effacer pour laisser passer les banderilleros qui accouraient, l'homme avec les bouteilles d'eau pour mouiller la *muleta*, le *mozo de las espadas*, l'homme chargé des épées. Cris indignés à l'adresse de Deedee parce qu'elle était une femme, un tabou dans le *callejón*.

Le Señor Errazuriz et Jane accompagnèrent le vieux couple dans l'interminable ascension jusqu'au sommet de l'arène. Giglio avait tué Genovés d'un seul coup parfaitement exécuté. Il reçut en récompense les deux oreilles et la queue. Le brave taureau fut traîné triomphalement autour de la place aux cris de « *Toro ! Toro !* ». Les spectateurs se répandaient sur les marches étroites, beaucoup ivres, tous en extase. L'*alguacil* traversa la piste jusqu'à Giglio pour lui apporter les oreilles et la queue.

Jane marchait derrière les Yamato. Le Señor Errazuriz et une garde ouvraient la voie au son éclatant des clairons, d'assourdissants « *Torero, torero* ». Roses, œillets et chapeaux volaient dans les airs, obscurcissant le ciel.

Luna Nueva

Le soleil se coucha dans un murmure au moment où la vague touchait la plage. La femme se remit à progresser sur le damier noir et jaune du *malecón* en direction des falaises. D'autres reprenaient leur promenade, comme des spectateurs sortant d'un théâtre. Ce n'était pas seulement la beauté des couchers de soleil sous les Tropiques, se disait-elle, leur importance. À Oakland, le soleil se couchait tous les soirs dans le Pacifique et c'était juste la fin d'une journée. Quand on voyage, on prend du recul par rapport à sa vie, à la linéarité imparfaite, fragmentée, de son temps. Tout comme, lorsqu'on lit un roman, les événements et les personnages prennent une valeur allégorique et éternelle. L'enfant siffle sur un mur à Mexico. Tess incline sa tête contre le flanc d'une vache. Il en sera ainsi pour l'éternité ; et le soleil continuera à sombrer dans l'océan.

Elle s'avança sur une plate-forme au-dessus des falaises. Le ciel magenta se mirait, chatoyant, dans l'eau. En contrebas, une vaste piscine avait été aménagée dans la roche déchiquetée. Des vagues se fracassaient contre les bords pour s'y déverser, dispersant des crabes. Quelques jeunes garçons nageaient en eau profonde, mais la plupart des gens barbotaient ou étaient assis sur les pierres moussues.

La femme descendit par les rochers jusqu'au bord de l'eau. Elle retira la robe qui couvrait son maillot de bain et prit place sur le muret glissant avec les autres. Ils regardaient le ciel qui pâlissait tandis qu'une nouvelle lune, orange, apparaissait sur ce fond mauve. *La luna!* s'écriaient-ils. *Luna nueva!* L'obscurité grandissait et d'orange la lune devenait jaune. L'écume qui tombait en cascade dans le bassin était d'un blanc vif et métallique ; les vêtements flottaient, d'une blancheur surnaturelle comme sous une lumière stroboscopique.

La majorité des gens dans ce bain d'argent étaient tout habillés. Beaucoup étaient venus des montagnes ou de *ranchos* lointains : leurs paniers s'entassaient sur les rochers.

Et ils ne savaient pas nager, aussi était-ce agréable de se laisser porter, bercer et remuer de-ci de-là par les vagues. Lorsque les rouleaux submergeaient le mur, on n'avait pas l'impression d'être dans une piscine, mais dans son propre jacuzzi au milieu de l'océan.

Des réverbères s'allumèrent au niveau de la rue, contre les palmiers du *malecón*. Ils rougeoyaient comme des lampes Tiffany sur leur pied de fer forgé finement ouvragé. L'eau du bassin reflétait ces lumières encore et encore, d'abord entières, puis en fragments éblouissants, puis de nouveau entières, comme des lunes pleines sous le fin croissant dans le ciel.

La femme plongea dans l'eau. L'air était frais, l'eau tiède et salée. Des crabes détalaient par-dessus ses pieds, les pierres au fond étaient veloutées ou tranchantes. Elle se rappela seulement alors être déjà venue ici autrefois, avant que ses enfants sachent nager. Un souvenir aigu du regard de son mari posé sur elle depuis l'autre côté. Il tenait l'un de leurs fils tandis qu'elle nageait avec l'autre dans ses bras. Nulle peine n'accompagnait la douceur de ce souvenir. Nul sentiment de perte, nul regret, nul avant-goût de la mort. Les yeux de Gabriel. Le rire de son fils, ricochant contre les falaises et se répercutant dans l'eau.

Les voix des baigneurs résonnaient aussi contre la paroi rocheuse. Des « Ah ! », comme à un feu d'artifice, quand les jeunes garçons plongeaient. Ils oscillaient dans leurs vêtements blancs. C'était festif, avec les vêtements qui virevoltaient, comme s'ils valsaient dans un bal. En contrebas, la mer dessinait de délicates nervures dans le sable. Un jeune couple s'agenouilla dans le bassin. Ils ne se touchaient pas mais étaient si amoureux que des petites flèches semblaient jaillir de leur personne et fuser dans l'eau, comme des libellules ou des poissons phosphorescents. Ils étaient vêtus de blanc, mais paraissaient nus dans l'obscurité. Leurs vêtements collaient à leurs corps noirs, aux fortes épaules et aux reins de l'homme, aux seins et au ventre de sa compagne. Quand les vagues affluaient et refluaient, les longs cheveux de celle-ci remontaient et les recouvraient comme des tentacules vaporeux, puis redescendaient, une encre noire dans l'eau.

Un homme coiffé d'un chapeau de paille lui demanda si elle voulait bien se charger de ses enfants. Il lui tendit le plus petit, qui prit peur. Il gigotait entre ses bras tel un babouin effarouché et lui grimpait sur la tête, lui tirait les cheveux, enroulait ses jambes et son croupion autour de son cou. Elle se dépêtra du jeune hurleur. « Prenez l'autre, celui qui est sage », dit le père et celui-là s'abandonna paisiblement tandis qu'elle nageait avec lui. Il était si sage qu'elle crut qu'il s'était endormi, mais non, il babillait. D'autres chantaient ou fredonnaient dans la fraîcheur nocturne. D'argenté, le croissant de lune devint blanc comme l'écume au moment où de nouveaux venus descendaient les marches. Au bout d'un moment, l'homme lui reprit le bébé et s'en alla alors, avec ses enfants.

Sur les rochers, une fillette tentait d'entraîner sa grand-mère dans le bassin.

— Non, non, je vais tomber !

— Venez, dit la femme, je vais vous faire faire le tour.

— Voyez-vous, je me suis cassé la jambe et j'ai peur que ça recommence.

— C'était quand ?

— Il y a dix ans. Une période très dure. Je ne pouvais plus couper du bois. Plus travailler aux champs. Nous n'avions rien à manger.

— Venez. Je ferai attention à votre jambe.

Enfin, la vieille dame se laissa porter et baigner dans la piscine. Elle riait, agrippée à son cou de ses bras frêles.

Une charge légère, un sac de coquillages. Ses cheveux sentaient le charbon de bois. « *Qué maravilla !* » lui chuchotait-elle à l'oreille. Sa tresse argentée flottait derrière elles.

Elle avait soixante-dix-huit ans et n'avait encore jamais vu l'océan. Elle vivait dans un *rancho* près de Chalchihuites. Elle avait fait le voyage à l'arrière d'un camion jusqu'au port avec sa petite-fille.

— Mon mari est mort le mois dernier.

— *Lo siento.*

Elle nagea avec la vieille dame jusqu'au mur opposé où les vagues rafraîchissantes se déversèrent sur elles.

— Dieu l'a finalement repris, il a finalement répondu à mes prières. Huit ans qu'il était couché dans un lit. Huit ans sans pouvoir parler, se lever ou manger tout seul. Couché comme un bébé. J'en avais mal partout tellement j'étais fatiguée, mes yeux me brûlaient. À la fin, quand je croyais qu'il s'était endormi, je tentais de m'esquiver, mais il murmurait mon nom, un horrible croassement. *Consuelo ! Consuelo !* Et ses mains squelettiques, des mains de lézard mort qui cherchaient à me griffer. C'était très dur, très dur.

— *Lo siento*, répéta la femme.

— Huit ans. Je ne pouvais aller nulle part, même pas au coin de la rue. *Ni hasta la esquina !* Chaque soir, je priais la Vierge Marie pour qu'elle le reprenne, qu'elle me donne du temps, des jours sans lui.

Resserrant son étreinte, la femme nagea de nouveau dans le bassin, tenant ce corps si frêle contre le sien.

— Ma mère est morte il y a six mois. Ce fut pareil pour moi. Une époque très dure, très dure. Jour et nuit, j'étais enchaînée à elle. Elle ne me reconnaissait pas et me disait des horreurs, année après année, elle me griffait.

Pourquoi dire un tel mensonge à cette vieille dame ? se demanda-t-elle. Mais ce n'était pas vraiment un mensonge, cette fichue poigne.

— Ils sont morts à présent, dit Consuelo. Nous sommes libérées.

La femme rit : *libéré* – un mot si américain. La vieille dame crut qu'elle riait parce qu'elle était heureuse. Elle se serra contre elle et lui fit la bise. Comme elle était édentée, le baiser avait la douceur des mangues.

— La Vierge Marie a répondu à mes prières ! Dieu est content de nous voir libres !

Toutes deux allaient d'un bord à l'autre dans l'eau sombre, parmi les habits des baigneurs qui virevoltaient comme un ballet. Tout près, le jeune couple s'embrassa, et l'espace d'un instant il y eut une poussière d'étoiles au-dessus de leurs têtes, que la brume recouvrit en même temps que la lune, brouillant la lueur d'opale en provenance de la rue.

— *Vamos a comer, abuelita !* s'exclama la petite-fille.

Celle-ci frissonnait, sa robe dégoulinait sur les pierres. Un homme souleva la vieille dame hors de l'eau, la transporta sur les marches sinueuses jusqu'au *malecón*. On entendait des mariachis au loin.

— *Adiós !*

La vieille dame agitait la main depuis le parapet.

— *Adiós!*

Elle-même agita la main à son tour. Elle flottait à l'extrémité de la piscine, dans les eaux tièdes et soyeuses. La brise était d'une douceur ineffable.

À PROPOS DE L'AUTEUR

Son œuvre

Lucia Berlin (1936-2004) a publié 76 nouvelles de son vivant. La plupart, mais pas toutes, ont été réunies dans trois volumes édités par Black Sparrow Press : *Homesick* (1991), *So Long* (1993) et *Where I Live Now* (1999). Ceux-ci reprenaient l'essentiel des précédents recueils de 1980, 1984 et 1987, et présentaient des textes plus récents.

Les premiers furent publiés alors qu'elle avait vingt-quatre ans, dans *The Noble Savage*, le journal de Saul Bellow, et *The New Strand*. Ultérieurement, d'autres histoires parurent dans *New American Writing* et d'innombrables revues plus modestes. *Homesick* remporta un American Book Award.

Tout au long des années 60, 70, ainsi qu'une bonne partie des années 80, Berlin travailla brillamment, mais sporadiquement. À la fin des années 80, ses quatre fils étaient grands et elle-même avait surmonté le problème d'alcoolisme qui l'avait accompagnée toute sa vie (les récits de ses horreurs, cellules de dégrisement et crises de delirium tremens, parsemées de fou rire, occupent une place à part dans son œuvre). Par la suite, elle demeura productive jusqu'à sa fin prématurée.

Sa vie

Lucia Berlin est née Lucia Brown en Alaska, en 1936. Son père étant dans l'industrie minière, ses premières années s'écoulèrent dans les camps et petites villes des États de l'Ohio, du Kentucky et du Montana.

En 1941, le père partit à la guerre et Lucia accompagna sa mère et sa jeune sœur à El Paso où le grand-père était un dentiste réputé, mais à moitié fou.

Peu après la guerre, le père emmena la famille à Santiago du Chili et Lucia s'embarqua dans ce qui allait être vingt-cinq années d'une existence passablement extravagante. À Santiago elle assista à des bals et soirées mondaines, eut sa première cigarette allumée par le prince Ali Khan, termina ses études secondaires et fit office de maîtresse de maison quand son père recevait. La plupart du temps, sa mère se retirait de bonne heure avec une bouteille.

Dès l'âge de dix ans, Lucia avait commencé à souffrir d'une scoliose sévère et pénible, qui ne devait plus la quitter et nécessitait souvent le port d'un corset d'acier.

En 1955, elle s'inscrivit à l'université du Nouveau-Mexique. Parlant couramment l'espagnol, elle eut pour professeur le romancier Ramón Sender. Bientôt, elle se maria et eut deux fils. À la naissance du second, son mari,

TABLE

Cet ouvrage a été achevé d'imprimer sur Roto-Page
par l'Imprimerie Floch à Mayenne
pour le compte des Éditions Grasset
en avril 2019

Composition Maury-Imprimeur

PAPIER À BASE DE
FIBRES CERTIFIÉES

Grasset s'engage pour
l'environnement en réduisant
l'empreinte carbone de ses livres.
Celle de cet exemplaire est de :
1,1 kg éq. CO_2
Rendez-vous sur
www.grasset-durable.fr

N° d'édition : 20975 – N° d'impression : 94277
Dépôt légal : mai 2019
Imprimé en France